# La vraie Colomba

**Michel Lorenzi di Bradi**

# La vraie Colomba

*suivi de Colomba,*
*nouvelle de Prosper Mérimée*

**Roman Terroir « Classiques »**

Editions Marivole

# Préface

À mesurer l'abandon dans lequel elle est laissée, la Corse du XIX^e siècle est loin du Paris du baron Haussmann en pleine expansion. Mais, pour être depuis quelques décennies le laboratoire des Lumières, elle attire l'admiration de toutes les nations d'Europe. La curiosité aussi. L'épopée napoléonienne qui l'a mise à la mode, la beauté austère de l'architecture, la rusticité du mode de vie de ses habitants, la singularité de leurs usages, de leurs croyances, de leurs passions achèvent d'en faire un monde à part qui incite une certaine classe sociale à le découvrir. L'inconfort de la traversée, celui de l'hébergement, le relief accidenté et l'absence de routes qui ne simplifie pas les déplacements imprègnent le voyage d'un parfum d'aventure. Mais cette « aventure » n'est alors qu'à la portée de cette classe fortunée et cultivée dont faisaient partie des auteurs tels que Maupassant, Daudet, Flaubert et dont l'immersion en Corse fut une source d'inspiration pour la réalisation de certains de leurs ouvrages. Ce fut aussi le cas pour Mérimée quand sa fonction d'inspecteur général des Monuments historiques l'y fit séjourner. De tous les ouvrages écrits alors sur cette île, entre nouvelle et roman, sa Colomba traverse les générations.

Revenu dans son île natale après une longue absence, le lieutenant en demi-solde Orso della Rebbia retrouve sa jeune sœur Colomba qui, en digne héritière d'Electre armant le bras de son frère Oreste, lui rappelle un impérieux devoir, celui de venger leur père assassiné. Elle désigne un notable du village comme étant l'assassin et s'évertue à le convaincre d'accomplir la vendetta. À l'instar d'Oreste entre la justice des dieux et celle de la cité, Orso se trouve écartelé entre l'observance de la justice privée et celle des tribunaux, entre la détermination de Colomba à le persuader de se conformer à des lois inscrites dans la mémoire des siècles, et celle de la jeune Lydia à l'en dissuader.

En écrivant cette fiction, le talent de Mérimée fut de faire se conjuguer avec habileté la rudesse des coutumes, la sauvagerie des affrontements, la somptuosité du paysage, à travers une tragédie se développant dans une atmosphère entre intrigue policière et histoire d'amour.

Si considérable que soit le succès de cet ouvrage, pour se faire une idée exhaustive du drame qui inspira Mérimée, il convient de lire celui de Michel Lorenzi de Bradi, qu'il intitula La Vraie Histoire de Colomba. La perception que chacun d'eux possède de la Corse indique combien appartenir ou non à cette île détermine la façon d'en parler.

Mérimée est un visiteur comme le sont ses personnages. Comme le colonel anglais et sa fille, le regard qu'il pose sur le peuple de cette île s'attarde surtout sur ce qui, comme la vendetta, par la singularité ou la démesure, frappe l'imagination. Mais dans son livre, Orso et Colomba ne sont pas pour autant dépourvus d'un charme qui cohabite avec cette rudesse des mœurs dont on dit qu'elle est l'un des caractères dominants des habitants de l'île.

Lorenzi de Bradi, lui, est un autochtone, il a côtoyé les proches de celle qui, dans la réalité, se nomme Colomba Carabelli. Ainsi, dans son livre, nous fait-il découvrir une héroïne d'une autre dimension. Dans sa maison aux allures de forteresse, celle-ci est une femme d'âge mûr aux traits sévères, fière, insoumise, qui manie fusil et stylet, que l'on craint pour la savoir capable de bastonner qui lui manquerait de respect. On murmure qu'elle voit passer la terrible procession fantôme qui annonce une mort prochaine. C'est elle qu'on vient chercher pour chasser les esprits malfaisants par la pratique de l'Incantesimu, improviser les chants funèbres au-dessus de ceux qui ont péri de malemort et affûter la détermination à les venger. Cette détermination l'habite car elle-même a été l'égérie du clan Carabelli dans le déroulement d'une vendetta implacable qui a emporté son fils.

S'inspirant de sa véritable histoire, Mérimée pare de romantisme les protagonistes de ce drame. Lorenzi de Bradi, en retraçant rigoureusement la réalité, les fait revivre dans toute leur authenticité. À l'image subliminale de la Corse que propose l'un, l'autre oppose celle, dépouillée, des stéréotypes conformes aux désirs d'un public en attente d'un exotisme à la fois proche et lointain, inquiétant et envoûtant, adéquat à un regard préparé et rassuré d'avance. Mais, fantasmée, mythifiée par l'un, racontée dans sa réalité par l'autre, avec un talent égal, l'un et l'autre, au fil des pages, font seulement entrevoir au lecteur un peuple insaisissable dont un certain Sir Elliot, qui fut un temps le vice-roi de cette île, disait qu'il « est une énigme dont nul ne peut être sûr de posséder la clé ».

Jean-Claude ROGLIANO

# 1ère PARTIE

# La vraie Colomba

# Avertissement

J'ai été à Fozzano où Colomba est née, a vécu, bataillé. Je suis allé à Olmeto où elle est morte. J'ai vu, écouté tous ceux dont les ancêtres ont pris part à la terrible inimitié : à Fozzano, j'ai interrogé MM. Antoine Durazzo, ancien maire, Verano Durazzo, Jules Durazzo (vieillard presque centenaire qui a bien connu Colomba), Jean Versini, Jean-Baptiste Carabelli de La Tour, Marins Carabelli de La Tour, Carbuccia (marié avec une petite-nièce de Colomba, dont il habite la maison) et Mlle Jeanne Carabelli de La Tour ; à Olmeto, je me suis renseigné auprès de Mlles Néna et Mariuccia Istria, petites-filles de Colomba ; Mme Poggi, arrière-petite-fille de Colomba ; Mme Benetti, née Paoli ; M. Antoine Balisoni, maire d'Olmeto.

Comme on voit, j'ai puisé aux meilleures sources. Je me suis borné à faire œuvre de biographe littéraire avec une rigoureuse impartialité et le souci de la vérité. Colomba appartient à la littérature ainsi que les personnages qui ont servi de modèles à Mérimée pour la composition de sa célèbre nouvelle. Il m'a paru intéressant de dresser en face de l'héroïne du roman celle de la vie.

Dans le roman, Orso della Rebbia, en se mariant selon son cœur, s'en tire comme un héros de mélodrame, tandis que Colomba est appelée à finir ses jours comme une vieille fille, paisible gouvernante de ses neveux.

Il en va autrement dans la réalité. Colomba, dont on a tué le fils unique, reste avec un deuil terrible qui la hante jour et nuit.

Il est certain que ceci était plus ardu à rendre que cela ; et je pense que c'est uniquement pour plaire au lecteur que le romancier a choisi la situation la plus facile dans l'affaire.

# I
# Colomba

Les voyages ont tenu une place assez importante dans la vie de Prosper Mérimée, qui aimait à vagabonder.

Archéologue passionné, nulle pierre ne le laissait indifférent. Que de monuments, qui de nos jours font l'honneur du vieil art français, auraient sombré dans l'oubli sans l'inspecteur général Prosper Mérimée !

Il poussa l'amour de l'art antique jusqu'à en chercher des vestiges en Corse. Il fallait certainement du courage, à cette époque-là, pour faire voile vers les rives presque inconnues de notre île méditerranéenne. On n'y trouvait ni confort ni route. On allait à pied ou à cheval par de longs sentiers sauvages, sinueux, rocailleux, à travers des maquis inextricables, des escarpements, des ravins et des vallons, grimpant vers des cimes neigeuses, dévalant vers ces rivages embaumés qu'Ulysse errant a certainement connus et où régnait, dit-on, Calypso.

Mérimée était un excellent cavalier. Il fut dans le maquis comme chez lui. Vieilles églises, vieilles tours, vieux châteaux, urnes funéraires, dolmens, menhirs, il vit tout, il tira de leurs tombes des restes de l'art étrusque, romain et pisan.

Mais, parmi les débris du passé, se dressa une femme nommée Colomba, belle, hautaine et vindicative. Elle avait des yeux profonds, ténébreux, un teint bronzé. Pour elle, l'ennemi même à terre était toujours l'ennemi. Elle montait à cheval à la manière des hommes. Un jour, un berger, l'ayant rencontrée ainsi chevauchant dans le sentier, fit tout haut une plaisanterie grossière. Colomba arrêta net sa monture, descendit et rossa l'insolent d'une main vigoureuse.

Elle maniait le mousquet aussi bien que Fra Diavolo. Elle avait cette énergie virile tant appréciée des Romains, et elle ne dédaignait pas d'employer la ruse.

Nul ne la vit pleurer. Elle restait sombre devant la mort et la douleur, sans émotion ni défaillance apparentes.

C'était une poétesse. Elle ne savait ni lire ni écrire. L'improvisation la possédait comme une flamme. Il fallait l'entendre lorsque, dénouant ses longs cheveux noirs qu'elle secouait comme une crinière, elle berçait de sa poésie déchirante les cadavres sanglants !

Colomba fut très recherchée. Il y avait bien une vengeance à épouser avec elle ; mais cet obstacle n'a jamais arrêté un prétendant corse.

Les siens étaient nombreux. On en comptait à Fozzano, à Arbellara, à Sartène, à Olmeto.

Elle aurait voulu rester au foyer paternel, où nulle autorité ne s'élevait contre elle. Un mari, surtout avec une femme comme Colomba, s'il ne se soumet pas, est sans cesse une cause de conflits.

C'est pour cela que notre héroïne préférait la solitude de la vieille fille à un mariage avec un homme indocile. Puis, si elle prenait mari ailleurs que dans son village, elle ne pourrait pas conduire les affaires de leur vendetta ; et, elle absente, c'était certainement la défaite. D'un autre côté, en Corse plus qu'ailleurs, principalement dans les villages, un mélange d'ironie et de pitié s'attache à celle qui reste dans le célibat. Aussi les siens insistaient-ils pour que Colomba se mariât : « Prends-en un dans notre parti », ne cessaient-ils de lui répéter. À la fin, elle se décida à accepter la demande de Bartoli, dit Forciolo, dont la famille avait partie liée avec la sienne dans cette vendetta, qui était comme le minotaure de Fezzano. Ce Bartoli, d'une excellente famille, très courageux, bon tireur, en avait quelques-uns sur la conscience. Il aimait d'amour Colomba, qu'il plaçait bien au-dessus de lui-même. Il n'aurait pas mis le nez dehors sans la consulter.

Elle voulut que son mariage fût célébré avec éclat. C'était comme une bravade ! Elle revêtit une robe de soie bleue avec un châle de cachemire. Elle posa sur ses cheveux un *mezzaro* blanc qu'elle portait comme un diadème. Elle était vraiment majestueuse et son visage rayonnait. Les invités vinrent en grand nombre des villages voisins. Les partisans étaient armés.

Le prêtre qui les unit, tout en les félicitant, leur parla de concorde et de paix. Mais Colomba souriait, dit-on, étrangement en ne l'écoutant que d'une oreille. Elle était entourée de fusils, et sous son châle, elle avait glissé un beau stylet. Le mari, s'il ne portait pas de carabine, montrait une cartouchière, et ses poches cachaient pistolet et poignard.

Une fois mariée, Colomba alla vivre dans la demeure de son mari. Je l'ai visitée. Elle s'élève encore au bout du village, au bord d'un vieux sentier. On y parvient malaisément par une descente creusée dans la pierre. Le crépi jaune des murs se lézarde. Tout est dans le même état qu'autrefois, sauf une fenêtre que l'on a transformée en porte.

Par cet escalier, posé contre la façade, Colomba pénétrait dans une pièce qui servait de salle à manger et de cuisine, séparée d'une chambre par une cloison en planches. Une échelle de bois, dans un coin, la conduisait à l'étage au-dessus où il n'y a qu'une salle. On remarque sur la façade trois petites niches entre deux fenêtres ; dans l'une est logée une sainte Vierge. Elles servaient, paraît-il, pour les illuminations du Vendredi saint.

Dans la cave, qui communiquait avec la maison voisine, des cachettes existent encore.

La *signera* Colomba ignora l'amour, qu'elle considérait comme une faiblesse. Elle aimait son mari en épouse fidèle, irréprochable et dévouée, mais des paroles d'ivresse ne furent jamais soupirées par ses lèvres ; car elle ne désira toute sa vie qu'une éclatante suprématie au cours de vengeances sans merci.

Prosper Mérimée avait été attiré par cette figure, dont la beauté qu'il connut à son déclin lui apparaissait comme une sorte d'idole barbare. Il se plaisait dans son charme singulier.

# II
# Le village de Colomba

La *signora* Colomba Carabelli[1] était née en 1765, au milieu d'inimitiés tenaces, à Fozzano, village non loin de Sartène, dans une très vieille maison ayant la forme d'une tour carrée, avec un toit à une seule pente, et habitée actuellement par les Carabelli de La Tour, descendants de l'héroïne de Prosper Mérimée.

Cette maison, une vraie forteresse, regarde la vallée de Baracci, qui descend en plaine vers le golfe de Valinco. Haute, avec des murs de bastion, des escaliers étroits et obscurs, pourvue de mâchicoulis, elle ne recevait le jour que par des meurtrières ; aujourd'hui, celles qui s'ouvraient vers la mer ont été élargies en fenêtres avec des persiennes bleues qui choquent contre le granit bistre et moussu. C'est au XIVe siècle qu'elle fut bâtie, avec l'assentiment du gouvernement de Gênes, afin que l'on pût apercevoir les flammes qui s'élevaient au haut des tours maritimes, encore debout le long de la mer, et signalant de la sorte les incursions des Barbaresques. De nos jours, sur la terrasse qui vit tant de drames, les arrière-petites-nièces de Colomba prennent le thé au

1 - Une des plus nobles familles de la Corse.

milieu des plantes et des fleurs, en pinçant de la guitare.

Fozzano, où j'ai été un jour de juillet, divisée en haut et bas quartier, a gardé son aspect d'autrefois ; il y a des acacias et une route en plus. Il apparaît en pente, à côté d'une colline couverte d'oliviers au pied d'une pointe nue, en pain de sucre, d'où la vue est immense avec la Sardaigne à l'horizon. Ici, l'olivier domine ; mais il semble que cet arbre doux et mélancolique n'ait jamais eu une influence bienfaisante sur les âmes et les esprits bouillants de ce beau pays. Les pierres des maisons, plantées sans symétrie, vibraient dans le grand soleil d'été. Certaines de ces demeures ont connu un passé dantesque ; et, même de nos jours, après bien des années de calme et d'oubli, on a l'impression qu'elles en sont hantées, malgré ces riantes treilles ombrageant leurs balcons modernes.

Ce qui frappe, c'est le silence de ce village. Il paraîtrait inhabité si l'on n'y voyait, de temps à autre, une silhouette humaine, si l'on n'y entendait, parfois, le chant d'un coq. On a l'impression qu'il ne fut jamais témoin des manifestations du plaisir. Nulle ivresse de la vie ne s'y donna libre cours. Les gens y vécurent, sans cesse aux aguets, dans l'attente des heures sanglantes.

Que de deuils dans une telle lumière, à l'ombre des oliviers ! Nulle part, en Corse, je n'ai senti plus profondément la proche étreinte de la mort. Et, cependant, il a son attrait, ce village. On aimerait à y vivre dans les méditations, les mollesses, en écoutant la plaintive monotonie des sources sauvages, couché sous l'un de ces oliviers certainement aussi beaux que ceux dont a parlé le vieux Sophocle.

Sur le berceau de Colomba s'étaient penchées pour la bercer des figures en deuil. Aussi son enfance fut-elle austère, triste et réfléchie. Elle ne connut ni les jeux, ni les tendresses. L'ombre pour elle a voilé sans cesse les fleurs et le soleil. C'étaient des cris, des imprécations, des blasphèmes, des conciliabules, un va-et-vient mystérieux, de longs silences. La maison, muette pendant le jour, ne s'animait un peu qu'à la faveur de la nuit. Dehors, le moindre bruit faisait dresser l'oreille. Même le chant d'un oiseau paraissait suspect. Pas d'allégresse dans les conversations autour du foyer. Le deuil tragique, le silence de la tombe, l'aiguillon de la vengeance, telle est la trinité fatale qui guida le génie de Colomba.

Elle mêlait la poésie, la superstition et la vendetta avec une volupté farouche. Non qu'elle fût sanguinaire ! Le crime pour le crime, le crime suscité par les sentiments vils, lui inspirait de l'horreur. Elle tuait et faisait tuer pour l'honneur.

***

Mérimée, qui avait connu à Paris le commandant Orso Carabelli, frère de Colomba, le prévint de son arrivée en Corse. Orso, qui l'avait engagé à venir à Fozzano, alla à sa rencontre, avec une escorte de bergers armés.

Colomba l'accompagnait à cheval. Elle était habillée d'une riche robe de soie ; elle avait sur la tête le *mezzaro*, une sorte de mantille, et elle portait en travers de sa selle une magnifique carabine damasquinée, don d'un préfet de l'époque, et que ses descendants gardent comme une relique.

Colomba avait deux autres frères : Ignace, consul général d'Italie à Venise, et Simon, colonel dans l'armée anglaise. Elle avait aussi quatre sœurs qui vécurent obscurément, éclipsées par le rayonnement de leur aînée. Elle était l'âme du bas quartier du village, en guerre depuis bien des années avec le haut quartier.

D'un côté, les familles Carabelli, Bartoli et Bernardini ; de l'autre, les Durazzo et les Paoli.

C'était une vengeance à outrance. Il y avait des rencontres fréquentes, de vraies batailles rangées. Les serviteurs, les bergers de ces familles étaient engagés eux aussi dans la vendetta de leurs maîtres, et c'est armés jusqu'aux dents qu'ils voyageaient ou travaillaient ; le laboureur qui poussait sa charrue, dont la forme date des *Bucoliques*, en creusant péniblement le sillon au pas de deux bœufs indolents, portait le fusil en bandoulière ; le pâtre qui gardait les chèvres, la carabine sur le bras, le doigt à la gâchette, prêtait l'oreille au moindre frémissement dans la broussaille.

Il y avait des signaux entre partisans. Soudain, dans une sente, un homme, l'arme prompte, cartouchière au ventre, pistolet et poignard dans les poches, le visage buissonneux d'une barbe inculte, se baisse vivement, ramasse un morceau de bois sur lequel on a fait une entaille au couteau d'une certaine façon et rebrousse chemin. Cela veut dire : « Il y a péril à aller plus loin. » S'il ne heurte pas de son pied une branche indicatrice, il entend un coup de sifflet. Il sait d'où vient cet avertissement, et il s'empresse de changer de direction. Des yeux amis l'ont vu et on l'a prévenu.

Tout en ayant l'air de dormir sous son ciel ardent, la solitude du maquis écoute et veille.

***

Les causes de ces longues inimitiés étaient souvent futiles une dispute entre riverains ou entre femmes, un chien tué, une jalousie de familles, des propos mal rapportés, etc. L'humeur corse ne supporte rien; là-bas, l'honneur est parfois un tyran puéril.

Voici comment éclata la grande vendetta où figura Colomba. Chiara était une femme si merveilleusement séduisante qu'elle ensorcelait les plus insensibles. Nul ne pouvait être indifférent, dit-on, à ses cheveux bruns, à ses yeux bleus, à son teint suavement hâlé, à toute sa personne, dont les mouvements appelaient le désir. Tous les jeunes gens de Fozzano en étaient amoureux. Ils se partageaient en deux camps, ceux du haut et du bas quartier, qui se jalousaient avec une ardeur inouïe. Ils aimaient comme ils haïssaient, avec violence. La haine, hélas ! fut plus forte que l'amour.

Chiara ayant du penchant pour les jeunes gens du bas quartier, ceux d'en haut ne pouvaient souffrir une telle préférence. Leur amour-propre fougueux se révoltait et une sourde colère les dominait. C'était le soir du mercredi saint, à la sortie des Ténèbres. Sur la place de l'église, qui se trouve un peu en dehors du village, du côté de la colline des Oliviers, Pierre Paoli, accompagné de deux amis, tous trois du haut quartier, interpella soudain en ces termes un Carabelli :

— Ta façon de me regarder ne me plaît pas.

L'autre riposta ironiquement :

— N'es-tu pas un bel homme ?

— Insolent !

Et, en même temps, Pierre Paoli tire un coup de pistolet sur Carabelli, qui, non atteint et désarmé, feint de fuir. Il est poursuivi par un camarade de

Paoli. Aussitôt le village est plein d'agitation et de cris. Tandis que les uns rentrent chez eux pour y chercher des armes, les autres vont avertir les parents.

Cependant Carabelli, rattrapé dans le sentier, reçoit un coup d'estoc. D'un autre côté, Pierre Paoli voit venir en courant vers lui un adversaire. Il le saisit à la gorge, le renverse, et il va le frapper avec son stylet, lorsqu'il est arrêté par un appel déchirant :

— Mon fils ! Mon pauvre fils ! Épargnez-le!...

Une femme en larmes, à genoux, le supplie, les bras tendus. Alors, il lâche sa victime :

— Voici ton fils ! Je l'offre à la sainte Vierge !

Cette inimitié se poursuivit avec un acharnement inconnu dans les annales de la Vendetta.

Les familles qui s'y trouvaient engagées lui appartenaient corps et âme, négligeant leurs foyers et leurs devoirs. Rien ne les retenait, ni la crainte de Dieu ni celle de la justice.

Dans un tel milieu, si différent de celui d'où il venait, Prosper Mérimée ne fut pas dépaysé outre mesure.

La fréquentation de Stendhal l'avait familiarisé avec les passions tragiques. Ici, s'il y avait beaucoup moins de somptuosité que dans les cours italiennes, il y avait plus de fierté et de franchise brutale. La psychologie de Mérimée, qui ne répugnait pas au mensonge distingué, en fut tout d'abord choquée. À la fin, il y trouva du charme.

La signora Colomba était une femme vraiment rare. Elle ne savait pas mentir et elle ignorait la coquetterie. À la maison, elle ne portait que de la soie noire et le *mezzaro*.

Elle s'occupait des moindres détails du ménage. C'est elle qui recevait les bergers, les bouviers, discutait avec eux, et elle mettait souvent la main à la pâte.

D'apparence mélancolique, elle n'était que lyrisme ; elle avait un langage ardent, énergique, imagé. Elle parlait le français avec un pittoresque qui ne manquait ni de saveur ni de piquant. Ses *corsicismes* souvent étaient des trouvailles et l'auteur de *Mateo Falcone* s'en amusait beaucoup.

***

Mérimée a placé sa *Colomba* à Pietranera, pour ne pas envenimer davantage la querelle des deux partis à Fozzano, encore très vive à l'époque où parut la célèbre nouvelle. Il lui a enlevé ainsi une grande partie de son attrait de vérité farouche.

Pietranera est un riant village, à deux kilomètres de Bastia. On y va par une route qui pousse jusqu'au Cap Corse, le long de la mer. Ce n'est pas un cadre pour de sanglantes inimitiés. Il est situé sur une pente, de côté et d'autre du chemin. Les vignes, les figuiers, les amandiers, les oliviers se mêlent aux maisons qu'entourent des jardins et qui paraissent bâties pour le bonheur et la sérénité. Ici, l'aspect n'est ni triste, ni belliqueux. Une fertilité heureuse se couronne de fleurs. Le printemps y est particulièrement délicieux, à l'ombre des feuillages naissants, par ces journées où les premières ivresses de la terre s'avivent à l'odeur de la Méditerranée. Au bas de la pente, la mer, qui s'étend à l'infini, enveloppe de ses souffles les vergers, les maisons souriantes qui semblent n'avoir connu que des souvenirs gracieux, sans aucun souci cruel de vengeance.

On comprend Colomba vivant à Fozzano, à Olmeto, mais pas à Pietranera, où il n'a jamais existé de tour carrée ni de haines féroces, et où l'on a toujours bu gaîment, sous les berceaux des vignes, un vin qu'Horace eût célébré s'il l'avait goûté.

# III
# Les bandits célèbres de l'époque

Mérimée logea dans la tour de Colomba, et il put étudier tout à son aise son héroïne qu'il vit à l'œuvre. Il est certain que pour un Parisien la vie à Fozzano, partagée en deux camps, devait manquer quelque peu d'agrément ; mais outre l'amitié qui l'attachait à la châtelaine de cette antique demeure, où il recevait une noble hospitalité, le grand écrivain avait la passion des aventures tragiques.

Stendhal, son maître, avait un faible pour les brigands italiens, lesquels, écrit-il, malgré pillages et rançons, avaient « le cœur du peuple avec eux ». Et, de préférence, les belles filles éprenaient du jeune homme « qui, une fois dans la vie, avait été forcé *d'andar alla machia*, c'est-à-dire de fuir dans les bois et de prendre refuge auprès des brigands à la suite de quelque action trop imprudente ». Même de son temps, Beyle, qui fit de longs séjours en Italie, a pu constater l'amour des basses classes pour le panache du brigand. N'a-t-il pas connu le fameux Gasparone, le dernier brigand « qui traita avec le gouvernement en 1826 » ? Ce Gasparone, « homme d'esprit, d'une figure assez revenante », était le digne continuateur d'un Marco Sciarra ou d'un Piccolimini, duc de Monte-Mariano, lesquels levaient des bandes de *bravi* pour lutter contre les lois tyranniques de leur époque.

Stendhal était un grand admirateur de l'énergie individuelle, au point de l'exalter même chez les pires fripouilles. Il y a du brigand dans tous ses héros. Mérimée, à l'exemple du maître, était un passionné de l'énergie dans ses manifestations les plus violentes et les plus équivoques. Son Mateo Falcone en est une preuve extraordinaire.

En 1830, il se trouvait en Espagne d'où il envoya des lettres à une revue de Paris. À Madrid il était assidu aux courses de taureaux ; ce fut le premier Français qui révéla à notre pays les véritables physionomies des matadors tels que Pepe Illo, Francesco Sevilla, Montès, Pablo Romero. À Valence, il tint à assister à l'exécution d'un assassin pour voir s'il allait mourir courageusement. Mais l'auteur de *Carmen* cherchait surtout à connaître des brigands. Pour cela, il parcourut dans tous les sens l'Andalousie, « cette terre classique des voleurs », sans en rencontrer un seul. Et cependant, qu'il fût à la ville, en diligence ou sur les routes, il n'entendait parler que des exploits des brigands. Il put avoir sur eux des renseignements curieux et précis qu'il rapporte avec cette ironie subtile qui lui était coutumière. Quand il en parle, il emploie presque les mêmes expressions que Stendhal. « Il faut encore ajouter, écrit-il, que la profession de voleur n'est point regardée généralement comme déshonorante. Voler sur les grandes routes, aux yeux de bien des gens, c'est faire de l'opposition, c'est protester contre des lois tyranniques.

Or l'homme qui, n'ayant qu'un fusil, se sent assez de hardiesse pour jeter le défi à un gouvernement, c'est un héros que les hommes respectent et que les femmes admirent. »

Ah ! Que Mérimée regretta de n'avoir pas connu José Maria ! Et que n'eût-il donné pour partager son déjeuner, comme il le fit en compagnie d'un vulgaire galérien sur la route de Grenade à Baylen, avec « le modèle du brigand espagnol, le prototype du héros de grand chemin, le Robin Hood, le Roque Guinar de notre temps, le fameux José Maria surnommé *el Tempranito*, le Matinal ! »

Mérimée fut servi à souhait en Corse. Là, il n'y avait pas de hameau qui n'eût sa petite vendetta. On pouvait certainement compter les familles n'ayant pas d'affaire. Les choses au maquis se passaient autrement qu'en Espagne. Les chemins étaient sûrs. Le bandit corse ne se postait pas pour demander au passant la bourse ou la vie. Il avait tué pour venger son honneur ; et une fois dans le maquis, qu'il avait gagné pour éviter les caprices d'une justice dans laquelle il n'avait aucune confiance, il y restait parce qu'il y trouvait des agréments.

Le bandit corse qui plut beaucoup à Mérimée vit comme il peut, très pauvrement mais noblement. Son pain, il le reçoit des pâtres, amis ou parents. Nul ne refuse de lui ouvrir sa porte, sa huche, de lui accorder une hospitalité loyale. Lui offrir de l'argent est une insulte grave. Un pain, un fromage, des balles, de la poudre, un stylet, à la bonne heure ! Il est l'errant hors-la-loi, sans sou ni maille, mais d'une fierté excessive. C'est un romantique à travers des paysages romantiques.

Il vit en mystique, seul presque toujours, à cause de sa méfiance. Son esprit primitif a des liens avec les choses qui l'entourent et qui semblent issues de quelque cataclysme. Ce sont elles qui attendrissent parfois son âme que possède la vendetta.

Il a les larmes aux yeux en composant, dans un dialecte quelque peu naïf, un *lamento* où il s'épanche, où il chante son infortune. Le *lamento* est son chant épique. Quand il vivait en paix dans son village, avant l'affaire sanglante qui l'a jeté dans le maquis, il ne songeait nullement à la poésie ; mais une fois dans la *machia* où il se garde, un frisson le prend, un frisson qui lui vient de la nature, désormais la compagne de son destin errant et désolé. Et c'est ce frisson qu'il exhale en strophes plaintives que chantent sur un ton liturgique et traînant les pâtres, les muletiers, les bouviers et les femmes quand elles s'assemblent, le soir, autour de la fontaine. Le caractère d'un bandit corse n'est donc bien défini que si on l'incorpore aux paysages où il mange, boit, rêve et dort, et que l'auteur de *Colomba* a trop négligés dans son roman.

Mérimée a connu les bandits les plus célèbres de l'époque par Colomba. Il se rendit un jour à la Mezzola, propriété des Carabelli, pour y déjeuner en compagnie de son héroïne, d'Orso et de quelques héros du maquis ayant plusieurs morts à leur actif.

Ce fut un déjeuner vraiment corse parmi les myrtes et les cistes, à l'ombre d'un rocher. Des bergers de la famille Carabelli empalèrent des agneaux entiers pour les faire rôtir entre deux grosses pierres où ils avaient allumé du feu.

Colomba avait apporté des *fiadone*[2] dont Mérimée était très friand. Les bandits mangeaient en silence, leurs fusils à côté d'eux, constamment sur

2 - Ce sont des tourtes au bruccio. Le bruccio est une sorte de caillé fait avec du lait de brebis et de chèvre.

le qui-vive, craignant à tout moment l'arrivée des voltigeurs. Au moindre bruit dans la broussaille, ils saisissaient leurs armes.

On buvait aux gourdes. Mérimée en avait une pour lui ; les bergers et les bandits firent honneur au vin. À la fin la tête leur tournait, et ils étaient tellement excités qu'ils parlaient de tuer tout le bétail de leurs ennemis, puis d'aller mettre le feu à leurs maisons. Il fallut toute l'autorité de l'impérieuse Colomba pour les retenir. Ce trait fut noté par Mérimée qui écrit dans sa nouvelle corse :

« — Vengeance ! répondirent les bergers. Promenons le cheval dans le village et donnons l'assaut à leur maison.

« — Il y a une grange couverte de paille qui touche à leur tour, dit le vieux Polo Griffo, en un tour de main je la ferai flamber. »

De Fozzano, une fois, Mérimée alla visiter Sartène où les deux principaux quartiers, Borgo et Sant'Anna, étaient en inimitié. Là, il eut connaissance d'une prouesse dont il tira parti dans *Colomba* comme l'atteste la note suivante : « Si quelque chasseur incrédule me contestait le coup double de M. della Rebbia, je l'engagerais à aller à Sartène et à se faire raconter comment l'un des habitants les plus distingués et les plus aimables de cette ville se tira seul, et le bras gauche cassé, d'une position au moins aussi périlleuse. »

Ce Sartenais était M. Jérôme de Roccaserra, cousin de ma grand-mère Rosalinda de Roccaserra. Un matin qu'il s'était rendu dans l'une de ses propriétés de la vallée du Rizzanese, il rencontra, en revenant non loin de la ville, ses ennemis, deux frères du quartier de Borgo.

Ceux-ci, à l'abri d'un mur, tirèrent les premiers. M. de Roccaserra eut le bras gauche cassé ; mais s'aidant de l'autre bras, à genoux contre un roc, il riposta et tua coup sur coup ses adversaires.

Leur oncle unique, un vieux prêtre âgé de soixante-quinze ans, ne pouvant venger lui-même ses neveux, de désespoir se cloîtra dans sa maison dont il fit peindre en noir la façade.

Pendant dix ans, il vécut dans la désolation, derrière ses fenêtres fermées, sans jamais voir le ciel.

Un jour, il apprend que Jérôme de Roccaserra a été tué. Alors, secouant sa sombre solitude, il ouvre toutes grandes ses fenêtres, et pousse des cris d'allégresse en saluant le soleil. Il a quatre-vingt-cinq ans. Son visage n'est plus qu'une broussaille blanche et il peut à peine se tenir debout. Mais la joie le soutient et il la crie à qui veut l'entendre, penché à l'une de ses fenêtres, en attendant le convoi qui, pour entrer à l'église, est obligé de défiler devant sa porte.

Avertis, les parents du mort, pour ne pas donner cette satisfaction au vieillard, pratiquent un trou dans le mur, derrière l'église, et font passer par là le cercueil.

***

Mérimée a connu Giacomoni qui laissa un renom de bandit redoutable et chevaleresque. Il utilisa certains détails de sa vie aventureuse dans sa nouvelle.

Ce Giacomoni était d'une audace extrême. Quand il en avait envie, il allait se promener à Bastia, à Sartène ou à Ajaccio. Qui pouvait reconnaître dans ce jeune homme blond, aux cheveux bouclés, habillé au goût du jour, à la démarche assurée, le fameux bandit Giacomoni !

C'est ainsi qu'un soir, à Ajaccio, sur la place du Diamant, il salua M. de Susini, capitaine des voltigeurs, et lui demanda du feu. Plus tard, dans la soirée, ayant frappé à sa porte, il lui dit :

— Veuillez m'excuser si je vous dérange. Je voudrais être voltigeur.

Le capitaine s'écria :

— Mais vous êtes un enfant ! Le métier est rude et périlleux. Pour le faire, vous n'avez ni la force ni l'énergie nécessaires.

Le jeune homme insista en souriant singulièrement :

— Mon apparence trompe, je suis fort, endurant et courageux.

— Soit ! dit l'officier, venez demain matin sur la place où le général doit passer une inspection. Je vous présenterai et j'appuierai votre demande.

Mais, le lendemain, Giacomoni ne parut pas.

Une semaine après, M. de Susini se rendait à Sartène, accompagné de quelques voltigeurs. À Bichisano, il les renvoya et continua seul son chemin. La route était déserte, le cheval allait lentement, et par cette belle journée, le capitaine rêvait. Soudain une voix le fit sursauter :

— Arrêtez !

Il saisit aussitôt un pistolet à l'arçon.

— Inutile ! lui cria-t-on, je n'en veux pas à votre vie, car si j'avais voulu, vous seriez mort depuis un quart d'heure que je vous vois venir. Prenez cette sente qui monte à votre droite et soyez sans crainte.

M. de Susini, plus intrigué que rassuré, monta vers la voix ; et à sa grande surprise, il vit se dresser devant lui, souriant et sans fusil, le jeune homme d'Ajaccio.

— Me reconnaissez-vous, mon capitaine ?

— N'est-ce pas vous qui vouliez être voltigeur ?

— C'est moi ; mais j'ai pensé que décidément le bandit Giacomoni ne pouvait être des vôtres.

Le capitaine n'en croyait ni ses yeux ni ses oreilles. Comment voir dans cet aimable gringalet le terrible Giacomoni !

— Dieu sait, ajouta le bandit, si vos voltigeurs seraient heureux d'être débarrassés de ma personne !

— En effet ; mais quelle audace d'être venu chez moi, à Ajaccio !

— D'abord j'avais envie de faire votre connaissance ; ensuite, je devais prendre chez un chanoine un scapulaire qu'il m'avait promis. Le voici.

Il déboutonna son gilet et montra le scapulaire sur sa poitrine.

— Écoutez, dit M. de Susini après un moment de réflexion, n'êtes-vous pas las de la vie que vous menez, de tout ce sang versé, de votre triste célébrité ?

— Oh ! oui, capitaine. Comme je serais heureux de vivre en toute tranquillité dans un coin perdu !

— Eh bien ! Allez en Sardaigne.

— J'y avais pensé.

— Vous devez connaître quelque pêcheur ?

— J'en connais un de Longo Sardo... Mais il m'en coûtera vraiment de quitter le maquis où j'ai pris des habitudes de rêveur...

Puis il ajouta :

— Le jour où vous recevrez une peau de chevreau, je serai en Sardaigne.

Et là-dessus, il lui demanda la permission de l'embrasser.

— Volontiers, lui dit M. de Susini, puisque vous me promettez de rentrer dans la bonne voie.

Un mois après, il recevait une peau de chevreau. Giacomoni vivait à Longo Sardo. N'ayant pas appris de métier et n'ayant jamais travaillé de sa vie, il se mit à faire le contrebandier. Il débarquait sa contrebande sur un point du rivage, dans les environs de Bonifacio. Mais il s'ennuyait en Sardaigne ; il était là comme un solitaire désolé ; il avait laissé son âme au maquis. Et il disait : « Si je n'avais formellement promis à M. de Susini de disparaître, je reprendrais mon mousquet de bandit. Il y a des risques, mais quel charme ! »

Un jour qu'il était à Bonifacio, quelqu'un le prévint qu'une grande et jolie dame de Sartène désirait le voir. C'était une Parisienne mariée à un Sartenais. Elle voulait connaître un bandit célèbre pour pouvoir s'en vanter avec ses amies de Paris. Il lui fit dire qu'il retarderait son retour en Sardaigne et qu'il irait à son rendez-vous où qu'il fût.

Elle vint avec son mari et des amis. Giacomoni se présenta, vêtu et armé comme il l'avait été au maquis ; mais la douce mélancolie de ses yeux, son air moitié rêveur moitié mystique et certaines manières qui le distinguaient des autres, déçurent un peu la Parisienne qui s'attendait à voir une sorte d'homme des bois ténébreux et terrifiant.

Ils déjeunèrent à l'ombre, non loin d'une crique où une barque attendait Giacomoni. Il raconta comment son père, un vieillard dont la main tremblait, ayant été insulté, lui avait tendu sa carabine en lui disant : « Venge mon honneur et le tien ! » Giacomoni n'avait que dix-huit ans. Sans hésiter il prit le fusil, tua l'insulteur de son père, et commença cette existence errante où il avait accompli tant de prouesses Tous les récits de l'ancien bandit enchantèrent la Parisienne qui lui fit don à la fin d'un beau stylet.

Quand elle s'en alla, Giacomoni, qui avait copieusement déjeuné, s'endormit profondément au pied d'un rocher. Une petite chevrière, l'ayant aperçu, courut avertir les voltigeurs.

Vers le soir, le bandit s'éveilla. Il crut entendre un bruit de branches que l'on écartait avec précaution. Il fut vite sur pied. Un coup d'œil lui suffit pour voir qu'il était guetté. Il paya d'audace. Il s'avança hardiment vers un mur d'où émergeaient deux canons de fusil qu'il ne quittait pas du regard, en menaçant de sa carabine ceux qui les braquaient. Il passa sans se presser, comme s'il ne courait aucun danger.

Soudain deux coups partirent, en même temps presque. Giacomoni tourna le mur et disparut dans la broussaille. Les deux voltigeurs qui avaient tiré, croyant l'avoir manqué, se gardèrent bien de le poursuivre.

On n'entendit plus parler du bandit ; mais quelques mois après, un berger découvrit dans une caverne des ossements humains, une carabine, un stylet, une cartouchière et un scapulaire. On reconnut que tout cela avait appartenu à Giacomoni. Blessé, il était allé mourir dans cette caverne, loin de tout secours.

La Parisienne qui va voir Giacomoni, c'est dans *Colomba* miss Lydia qui visite Orso della Rebbia au maquis.

***

Colomba, qui se plaisait dans le commerce des bandits, les connaissait à peu près tous, et elle tirait d'eux tout ce qu'elle pouvait. Aucun de leurs exploits ne lui était inconnu. Elle avait tout de suite compris que Mérimée s'intéressait autant à eux qu'aux vieux débris du passé. Et c'est sûrement elle qui lui parla des frères Gambini, de Sarocchi et de Théodore Poli.

— Savez-vous, messieurs, dit Colomba aux voltigeurs qui l'ont prise avec miss Lydia, que si par hasard les trois frères Gambini, Sarochi et Théodore Poli, se trouvaient à la croix de Sainte-Christine avec Brandolaccio et le Curé, ils pourraient vous donner bien des affaires. Si vous devez avoir une conversation avec le Commandant de la campagne (c'était le titre que prenait Théodore Poli), je ne me soucierais pas de m'y trouver. Les balles ne connaissent personne la nuit.

Les Gambini étaient deux et pas trois. Ils faisaient partie d'une bande avec laquelle on évitait d'avoir maille à partir. On ne comptait plus leurs prouesses. En voici une.

À Corte, un soir d'été, Ferracci prenait le frais à sa fenêtre, dans l'ombre. Il entendit dans la rue quelqu'un qui disait à un autre, à voix basse :

— Gambini Rosso t'attend avec des provisions, demain au point du jour, à la passerelle de la Restonica.

Ce Gambini, qui était son ennemi, tenait le maquis depuis plusieurs années en compagnie de son frère Pasquale Gambini, de Théodore Poli, Arrighi, Gaviglioli, Argelloni et Sarocchi.

Ferracci se dit : « C'est le moment où jamais de les faire prendre. » Il se rendit immédiatement chez Pierraggi, un autre ennemi des Gambini, et tous deux allèrent prévenir les voltigeurs. Ils prirent rendez-vous pour deux heures du matin.

L'aube se leva sur un paysage désert et chaotique. On voyait, là-bas, au-dessus des eaux torrentueuses de la Restonica, aux bords escarpés, un gros tronc d'arbre couché en passerelle. La clarté venait des cimes violettes qui se dressaient dans le lointain. Les broussailles frémissaient au vent du jour naissant. Çà et là, des bœufs et des chevaux. Une chevrière descendait une pente, derrière son troupeau ; on entendait la clarine du bouc.

Quelqu'un parut au milieu des maquis qui s'étendaient au-delà de la rive droite du torrent. C'était Gambini Rosso. Regardant de tous les côtés, marchant avec prudence, l'oreille tendue, le fusil braqué, prêt à tirer, il se dirigeait vers la passerelle. Parfois, il s'arrêtait pour mieux écouter. Devant lui, son chien flairait le maquis. Il avait été dressé admirablement contre les voltigeurs. Pour obtenir ce résultat, son maître, pendant un mois, l'avait fait fouetter par un camarade habillé en voltigeur.

Soudain la chevrière se mit à chanter un *lamento*. Le bandit s'arrêta net ; ce chant était un avertissement. Aussitôt le chien se mit à aboyer furieusement. Il aboyait au gendarme.

Alors Gambini s'accroupit derrière un roc. Au même instant un coup de fusil retentit, puis deux, puis trois... Gambini Rosso criait : « À moi ! À moi ! » Une balle tua le chien. Arrighi, Pasquale Gambini, Argelloni, Sarrochi, Caviglioli, accourus de tous côtés, prirent position. Ce fut une fusillade générale.

Tout à coup, Arrighi s'écria : « Je suis blessé ! », et il s'affaissa. Gambini Rosso, qui n'était pas loin, s'approcha de lui en glissant parmi les broussailles.

— Blessé où ? demanda-t-il.

— Dans les côtes... C'est fini... Comme vous ne pouvez m'emporter, achève-moi.

L'autre hésitait.

— Achève-moi ! te dis-je... Je ne veux pas tomber entre les mains des voltigeurs... On serait capable de me guérir pour me guillotiner ensuite...

— C'est juste.

Et Gambini Rosso lui tira un coup de pistolet à bout portant. Puis il fit entendre une sorte de sifflement aigu. Les autres, alors, quittèrent leurs abris, et, favorisés par les rocs et l'épaisseur des maquis, où ils rampaient presque, ils finirent par atteindre le sommet du coteau. Là, ils se trouvèrent en sûreté.

Cependant les voltigeurs découvrirent Arrighi baigné dans son sang. Comme il respirait encore, ils résolurent de le transporter à Corte. Ils firent comme ils purent une civière avec des branches, y placèrent le blessé ; et pour le porter, ils se relayèrent de temps à autre. Mais ils eurent beau faire diligence, ils durent s'arrêter, au crépuscule, dans une caverne où ils étendirent le bandit ; et comme la nuit était fraîche, ils allumèrent un grand feu.

Au milieu du silence, le blessé se mit à geindre.

— Quelle soif, mon Dieu !... Je brûle... Un peu d'eau, par charité...

Ferracci, qui somnolait, eut pitié de lui.

— Attends, dit-il, je vais t'en chercher... Il y a une source d'eau vive tout près...

Il prit une gourde et sortit. Dehors, il faisait très noir et le feu s'éteignait.

Quelques minutes après, on entendit le cri du renard. « Ce sont les deux Gambini », se dit avec joie le blessé. Et, se traînant péniblement, avec une énergie surhumaine, jusqu'au foyer, il y prit un tison encore allumé et le brandit à l'entrée de la caverne, en criant tant qu'il put :

— Vengez-moi ! Vengez-moi !...

Pierraggi se réveilla en sursaut et lui logea une balle dans la tête. Cette fois, c'était le coup de grâce. Mais, en même temps, partirent deux coups de fusil venant du dehors : l'un tua un voltigeur entrevu à la lueur du tison ; l'autre atteignit Ferracci qui rentrait avec sa gourde pleine d'eau.

C'étaient bien les deux frères Gambini qui avaient tiré.

***

Le plus fameux, Théodore Poli, que Mérimée appelle le Commandant de la campagne, n'était pas présent dans l'affaire Gambini. Ayant réussi à rassembler sous son autorité une grande partie des hôtes du maquis, il avait proclamé la république des bandits. Il n'admettait dans sa bande que ceux qui avaient fait leurs preuves ; il avait droit de vie et de mort sur eux. Le brigandage entraînait l'exécution. Le respect était dû aux femmes, aux enfants, aux vieillards. La peau d'un gendarme trop zélé valait moins que celle d'un cabri.

Ses bandits ayant besoin de chaussures, il en demanda à la gendarmerie. Comme il ne recevait rien, une nuit, à la tête de ses gens, il se rendit à Bastia, pénétra de force dans la caserne des gendarmes auxquels on enleva leurs bottes.

C'est lui qui, à la veille de la peine capitale d'un de ses camarades, enlève nuitamment le bourreau, le décapite à la place du condamné à mort qu'il délivre à la faveur du désarroi général.

Poli tint tête longtemps à la force armée. Il dominait l'île. À tel point que l'Angleterre, qui convoitait la Corse, lui fit, dit-on, des propositions ; mais le bandit refusa fièrement les offres des Anglais.

# IV
# Colomba incantatrice

Colomba croyait aux revenants. Pour elle, les ténèbres étaient pleines des embûches de l'Au-delà.

On avait recours à sa science pour certaines pratiques mystérieuses.

Elle était superstitieuse comme elle était croyante. Un stylet sur son sein se croisait avec un scapulaire. Mais elle n'était pas la sorcière prédisant la mort du prochain.

La voix de la chouette l'impressionnait. La nuit, elle redoutait beaucoup plus le cri d'un oiseau nocturne que la rencontre d'un ennemi. Elle affirmait qu'après le crépuscule, on pouvait apercevoir dans les campagnes des cortèges funèbres et qu'il était dangereux de traverser certains torrents à l'heure de midi.

Il est possible que Mérimée demeurât sceptique. On ne respirait pas cet air-là sous les galeries du Palais-Royal. Mais ce qui est sûr, c'est que, tout en étant incrédule avec un sourire poli, il s'intéressait à toutes ces choses de la magie. Ce qui le prouve, c'est qu'il leur consacra un chapitre dans le rapport qu'il adressa au ministre de l'Instruction publique sous le titre de *Notes d'un voyage en Corse*, qui n'eut qu'une édition chez Fournier, introuvable aujourd'hui.

Quand une personne tombait malade, on pensait tout de suite au mauvais œil. On appelait alors la *signora* Colomba. Lorsqu'elle ne pouvait venir, on lui apportait le chapeau si c'était un homme, le foulard de tête si c'était une femme, et si c'était un enfant, le petit bonnet.

Colomba commençait par se signer, puis posait sur la coiffure du malade une assiette creuse remplie d'eau et sur laquelle elle traçait le signe de la croix, avec une lampe de fer dont elle avait allumé la mèche. Ensuite, elle trempait dans l'huile de cette lampe le bout de l'index, qu'elle laissait égoutter après dans l'assiette. Si la goutte qui tombait restait unie sur l'eau, il n'y avait pas de mauvais œil ; mais si elle s'éparpillait, il fallait continuer, en récitant certaines prières connues seulement de l'incantatrice, jusqu'à ce que la goutte se reformât.

Ainsi le mauvais œil était conjuré.

Par des paroles secrètes, que l'on ne pouvait apprendre que pendant la nuit de Noël, Colomba arrêtait le venin dans les veines et guérissait les maux qui font périr les bêtes.

Elle se servait habilement de son talent d'incantatrice.

Quelques esprits que nulle arme n'eût fait reculer fléchissaient et tremblaient même devant la science ténébreuse de Colomba. Et ils la suivaient dans tous ses desseins, quels qu'ils fussent.

Elle était mystique. La race corse est mystique. Mais en Colomba le mysticisme ne geignait ni ne gémissait, il criait. Il donnait plus d'ardeur tenace à son énergie et plus de profondeur à son génie poétique. Il éclatait surtout dans les *lamenti* de vendetta qu'elle improvisait et qui avaient toujours la beauté profonde de chants liturgiques.

En plein Paris, Mérimée aurait beaucoup ri d'une femme qui lui aurait conté, avec un grand sérieux comme le faisait Colomba, des histoires de fantômes et de sorciers ; mais en Corse, en un lieu bien différent de l'Île-de-France, de tels récits avaient pour son esprit un attrait singulier, et il les admettait presque, de même qu'il ne songeait nullement à trouver ridicule celle qui les lui racontait. Et puis ne s'en dégageait-il pas une mystérieuse poésie d'autrefois, qui prenait malgré lui le conteur de la *Vénus d'Ille* ?

# V
# Colomba sauve ses frères

Un été, les trois frères de Colomba se trouvaient réunis à Fozzano, comme cela leur arrivait tous les deux ou trois ans. Orso, qui était en demi-solde, restait au village ; mais Ignace venait de Venise et Simon de Londres.

Colomba leur dit un soir :

— Demain, de bonne heure, nous irons à notre propriété de la Mezzola, où le berger nous attend pour partager le gros bétail.

Et le lendemain, avant le lever du soleil, les frères et la sœur, tous quatre armés, prenaient le sentier qui menait à la Mezzola. Le chien de la maison les devançait. D'habitude, quand ils s'éloignaient du village, le colonel et le consul, peu soucieux d'échanger des balles avec leurs ennemis pendant le peu de temps qu'ils passaient à Fozzano, se faisaient accompagner par des voltigeurs ; mais ce jour-là, ils ne les prévinrent pas de leur sortie.

Quelques instants après leur arrivée à la Mezzola, ils virent accourir un pâtre qui dit, tout essoufflé, à la *signora* Colomba que leurs adversaires n'étaient pas loin.

— Combien sont-ils ? demanda-t-elle sans s'émouvoir.

— Douze au moins.

— Ils trouveront à qui parler !

Le chien se mit à aboyer ; elle le fit taire en lui serrant le museau de sa main de fer.

— Vous allez entrer immédiatement dans la maisonnette, dit-elle à ses frères. Laissez-moi vos armes...

— Et toi ? demanda Orso.

— Moi, je reste !

— Nous ne pouvons pas te laisser seule ! s'écria le colonel.

— Ne t'inquiète pas de moi. J'ai mon plan. Votre présence ici le ferait manquer.

Le colonel insista. Alors Colomba se fâcha :

— Vous voulez donc vous faire tuer comme des caniches ! Vous êtes sans expérience au maquis... Rentrez, le temps presse.

Et elle tournait de tous les côtés ses regards qui perçaient les broussailles épaisses. Orso déclara :

— Laissons-la faire.

Il se dirigea vers la maison, suivi des deux autres.

Une fois ses frères à l'abri, Colomba se posta entre deux rocs protégés d'un côté par un lentisque. Puis elle dit au berger :

— Tu resteras près de moi pour recharger les armes.

Alors, elle lâcha le chien, puis elle ouvrit un feu d'enfer en déchargeant au fur et à mesure les fusils. En même temps, pour faire croire à la présence d'un parti nombreux, elle appelait par leurs noms certains de ses partisans les plus redoutés. Sa voix sonnait impérieuse et calme à travers la fusillade. Le chien courait de-ci, de-là, en aboyant furieusement.

Accroupie, elle tirait, criait, l'œil étincelant, l'arme en feu ! Les ennemis ripostaient dans la direction de la voix. Ils entendaient Colomba, mais ils ne pouvaient la voir. À deux pas d'elle, le chien fut tué. On raconte qu'elle sortit de son abri en rampant pour prendre le collier de la pauvre bête.

Et Colomba fit si bien que ses adversaires, craignant d'être cernés et de ne pouvoir se dégager, finirent par se retirer.

***

Une autre fois, Colomba de sa maison entend des coups de fusil dans la vallée. Ses frères, chasseurs endurcis, sont allés à la chasse de grand matin. Le soleil se lève à peine. Elle écoute, elle se trouble : « Non, se dit-elle, on ne tire pas le gibier. » N'est-ce pas l'homme que l'on traque ? Aussitôt elle prend son fusil et se dirige vers la fusillade...

Elle se hâte dans un sentier en se dissimulant le plus qu'elle peut entre les buissons. Elle a serré la cartouchière autour de sa taille et sa robe est comme renflée. Elle court, car la fusillade est de plus en plus vive. Soudain, elle heurte du pied le cadavre de leur chien, du chien qui a suivi ses frères. Colomba redouble de vitesse, bouillante et pleine d'angoisse.

Parvenue sur un tertre, à l'abri d'un roc, elle se rend compte de la situation : les siens sont cernés ! Leur position est sûre. Ils tiendront tant qu'ils auront des munitions ; celles-ci épuisées, ils seront à la merci des ennemis. Tués ! Tous trois! Tous trois ! Mon Dieu ! Mon Dieu !... Comment les tirer de là ?

Colomba connaît la haine que ses ennemis lui ont vouée ; ils la haïssent vingt fois plus que ses frères ; elle sait aussi qu'une haine trop ardente est aveugle et qu'elle provoque les pires imprudences. Elle se met à pousser des cris d'allégresse : « Accourez !... Accourez !...» Elle se montre debout, en faisant des signes de la main, et elle tire. Elle entend : « *La Morgana* !... Sus ! Sus ! »

Tous les fusils se retournent contre elle. C'est ce qu'elle veut. Qu'elle meure cent fois plutôt que périsse l'un de ses frères !

Elle a l'idée de fuir. Elle fuit en zigzags…On la poursuit. Mais elle a des jambes d'acier, des poumons de gladiateur. Les ennemis sont à ses trousses, acharnés. Ah ! S'en débarrasser une bonne fois pour toutes ! Ils n'ont cure de ses frères qu'ils ont laissés derrière eux. Ils savent qu'ils se perdront à travers tant de pierres et de maquis. Elle, rien qu'elle ! Ils croient la tenir, cette fois ! Ils s'arrêtent, de temps à autre, pour tirer sur elle ; mais ils tirent trop fiévreusement, et puis sa course est sinueuse, profitant du moindre roc, du moindre buisson, de tous les accidents du terrain. Cependant elle a sa robe trouée en plusieurs endroits. Elle semble fuir du côté de la plaine et s'éloigner du village, mais ce n'est qu'un long détour pour parvenir au milieu de maquis tellement épais et obscurs qu'on n'oserait s'y aventurer à la poursuite de quelqu'un. Elle en connaît toutes les profondeurs, tous les tours et détours. Une allégresse décuple ses forces : ses frères sont sauvés !

Quant à elle !... Ah ! Quel étrange, ironique sourire !... Et elle court, court, sans lassitude, et soudain, elle disparaît dans des broussailles hautes, aiguës, ténébreuses, qui feraient reculer un sanglier et où il faut des yeux de lynx pour distinguer une personne tapie. Mais Colomba, courbée, souple, y est aussi à l'aise qu'un hérisson. Elle a serré un foulard autour de ses cheveux et elle passe au travers de tous ces feuillages enchevêtrés, comme un bélier, en y laissant néanmoins des lambeaux d'étoffe. Un moment, elle s'arrête pour reprendre haleine. On n'entend plus de coups. Ses ennemis ont abandonné la poursuite à l'entrée du terrible fourré !

Toutefois, Colomba ne rentra au village qu'à la faveur de la nuit. Et l'on raconte que dès le lendemain, elle tendit à la fenêtre sa robe trouée en écumoire, comme un drapeau glorieux.

# VI
# L'embuscade

Colomba avait coutume de dire : « Je suis de taille à pendre mes ennemis et à dépendre mes amis. » Elle mettait autant d'acharnement dans la vengeance que de dévouement dans l'amitié. Pour ceux qui luttaient avec elle sa maison était ouverte jour et nuit et tout ce qui lui appartenait était à eux. Une poire pour l'ami, un coup de poignard pour son ennemi. Cette qualité, qui est celle de la race corse, fut portée à un degré élevée par Colomba.

Souvent, elle veillait quand les autres dormaient. En compagnie d'un domestique, tous les deux chargés de provisions, elle allait les distribuer par n'importe quel temps et quel danger à ceux de ses partisans qui gardaient le maquis. Elle tenait à les voir souvent, à les encourager, à les stimuler ; elle excitait leur haine même par des mensonges et soutenait leur courage ; elle leur donnait des indications et des ordres au besoin. Ils lui obéissaient aveuglément, sachant par expérience qu'elle ne se trompait presque jamais. Et l'on disait qu'elle valait plus que vingt hommes résolus.

Un soir, Colomba devait porter du pain à un bandit à un endroit désigné au-dessus de Fozzano. Son mari, qui la sentait perplexe, lui dit :

— Je t'accompagnerai.

— Non, il nous faut traverser le village, et si par hasard, malgré la nuit, on nous voyait ensemble à cette heure-ci, on devinerait où nous allons. Je ne suis pas très rassurée au sujet d'Antono, car je sais que depuis ce matin nos ennemis sont dehors, et je crains qu'il ne soit surpris par eux au rendez-vous que je lui ai fixé.

— Tu ne peux aller toute seule.

— J'irai. Tu sais que je n'ai pas peur.

Elle ajouta :

— J'amènerai Martino, le petit de notre domestique ; si l'on me rencontre avec lui, on croira que je vais visiter quelqu'un.

Son mari ne put que l'approuver.

Quand la nuit fut tout à fait tombée, Colomba prit sa carabine, son stylet, une besace pleine de pain et de fromage qu'elle mit en bandoulière, appela Martino, qui n'avait que douze ans, et sortit. Dehors, il faisait tellement noir que l'on n'y voyait guère. Mais elle n'ignorait aucune pierre, aucun détour du sentier où elle montait en tenant l'enfant par la main. De temps à autre, elle s'arrêtait et tendait l'oreille ; il fallait l'avoir très exercée pour pouvoir distinguer le bruit que faisait une bête ou un homme à travers la rumeur du vent dans les broussailles.

Soudain un gros chien bondit sur eux en aboyant. L'enfant poussa un cri.

— Tais-toi ! lui dit Colomba.

Et, saisissant la bête à la gorge, elle la poignarda. Ce chien appartenait à ses ennemis. Ils n'étaient donc pas loin !

Elle rassura l'enfant qui se serrait contre elle :

— N'aie pas peur ! N'aie pas peur !... Et silence surtout !...

Elle songea à prendre position ; elle s'accroupit entre un roc et un buisson, plaça le petit derrière elle pour le protéger de son corps et elle attendit.

En bas, une ou deux lumières, tout au fond du noir, indiquaient la place où se trouvait le village. Le vent gémissait et c'était le seul bruit dans cette nuit sombre où les choses elles-mêmes semblaient épouvantées.

— N'entends-tu rien ? dit Colomba en se penchant sur le petit.

— Je crois que l'on vient à droite.

— En effet...

Les ennemis, ne voyant pas revenir leur chien qui n'aboyait plus, intrigués, s'étaient mis à sa recherche.

Tout à coup Colomba tira, puis elle cria d'une voix retentissante :

— À moi ! À moi ! Accourez ! Nous les tenons !

Un des ennemis dit :

— Ah ! je suis touché !

Les autres, reconnaissant la voix de Colomba, et persuadés qu'elle était avec de nombreux partisans, craignirent de tomber dans une embuscade et rebroussèrent chemin.

— Il est temps de rentrer, dit Colomba.

Et tous deux descendirent vers le village où ils arrivèrent sans encombre.

Elle avait laissé, dit-on, son poignard sur le cadavre du chien pour que son partisan sût qu'elle était venue et quel péril elle avait couru.

# VII
# Colomba est appelée par l'évêque

Le curé du village, un saint homme que tant de sang versé désolait, avait entrepris d'apaiser cette triste inimitié ; mais Colomba était irréductible. Elle voulait pousser le duel jusqu'à l'extermination des familles ennemies.

Le bon curé écrivit alors à l'évêque pour qu'il intervienne. Celui-ci pria Colomba de se rendre auprès de lui, à Ajaccio.

Elle partit avant le jour, accompagnée d'un domestique. Tous deux étaient montés. Ils portaient des provisions avec eux. Ils voyageaient pendant le jour, et le soir venu, ils demandaient l'hospitalité, soit dans un village, soit dans une chaumière de berger.

Dès son arrivée à Ajaccio, Colomba se rendit à l'évêché. L'évêque l'accueillit avec empressement et voulut lui faire abandonner son esprit de vendetta. Mais son éloquence fut vaine.

— Monseigneur, répondit Colomba, le long et dur voyage que j'ai entrepris pour me rendre à votre appel témoigne de la déférence et de l'admiration fervente que j'ai pour votre personne et pour les hautes fonctions que vous occupez. Je savais, avant de partir de Fozzano, ce que vous vouliez de moi. Vous me demandez l'impossible ! Il m'est très pénible de ne pas me conformer à vos désirs ; mais j'estime que mon parti n'est pas assez victorieux pour tendre la main à ses ennemis. Et je ne saurais vous cacher qu'il désire aller jusqu'à l'anéantissement de l'autre. Je le seconderai de toutes mes forces. Je sais bien qu'il y a l'anathème de Dieu sur la vengeance ; mais la vengeance est une passion plus ardente et plus tyrannique que les autres, et elle est tellement entrée dans nos mœurs, monseigneur, que nous ne saurions nous passer d'elle... Vous me dites : « Vous ne priez pas assez. » Mais si, je prie. Je connais toutes les prières de l'Église par cœur, mais je trouve que la plus belle des prières est encore une bonne vengeance.

L'évêque, effrayé, se couvrit le visage de ses mains.

# VIII
# Colomba tue

Un jour, la domestique de Colomba donnait à manger à ses poules ; elle vit venir le fils du maire, qui lui dit :

— Je désire parler à ta maîtresse.

Elle en fut tellement saisie que, sans répondre, elle monta l'escalier quatre à quatre et cria tout émue :

— *Signora*, le fils du maire est là qui veut vous voir !

— Le fils du maire ! s'exclama Colomba. Est-il armé ?

— Apparemment non.

Le maire était leur ennemi le plus important du haut quartier. Que signifiait la démarche de son fils ?

— Fais-le monter, dit-elle à la fin.

Et elle alla s'asseoir au coin du feu et se mit à tricoter.

Il entra. C'était un jeune homme sec, aux yeux ardents, aux allures franches. Il salua.

— Que voulez-vous, monsieur ?

— La paix.

Colomba fronça le sourcil.

— Oui, la paix ! continua avec force le jeune homme. Je sais que si vous dites un mot, vos partisans la feront, la paix, cette paix que tout le monde désire au village.

Elle le fit asseoir.

— Qui vous envoie ?

— Personne ! C'est de mon propre gré que je suis ici. Mais si vous consentez à désarmer, je réponds des nôtres.

— Vous devez rêvasser souvent, dit Colomba non sans ironie. Moi, je ne désarme pas, je ne désarmerai jamais, monsieur.

— Vous n'avez donc pas de pitié, de bonté ?

— J'en ai pour les miens.

Le jeune homme ricana :

— Ce n'est pas sûr.

Colomba se leva si brusquement que l'autre recula.

— Oh ! fit-elle, ne craignez rien. Vous êtes chez moi, donc vous m'êtes plus sacré que mes enfants. Mais une fois sorti d'ici, gardez-vous !

Alors il s'en alla. Il descendit l'escalier lentement, pensif, et s'éloigna vers l'église. Il avait fait quelques pas à peine qu'un coup partit.

Atteint à la tête, il tourna sur lui-même et tomba le nez contre terre. Il était mort.

On accusa Colomba d'avoir tiré ; mais nul ne l'avait vue.

***

Un autre jour, quelqu'un du quartier ennemi longeait le mur du champ où se trouve le tombeau des Bartoli. Il était armé, mais il tournait le dos à la maison de Colomba. Il n'avait donc pas d'intention hostile.

Soudain un coup de feu retentit et l'homme s'affaissa, râlant, baigné dans son sang.

On soupçonna Colomba. Il n'y avait pas de preuves contre elle. On racontait qu'elle donnait, assise contre la fenêtre, le sein à son fils François, lorsqu'elle aperçut son ennemi ; alors, sans déposer l'enfant, elle prit sa carabine, toujours à portée de sa main, et tira par la croisée entrouverte.

M. Jean Versini, de Fozzano, un des descendants de Colomba, auquel j'avais demandé si ce fait était exact, m'a répondu ceci :

— On le dit, mais je ne puis l'affirmer. Ce qui est certain, c'est que mon aïeule en était bien capable...

***

Un couvreur fut tué. Tué par qui ? Les uns disent par Colomba.

D'autres affirment que non. Qui croire ?

Ce couvreur était sur le toit d'une maison pour laquelle la *Morgana* n'éprouvait aucun sentiment d'amitié. On était en été. Quand il pleuvait, cette maison, dont la toiture était une écumoire, se trouvait inondée. Cela gênait beaucoup les gens qui l'habitaient, mais cela plaisait à Colomba. Aussi vitelle d'un mauvais œil ce couvreur réparateur qu'elle soupçonnait aussi d'être quelque peu l'espion de ses ennemis. Le haut d'une maison est un excellent observatoire pour surveiller les allées et venues.

L'ouvrier chantait et sifflait en travaillant, pendant que le village dans le soleil semblait dormir profondément. D'en bas quelqu'un lui cria :

— Si tu tiens à la vie, abandonne pour toujours cet ouvrage.

Mais le couvreur fit la sourde oreille et chanta de plus belle.

Comme il lançait une note plus sonore que les autres, une balle l'atteignit à la tête, et le pauvre homme, qui se trouvait au bord d'un trou, chancela et tomba dans le grenier.

***

Les traditions, en Corse, tiennent lieu d'archives. Elles se transmettent fidèlement au cours des veillées. Le jeune homme écoute l'aïeul qui fut un acteur des scènes qu'il raconte. Plus tard, il les rapporte à ses enfants. Ainsi de foyer en foyer, de génération en génération.

La tradition est presque toujours plus véridique qu'un écrit. On sait que certains chroniqueurs ont déformé à plaisir la vérité.

La justice était muette. Coite, elle mettait rarement le nez dans les affaires de vendetta. Quand elle s'en mêlait, elle était tellement en proie aux intrigues, aux influences et aux violences aussi, qu'elle s'empressait d'abandonner la partie.

La tradition veut que Colomba, revenant un soir de sa vigne, se soit trouvée brusquement en présence de Michel Durazzo. Elle fit un bond en arrière. Mais il la tenait au bout de son pistolet.

— Tue ! lui dit-elle, en s'avançant la poitrine tendue.

— Non, je ne tue pas une femme, même lorsqu'elle est aussi terrible que toi ! Passe...

Elle passa, les yeux furieux, contenant sa colère. Mais Durazzo, méfiant, marchait lentement, à reculons, le pistolet à la main, jusqu'à ce qu'elle se fût perdue dans la nuit.

***

L'on pouvait tuer presque impunément à cette époque-là.

Les bandits, de plus en plus nombreux, n'avaient plus de mesure dans leur arrogance et leur audace. Les gendarmes et la magistrature étaient terrorisés.

M. Sigaudy, avocat général à la Cour d'appel de Bastia, était allé dans la Balagne pour une affaire criminelle. Au retour, il crut prudent de prendre la route du littoral en voiture particulière. La diligence, qui suivait le chemin de l'intérieur, portait le maréchal des logis Giusti. Comme elle s'était arrêtée au relais de Ponte alla Leccia, quelqu'un s'approcha du conducteur et lui dit :

— La justice est-elle avec vous ?

Et le conducteur indiqua du doigt le coupé.

L'homme s'éloigna rapidement.

Un instant après, la diligence gravissait lentement une montée. Soudain, l'on entendit deux coups de fusil dont l'un atteignit le maréchal des logis.

Un accusé contumax assassina M. Susini, procureur du roi à Sartène, un jour qu'il rentrait chez lui.

M. Colonna, juge d'instruction à Ajaccio, s'était rendu à Bastelica, où l'on avait commis un crime. Il fut tué à son retour, sur la route.

Santa Lucia, un des héros de la vendetta corse, creva à coups de poignard les yeux d'un faux témoin, en tua un autre devant sa femme et ses enfants, et il exécuta le troisième, médecin réfugié à Ajaccio, un dimanche qu'il sortait de l'église.

Mérimée n'a certainement pas ignoré Quastana, qui est quelque peu le bandit Castriconi, dit « le Curé de *Colomba* ». Comme Castriconi, qui lisait Horace dans le texte, Quastana avait des lettres.

Ce Quastana était élève au grand séminaire d'Ajaccio quand son père fut tué. Il abandonna sur-le-champ ses études, vendit deux vaches pour acheter un fusil, un pistolet, un poignard, de la poudre et des balles. Puis il gagna le maquis, d'où il fit une guerre acharnée à ses ennemis. Ce fut une extermination. Il en tua vingt-huit. Mais il ne rançonnait personne.

On raconte qu'une fois, un bandit nommé Gallochio, peu scrupuleux, avec lequel il vivait en compagnie de trois autres, s'avisa d'écrire une lettre au maire d'un village pour lui demander 3 000 francs avec menaces à l'appui. Le maire s'empressa d'apporter une partie de la somme exigée à l'heure dite et au lieu indiqué. Quastana, qui n'était pas au courant, eut un haut-le-cœur, mais se tut.

Le lendemain, comme Gallochio se penchait pour boire à une source, il le tua d'un coup de pistolet à la nuque. Puis il fit appeler le maire et lui dit :

— Voici votre argent.

Ensuite, il le mena devant le cadavre du rançonneur.

— C'est ainsi que finissent les voleurs, chez nous ! Veuillez avertir la gendarmerie, qui s'attribuera l'honneur d'avoir détruit ce vaurien.

Dans *Colomba*, Castriconi dit « le Curé » tua comme un chien un usurier de Bastia qui rançonnait en son nom.

***

De tels faits étaient fréquents. J'ai cité les plus saillants. On vivait dans le mépris de la mort et de la justice. On considérait celle-ci comme corrompue, faible devant l'intrigue et la sportule. Et l'on préférait se faire justice soi-même.

Pour tous les acteurs de la tragédie du maquis, Colomba était une sorte de déesse. L'homme le plus courageux trouvait en elle l'émulation, et sa beauté attirait comme une fleur dans une fente de granit. Pour arriver à ses fins, pas d'obstacle qu'elle ne renversait par n'importe quels moyens. Toutes ses facultés étaient uniquement tendues vers sa vendetta, à laquelle elle sacrifiait tout.

Elle avait affaire à des ennemis puissants. Michel Durazzo les guidait. C'était un gentilhomme franc, loyal et très brave, qui dédaignait d'espionner ses adversaires. Il avait interdit aux siens de se poster pour surprendre l'ennemi, selon la coutume au maquis. Il ne se battait qu'à visage découvert. C'est lui, dit-on, qui donna à Colomba ce surnom de *Morgana*, l'Infernale ! Et il disait que la vendetta était le partage des hommes et non celui des femmes.

Il avait trois fils, Jean-Baptiste, Jean-Paul, Ignace, créés à son image, beaux, redoutables, frappés à l'antique.

Antoine Durazzo jeune, qui porte un masque napoléonien, m'a montré les deux carabines qui ont joué un rôle important dans la vendetta de Fozzano ; elles portent des noms de mélodrame italien : *Maestrono* et *Pedemonte*. Mais, rouillées dans un coin, vestiges mélancoliques d'un passé oublié, ce ne sont plus que des débris inoffensifs.

Aujourd'hui, les Durazzo, qui parlent de toutes ces choses sanglantes en souriant, élèvent de beaux chevaux et cultivent des oliviers magnifiques. Leurs maisons, qu'ils ont modernisées, sont ouvertes au soleil ; et à l'ombre des pampres qui ornent leurs balcons, le champagne mousse dans les coupes.

En des cadres surannés, leurs aïeux gardent cette physionomie altière et sombre qui venait de leur vendetta. Verano Durazzo, seigneur prodigue et chevaleresque, joueur acharné, ayant perdu une fois à Ajaccio 20 000 francs (ce qui pour l'époque et le pays était une grosse somme), alla se coucher, vêtu avec ses éperons d'or, dans le lit d'une maîtresse.

# IX
# Le voltigeur amoureux de Colomba

Les Durazzo et les Paoli, unis dans la même vendetta, ne formaient qu'une famille. Ils veillaient les uns sur les autres comme sur leur propre personne. Colomba avait essayé de les diviser, ayant mis tout en œuvre pour arriver à ses fins, aussi bien une séduction feinte que les promesses les plus flatteuses ; mais rien n'avait pu ébranler l'amitié loyale des deux familles.

C'est à ce sujet que les deux frères Paoli, surtout François, avaient tenu publiquement sur Colomba des propos sanglants qu'on lui rapporta. Elle aurait préféré recevoir un coup de poignard. Nuit et jour elle y pensait, ne pouvant oublier ; et parfois, elle hurlait de rage comme un chien à la mort. La haine était pour elle comme l'air est à la vie. Elle les faisait guetter par les siens, mais en vain. Ils étaient prudents, résolus, d'une adresse peu commune aux armes. Ils sortaient rarement ; et quand ils allaient à la campagne, nul ne le savait, pas même leurs plus proches.

Il y avait une compagnie de voltigeurs à Fozzano.

Les voltigeurs furent en premier lieu recrutés en Provence, mais les Provençaux, inexpérimentés, imprudents, se faisaient tuer sans résultat.

On avait alors songé aux Corses et surtout aux anciens bandits. Ce recrutement rencontra d'abord des difficultés inouïes. Le Corse d'alors détestait la livrée du gendarme. Il aimait l'indépendance, l'air libre. La police n'était pas son fait. Il n'admettait qu'une discipline, celle de la guerre. Il l'avait faite, la guerre, depuis des siècles, sans répit, en combattant contre des ennemis innombrables et puissants. À Pontenovo, la dernière bataille des Corses dans leur île, sans quelques défections, les trente mille soldats du comte de Vaux auraient été taillés en pièces par les 1 500 bergers de Paoli qui avaient déjà gagné la victoire de Borgo sur les troupes régulières du marquis de Chauvelin. Soldat oui, mais persécuteur de ceux qui voulaient s'affranchir de l'injustice humaine, jamais !

On usa d'un stratagème. On dit à ceux qui, ayant une vendetta sur les bras, étaient terrorisés par leurs ennemis tenant le maquis au point de ne pouvoir mettre le petit doigt dehors : « Faites-vous voltigeurs ; ainsi, vous pourrez capturer vos adversaires ou les exterminer ! »

Nombreux étaient les Corses dans ce cas. Que n'eussent-ils entrepris pour assouvir leur vengeance ! Ils vivaient terrés, et voici qu'on leur offrait, non seulement de vivre au grand air, mais les moyens de donner la chasse à leurs ennemis. Aussi s'enrôlèrent-ils en masse.

***

Parmi les voltigeurs de Fozzano, il y avait un bellâtre. Que le gendarme soit de garde à l'Opéra ou au maquis, sa fatuité est toujours en éveil. Notre voltigeur, qui s'était épris de Colomba, la plus belle du pays, paradait devant elle toutes les fois qu'il en avait l'occasion. Elle finit par s'en apercevoir. Son premier mouvement fut de le corriger. Puis elle réfléchit, et une idée lui vint, une idée qu'elle médita, approfondit et qu'elle résolut à la fin de mettre à exécution.

Un jour que le voltigeur passait devant sa maison, revenant dans le sentier d'une course à travers le maquis, elle se montra à la fenêtre et répondit à son salut par un sourire.

Une autre fois, elle laissa tomber négligemment une fleur qu'il s'empressa de ramasser.

L'amoureux s'enflammait de plus en plus, persuadé que cette femme, si belle et si redoutable, avait une inclination pour sa personne. Pour l'avoir il était décidé à tout, même à démissionner. Il brûlait de le lui faire savoir.

Un matin, la croyant seule chez elle, il frappe, il entre ; mais son mari est là. Colomba dit pour le tirer d'embarras :

— Vous venez pour perquisitionner... Faites à votre aise... Il n'y a personne de suspect dans notre maison.

Le voltigeur, troublé, répond qu'il la croit sur parole et se retire. Elle l'accompagne jusqu'à la porte pour lui glisser à voix basse :

— Soyez prudent... mon mari est très jaloux...

Ah ! Si le bon gendarme avait pu entendre le ricanement féroce de la *signora* Colomba pendant qu'il s'éloignait dehors tout guilleret !

Deux mois s'écoulèrent. Le voltigeur se contentait d'un sourire, d'un mot en passant, d'une futilité. Pour avoir l'occasion de la voir, le visage contre la vitre, il se rendait fréquemment à l'église qui se trouvait non loin de la maison de Colomba. Il la saluait et elle lui faisait ironiquement des petits signes qu'il interprétait ardemment, le pauvre homme.

Il se contentait de peu, mais il avait le feu dans le sang ; et il faisait les plus folles combinaisons pour arriver jusqu'à elle.

***

Quand elle jugea le moment venu, Colomba fit dire au voltigeur par sa domestique, qui était dans le secret, qu'elle l'attendait chez elle, tel jour à telle heure, et qu'il eût à prendre des précautions.

Il fut exact. Mais il trouva une Colomba affligée. Ses beaux yeux étaient tristes. Ses mouvements fiers, puissants, rythmés, étaient maintenant accablés. Ses lèvres, qui laissaient voir d'habitude des dents très blanches, restaient fermées, sans sourire, sans ce sourire qu'il gardait en lui comme un gage d'amour. Il y avait comme un frémissement dans ses cheveux noirs, une détresse imprimée sur son visage d'ordinaire plein de feu.

— Qu'avez-vous ? lui demanda-t-il. Souffrez-vous ?

— Rien... peu de chose...

Il insista.

— Rien... je vous affirme...

Il ne la crut pas. Il lui sembla même voir des larmes dans ses yeux. Il s'exalta :

— Confiez-moi votre chagrin... Vous savez bien que ma vie vous appartient et que pour vous faire plaisir je me damnerais...

Elle eut un sourire, aigu comme la pointe d'un stylet, et qu'il prit pour une expression de tristesse plus accentuée.

— Regardez-moi, je suis fort... Mon bras est sûr... Je suis prêt à servir les intérêts de votre vendetta... Vos haines sont les miennes... Parlez, mais parlez donc !...

Alors elle dit brusquement, comme si elle faisait un aveu pénible :

— Je suis entourée de lâches !

— Expliquez-vous ! fit-il, étonné.

Elle parut se décider à contrecœur :

— Connaissez-vous François Paoli ?

— Si je le connais ! Je lui achète du vin.

— Eh bien ! Il m'a injuriée cruellement. Cette injure m'est intolérable. Mon mari ne m'a pas encore vengée... Ah ! Qui me vengera !

— Moi ! s'écria-t-il.

— Vous ?... Un voltigeur ?

— Oui, moi !

Elle se rapprocha de lui.

— Je ne veux pas vous compromettre...

Il était rouge, l'âme et la figure enflammées.

— Et moi, je le veux ! Je tuerai ce François Paoli comme une mouche par amour pour vous.

— Mais comment ?

Il voulait l'affronter, le provoquer.

— Non, de cette façon vous vous feriez peut-être tuer le premier. François Paoli est toujours sur ses gardes, même quand un ami l'approche. Il lira dans votre regard vos intentions avant que vous fassiez le coup. Et il est prompt comme l'éclair !

Il protesta :

— Je serai plus prompt que lui !

Elle réfléchit.

— Vous lui achetez du vin, n'est-ce pas ?

— Presque tous les jours.

Elle réfléchit encore en regardant, cette fois, le voltigeur fasciné avec des yeux ardents.

Puis elle lui dit :

— Un soir qu'il sera seul, après le crépuscule, allez lui demander du vin... Il descendra à la cave, suivez-le... Là, il se penchera, en vous tournant le dos, pour remplir votre bouteille... Alors, frappe-le d'un coup de poignard à la nuque, frappe fort !... Enfonce, enfonce bien...

Elle le tutoyait, haletante, en dessinant avec violence le geste du crime :

— Tu l'égorgeras !...

Et elle répétait : « Tu l'égorgeras !... »

— Oui, je l'égorgerai !

— Allez-vous-en... Mon mari va rentrer... Écoutez encore, nul ne soupçonnera un voltigeur d'avoir commis ce crime.

— Et après ?

Mais Colomba se tut.

***

La nuit vient de tomber, une nuit silencieuse et noire. Le voltigeur est là, non loin de la maison des Paoli qu'il surveille. Une petite fenêtre luit dans les ténèbres.

La porte s'ouvre, un homme sort : dans la lueur il reconnaît le frère de François Paoli.

Ce dernier est seul maintenant.

Le voltigeur monte l'escalier, heurte à la porte, tire le loquet. Il a une bouteille vide à la main. François Paoli, qui est assis au coin du feu, se retourne dans un mouvement brusque de défense.

— Ah ! c'est vous !

— Je m'excuse de vous déranger si tard ; mais je viens de rentrer et je n'ai pas encore mangé. J'ai besoin d'un litre de vin.

François Paoli, qui porte un stylet passé à sa cartouchière et un pistolet au côté dans une poche de cuir, prend la clef de la cave suspendue à un clou, une petite lampe, et, suivi du voltigeur, il descend l'escalier, dehors. La clef dans la serrure grince, la porte tourne et gémit sur ses gonds rouillés. Cela fait bien du bruit. Paoli alors allume la lampe ; la flamme vacille dans un souffle d'air...

Il va droit à un tonneau. Le voltigeur le suit de près ; dans sa poche son poignard est nu...

Il a hâte d'en finir... Mais un pas retentit, pressé. On entre... c'est le frère de François !

Le gendarme étouffe un juron, prend sa bouteille pleine et s'en va, mais il entend ceci : « Ce voltigeur avait une figure bien sombre ! »

Colomba l'attend, là, au fond de la nuit.

— Eh bien ? demanda-t-elle.

— Son frère est arrivé au moment où j'allais le frapper.

Il lui raconte la scène et lui rapporte les paroles entendues.

— Bélitre ! dit-elle sur un ton dur et méprisant, il fallait les tuer tous les deux !... Maintenant, ils vous soupçonnent... Que je ne vous voie plus !...

Et elle s'en alla, laissant le pauvre voltigeur comme un cavalier désarçonné.

# X
# Comment Colomba délivra un bandit

De tout temps la politique, en Corse, fut ardente et farouche.

Le clan domine sur tout. Deux partis sont en présence, même dans le plus petit hameau. Je connais un village qui n'a que douze électeurs ; ils sont six contre six. C'est presque toujours l'ancienneté qui décide, quand ce n'est pas le fusil.

Le sceau de la mairie est plus convoité qu'un sceptre, et sa possession provoque, dans certaines localités, plus de drames que n'importe quelle couronne disputée à travers les siècles. Témoin ce maire qui, révoqué pour fraudes électorales, garda le sceau dans sa poche le jour et sous son oreiller la nuit, pendant des mois, malgré les plus énergiques interventions de l'autorité, et ne le rendit que quand il le jugea à propos.

Le Corse déteste le voleur ; mais voler en matière électorale n'est pas un vol pour lui. C'est de bonne guerre. Il s'en fait même gloire. Un vieux maire, républicain naturellement, très retors, avait toujours son urne pleine de trucs dont il se servait sans scrupules. Le vaudeville avec lui se mêlait parfois au drame. Jamais il n'avait la majorité ; mais toutes les fois, il sortait vainqueur de la lutte. Il ne se gênait nullement pour faire voter les morts, les absents, les bandits. Il n'hésitait pas à transformer la mairie en forteresse pour empêcher ses adversaires politiques d'y entrer, le jour du vote. Comme cela il était tout à son aise pour faire son élection. On avait beau réclamer, jamais ce bon maire républicain n'était châtié. Le préfet le recevait à bras ouverts. La préfecture, quand il allait à Ajaccio, était à sa disposition. Le député, je crois bien que c'était Emmanuel Arène, dont il avait commencé la fortune politique, l'embrassait publiquement. Il jouissait d'un grand renom, bien plus que s'il eût publié des chefs-d'œuvre. Tous l'estimaient et recherchaient son amitié. Un jour, on lui demanda :

— 2 + 2, combien font-ils ?

— Cela dépend, répondit-il ; pour mes adversaires ils font toujours 3 et même moins ; pour mes amis et moi ils font 5 et plus.

Souvent, avant le dépouillement, une bousculade se produit autour de la table du vote ; et soudain, l'urne disparaît.

Que de doubles bulletins ont déterminé la victoire du parti le plus faible !

On prépare les élections municipales bien des mois avant. Que d'intrigues, de courses nocturnes à la recherche des électeurs ! Que d'offres, de menaces ! C'est l'occupation principale, dévorante ; et pour elle, en général, toutes choses sont négligées, même les intérêts les plus sérieux.

Comme dans la vendetta le fusil joue un rôle dans la politique locale, quand la lutte est trop ardente. On s'entretue autour de l'urne. Parfois, les deux partis se livrent une vraie bataille rangée. Un jour d'élection, à la suite d'une rixe sanglante, une partie de la population du village de Campitello gagna le maquis.

Les femmes sont aussi acharnées que les hommes. Elles emploient l'astuce, la souplesse ; et souvent, elles enveniment les querelles.

Il va sans dire que le chef de clan est un personnage. Combien se sont ruinés au jeu politique !

Les partisans considèrent la maison de leur chef comme la leur. C'est le moulin ouvert. Ils y prennent tout ce dont ils ont besoin, négligeant ensuite de rendre l'objet prêté.

Un maire achetait une selle de cheval presque tous les ans. Ses bêtes étaient à tout le monde. Il avait une voiture. Tous s'en servaient. Le jour où il en avait besoin, si un partisan la lui demandait, il la lui cédait, et il voyageait à cheval et même à pied. Ainsi pour toutes choses.

Mais il faut reconnaître aussi qu'une fois le chef sur la paille, il n'en garde pas moins ses partisans qui, fidèlement, continuent à servir sa politique, la leur, comme au temps de son bien-être. Et c'est lui, maintenant, qui leur emprunte l'objet nécessaire, en constatant, non sans mélancolie, qu'il fut sien.

***

Colomba aimait la politique autant que la vendetta. En Corse, en général, l'une ne va pas sans l'autre ; et la vendetta y est fille souvent de la politique.

À Fozzano elle était particulièrement dangereuse. Les deux quartiers se disputaient le sceau. Il passait de l'un à l'autre. Le quartier victorieux dressait des mâts et ce n'étaient que salves et vivats. L'élu ouvrait sa cave. Quelque poète local composait une chanson de circonstance. Et cela bien entendu ne se terminait pas sans coups. Colomba prenait une part très active à ces luttes politiques. Elle y apportait les mêmes qualités que dans la vengeance. Elle aurait voulu que son mari fût constamment maire. Avoir la mairie chez elle, c'était un honneur et sa vanité était satisfaite. Et puis, il y avait des faveurs pour les siens et toutes sortes de tracasseries pour les autres.

Les adversaires payaient les impôts, les partisans rien !

Le maire, appelé à donner des renseignements, les fournissait bons pour ses amis et mauvais pour ses ennemis, sans souci de la vérité.

Cette fois, le maire était le mari de Colomba, et il ne l'était pas devenu sans peine. On lui avait envoyé le sceau et les archives dans un cercueil. Et sa femme avait éclairé ses trois niches pendant trois nuits.

Un jour, elle vit entrer un bandit de ses amis encadré de deux voltigeurs. Ceux-ci venaient pour une formalité.

— Monsieur le maire ?

Le maire était absent.

— Mais attendez-le, il ne va pas tarder à rentrer, leur dit Colomba.

Puis, se plantant devant le bandit :

— Te voilà enfin pris, brigand de grand chemin ! Mes félicitations, messieurs. Pour une bonne prise, c'en est une ! Il n'est pire vilenie qu'il n'ait commise contre les honnêtes gens. Que ne méritez-vous pas d'avoir débarrassé le maquis d'un tel malandrin !

Le bandit avait des menottes de corde aux mains croisées au dos. Étonné d'abord devant l'attitude de Colomba, il avait saisi un signe d'intelligence et il se tenait, attentif, prêt à tout événement.

— Asseyez-vous, messieurs. Vous devez être bien fatigués et vous devez avoir bien soif.

Elle appela sa domestique :

— Apporte-nous du vin vieux et des *canestrone*[3].

Les bons voltigeurs se confondirent en remerciements. Le bandit, assis entre eux, semblait accablé et roulait en dessous des yeux farouches.

Colomba fit signe à la petite fille de sa domestique, âgée de huit ans, et lui parla à voix basse. Puis elle alla vers la porte pour voir si son mari venait, et elle la laissa ouverte.

Elle revint vers la table où les voltigeurs faisaient honneur au vin et elle se mit à leur parler. Occupés à boire, à regarder et à écouter la belle Colomba, ils ne virent pas la petite, pieds nus, un rasoir à la main, se glisser derrière la chaise du bandit dont elle coupa les menottes.

Celui-ci, ayant les mains libres, courut vers la porte et s'enfuit. Les gendarmes se levèrent précipitamment, mais dehors, leur captif avait disparu.

3 - Biscuits du pays.

# XI
# Colomba et le berger

Colomba était une grande ensorceleuse. Certains auraient commis les pires extravagances pour lui faire plaisir et nul acte n'était assez téméraire si elle l'approuvait.

Elle fascinait. Cette puissante femme, d'aspect violent et hautain, avait en elle des trésors de fascination. Son regard, le rythme de son corps dégageaient parfois on ne savait quelle attraction irrésistible.

On raconte qu'un berger de Durazzo était tombé amoureux de Colomba. C'était un de ces pâtres rêveurs et broussailleux dont la mélancolie couve éternellement une flamme ardente. Il disait : « Pour la *signora* Colomba, je donnerais mon âme au diable ! » Elle le sut, elle l'attira, tout en lui parlant comme à un esclave pour lequel on n'a que du dédain. Elle fit si bien qu'il se jeta dans la *machia.* Là, dans une caverne perdue, où il n'entendait que le cri des oiseaux de proie, tout en se consumant et en se lamentant, il attendait chaque jour Colomba.

Elle vint un soir et elle lui dit :

— Es-tu prêt ?

— Je suis prêt.

Elle restait à l'entrée de la caverne, au bout d'une sente qui serpentait dans la pierre et la broussaille. Elle sentait sur elle le regard lourd et brûlant de cet homme, ascète embrasé.

Mais elle était armée, et non loin, un de ses partisans se tenait caché. Long, sec, bronzé, sentant la terre et la mousse, le berger, dont les yeux s'allumaient d'une volupté sombre, répétait :

— Je suis prêt...

— Es-tu prêt, dit-elle, à tuer Michel Durazzo ?

Il eut un haut-le-corps et recula d'un pas :

— Moi, tuer Michel Durazzo, mon ancien patron ! Je suis né dans sa maison comme mes parents. Que de bienfaits n'ai-je pas reçus de lui !... Je préfère mourir que de commettre un tel crime !

Il parlait avec force. Un autre sentiment le transfigurait. Il se dressait et il dominait cette femme qui ne songeait qu'à se venger. L'amour se taisait devant l'honneur.

— Je serais un traître, et toute ma famille serait déshonorée !... Comment n'avez-vous pas compris cela ?

Maintenant, il la regardait sans désir. Son âme obscure se délivrait.

— Vous pensez, dit-il, que je ne puisse être qu'un instrument comme le couperet entre les mains du bourreau ? Détrompez-vous ! Je sais souffrir. Éloignez-vous... Vous ne m'êtes plus rien !

En même temps il tendit le bras vers le lointain et il paraissait ainsi plus farouche et plus grand dans la nuit qui tombait sur cette solitude désolée.

# XII
# L'affaire de Muntichia

Xavier Carabelli revenait du continent français. Depuis des années, il était absent de son île, et il n'était pas très au courant des affaires de son village.

Il arrivait avec d'autres idées. Il avait horreur de la vendetta, que la Corse tenait du Moyen Âge italien. On sait qu'en Italie les plus hautes familles pratiquaient la vengeance. Ne pas se venger était un déshonneur qui se perpétuait de génération en génération. La vendetta fut pendant longtemps le flambeau de Florence. Dante lui-même a subi sa loi.

Xavier Carabelli ne cachait pas publiquement sa réprobation pour de telles mœurs.

Quand un Corse est loin de son pays, il finit par en oublier l'esprit. Il se dépouille de cette rancœur dolente qui voile son âme, sa pensée et son énergie à l'ombre de la maison natale. Sa combativité, ailleurs, se délivre des entraves locales. Il se donne à l'action, aux allégresses, à une vie laborieuse, loin de toute haine.

De retour dans son village, dès les premiers jours, il se sent repris par le milieu d'où il est issu. Il lutte bien contre cette influence, mais il a beau lutter, peu à peu il respire, il pense comme par le passé.

Xavier Carabelli alla voir Colomba. Elle lui échauffa la tête. Elle vanta la force et l'adresse qu'il avait autrefois. Ne les avait-il pas perdues ? Elle lui parlait adroitement de leurs ennemis communs, les montrant arrogants, méprisants, insolents. Elle l'enveloppait chaque jour. Il se débattait comme l'oiseau fasciné par le serpent, mais il subissait le charme impérieux de cette femme qui ajoutait à la séduction de la beauté celle du verbe.

Une fois, elle lui rapporta que les Durazzo avaient déclaré qu'il n'était nullement à craindre, ayant laissé courage et volonté dans les mollesses des villes. Alors il protesta avec véhémence. Il saurait au besoin leur prouver le contraire !

Le lendemain, il dit à quelqu'un :

— Avec une savate je mets en déroute les Durazzo.

L'autre lui conseilla la prudence :

— Méfie-toi, les Durazzo sont vaillants et forts.

— Peuh ! Ils valent tout au plus l'effort d'une chiquenaude.

À quelque temps de là, Xavier Carabelli et trois partisans se rencontrèrent au haut d'un champ qu'on appelle Muntichia, entre Fozzano et Arbellara, avec les Durazzo qui s'en revenaient en prenant par le milieu de la propriété.

Des coups de fusil furent échangés. Nul ne fut atteint. Mais au lieu de fuir, comme le croyait Xavier Carabelli, les Durazzo firent face à leurs ennemis, et tout en tirant, ils montèrent vers eux au pas de course.

Xavier Carabelli et ses amis déchargèrent leurs pistolets sans résultat ; et comme ils n'avaient pas le temps de les recharger, ils résolurent de se replier, car les Durazzo couraient toujours vers le mur qui leur servait d'abri.

Ils se replièrent ainsi, dans la direction de Fozzano, jusqu'à l'endroit où se trouve aujourd'hui le cimetière.

— Eh bien, demandait-on le lendemain à Xavier Carabelli, penses-tu toujours que les Durazzo sont à peine dignes d'une chiquenaude ?

— Vous aviez raison, répondit-il, ce sont des adversaires dignes de nous !

Que les temps sont autres ! De nos jours, les Carabelli et les Durazzo fraternisent même en politique.

# XIII
# L'amour de Mérimée

Colomba avait un fils, François, et deux filles.

L'aînée, Catherine, était aussi belle et aussi forte que sa mère ; mais elle avait la blancheur du liseron des haies vives et dans ses yeux étincelants passaient parfois des ombres farouches. La carabine était son bijou préféré, et elle n'hésitait pas à faire le coup de feu.

Mérimée s'éprit de Catherine au point de la demander en mariage. Sa demande ne fut pas agréée par Colomba, qui ne voulait pas pour gendre d'un *pinzuto*[4], quel qu'il fût. Mérimée, tout en comprenant que ce refus n'avait rien de désobligeant pour sa personnalité, en éprouva du chagrin, car il aimait Catherine.

Comment s'était-il attaché avec une telle force à cette jeune Corse, belle mais toujours couverte de vêtements noirs ? On sait que Mérimée était un raffiné de son époque. Son dandysme était de qualité. Il parlait avec élégance ; ses manières étaient si réservées qu'elles paraissaient froides. Il venait d'un

4 - Français du continent.

milieu romantique, il est vrai, mais subtil, plutôt épris d'amantes rêveuses qui se penchaient sur des balcons fleuris, chevelure éparse au clair de lune. Il semble qu'il eût dû regarder d'un œil indifférent cette beauté un peu sombre, dans un cadre âpre et sanglant, d'où les paroles s'exhalaient comme des cris ou comme des plaintes. Le désir était le plus fort. Catherine était inculte, elle avait l'attrait du buisson en fleurs. Elle apparaissait à Mérimée d'une originalité sans égale. Le mystificateur qu'il était ne fut pas étranger aussi à cette demande en mariage. Voyez-vous Prosper Mérimée présentant comme sa femme à la société parisienne une amazone du maquis, fille de la terrible Colomba ! Il eût été au premier plan de l'actualité des salons et des théâtres de Paris.

L'idée de paraître et une volupté singulière l'avaient donc poussé vers Catherine[5].

Il est possible que Colomba, plus tard, ait regretté de n'avoir pas pour gendre, non pas un écrivain célèbre, membre de l'Académie française, mais un sénateur de l'Empire, bien en cour, ami de l'Impératrice et pouvant obtenir toutes sortes de faveurs.

Quelque temps après le départ de Mérimée, Catherine se maria avec Joseph Istria, du village d'Olmeto. Elle écrivit en 1869 à son ancien prétendant, pour lui recommander son fils qui devait passer un examen. Voici la lettre qu'elle reçut :

*À Madame Catherine Istra, à Olmefo (Corse).*

*Madame,*

*Je regrette beaucoup de ne pas connaître le nom des examinateurs qui doivent se rendre en Corse. Je*

5 - Elle avait été remarquée aussi par M. Valéry, qui fit paraître un *Voyage en Corse* en 1837.

*me suis adressé inutilement à plusieurs de mes amis pour savoir leur nom. J'ai écrit à la seule personne que je connais d'Aix pour lui donner le nom de votre fils, le priant, s'il connaissait un des examinateurs, de lui recommander un nom pour l'examen. Je ne pense pas qu'un Corse soit assez timide pour se troubler quand des professeurs, presque toujours très bienveillants, l'interrogent, mais on me dit que les examens sont aujourd'hui plus sévères que de mon temps. J'espère que votre fils s'en tirera heureusement.*

*Veuillez agréer, Madame, l'expression de mes respectueux hommages.*

*P. Mérimée*

# XIV
# Le drame de Tonichella

Pour Colomba, le garçon seul comptait ; François avait de sa mère les yeux, les traits, le geste et la physionomie énergique. C'était une nature d'airain qu'elle façonna à son image.

De bonne heure, il eut une inclination marquée pour les armes. Il apprit à tenir le stylet avant la plume. Dès son éveil, son esprit se montra belliqueux. À l'âge de dix ans, c'était déjà un habile tireur, et nul cheval capricieux ne pouvait le démonter. Rebelle aux études, il les négligea tout à fait. Il ne pensait qu'aux histoires de vengeance. Et Dieu sait si son enfance en fut nourrie !

Il acceptait la vendetta comme un musulman le fatalisme. Il était mélancolique ; la mélancolie en lui ne provenait pas d'un état maladif, mais d'une sorte de prescience de la destinée. Il ne reculait devant rien et ne demandait qu'à se battre.

Colomba voulut frapper un grand coup. Les Paoli la narguaient. Les Durazzo étaient puissants. Ah ! Les détruire en une fois ! Elle y songeait nuit et jour. Les pires folies lui traversaient la tête. Qui sait les plans qu'elle dressait, les combinaisons qui la hantaient ! Mais elle ne prenait pas une décision. C'est qu'il fallait risquer son fils ! En elle, la passion de la vendetta et l'amour maternel se livraient une lutte aiguë. François était fort, habile ; mais les autres aussi. Sa perplexité était cruelle. Aujourd'hui, elle n'était que tendresse maternelle ; le lendemain, la vengeance la dévorait comme un vice inassouvi. « Laisse faire le destin ! » lui conseillait une voix.

Cependant, François était frémissant. Elle le tenait difficilement. Il voulait se rencontrer avec ses ennemis. Il était provocant. Devant cette nature bouillante, Colomba éprouvait un orgueil secret ; mais en même temps une épouvante la glaçait à l'idée que l'on pouvait le lui rapporter sur une civière !

La rencontre eut lieu à Tonichella. C'est un champ situé sur une éminence dans la vallée de Baracci. Quand je l'ai visité, on venait d'y couper le blé. On donne deux versions de cette rencontre. Chaque quartier a la sienne.

Voici celle du bas quartier.

Le 30 décembre 1834, François quitta le village avant le crépuscule matinal en compagnie de son cousin François Carabelli, pour se rendre à Tonichella. Tous deux étaient armés. Ils marchaient avec prudence dans le sentier, entre des murs ou des buissons, l'un après l'autre, à une certaine distance. Le fils de Colomba était en avant.

Soudain, comme ils approchaient de Tonichella, des coups de fusil éclatèrent en haut, sur la droite. Une balle s'aplatit sur le mur de gauche, à deux pas de François. Il s'arrêta, s'accroupit et cria :

— À moi !... Je suis mort !...

Puis, le pistolet à la main, il attendit. Un instant après, il entendit du bruit. Quelqu'un se dressa furtivement au-dessus du mur. Aussitôt, le fils de Colomba tira sur lui et le tua. Il prit vivement sa carabine, se leva et aperçut deux ennemis qui descendaient en courant vers le sentier. Il fit feu : un tomba, l'autre disparut dans le maquis.

Alors, il songea à son cousin Carabelli, resté en arrière. Il revint sur ses pas, après avoir rechargé ses armes.

Il le vit allongé au milieu du sentier, baigné dans son sang. Comme il se penchait pour examiner la blessure, il reçut par-derrière un coup de pistolet tiré par un berger, étranger à cette vendetta.

Du village, Colomba, ayant entendu la fusillade, s'écria :

— François est aux prises avec nos ennemis !

Et elle partit aussitôt avec quelques partisans ; mais elle arriva trop tard.

Un moment, elle resta debout, le corps secoué de violents frissons, devant le cadavre de son fils ; puis elle se baissa pour le baiser en croix : au front, sur la bouche et les joues. Mais elle ne pleura pas.

Le cousin, qui respirait encore, lui fit le récit de la rencontre.

— C'est bien, dit Colomba, mon enfant s'est conduit en héros, il en a abattu deux.

Elle ajouta avec fierté :

— Et il n'est pas mort de la main de nos ennemis !

On fit deux civières pour transporter le cadavre et le blessé.

Au village, à leur approche, la cloche se mit à tinter. Quelques femmes ennemies, toutes réjouies, crièrent de leurs fenêtres :

— Colomba ! Il y a de la viande fraîche, ce matin !

— Comme vous voyez ! répondit-elle.

Et, s'arrêtant, elle cria avec un sourire aigu :

— Mais allez, il y en a bien plus pour vous !

Pendant toute la nuit, Colomba, après que son génie poétique eut improvisé le *lamento* le plus émouvant que l'on ait jamais entendu, s'enferma dans une chambre avec le cadavre de son fils ; mais elle ne sanglota ni ne gémit.

Le lendemain, elle accompagna le cercueil jusqu'au tombeau. De retour, elle dit :

— Maintenant, il faut le venger !

Une semaine ne s'était pas écoulée que le berger fut assassiné de la main même de Colomba, selon la tradition.

Voici la version du haut quartier :

Au-delà de Tonichella, se trouve le maquis ombreux d'Alsetto. C'est là que, le 30 décembre 1834, bien avant le jour, se postèrent le fils de Colomba, son cousin François Carabelli dit Mansonu et un autre connu surtout par son surnom : Tadacouda. Ils attendaient les Durazzo qui devaient passer par le sentier, très resserré en cet endroit, pour se rendre dans la plaine de Baracci, où ils avaient rendez-vous avec des Lucquois qui avaient fini de travailler la veille pour les Carabelli. Ces Italiens auraient averti, paraît-il, Colomba.

Comme ils se morfondaient depuis deux heures, François, en voyant poindre le jour, dit à son cousin :

— Inutile de les attendre plus longtemps, ils ne viendront pas ce matin. Ils ont dû changer d'avis dans la nuit. Rentrons au village.

Ils remontèrent le sentier en silence. Comme ils se trouvaient à Tonichella, des chiens aboyèrent, et ils entendirent la voix de Michel Durazzo qui appelait le bouvier Cavaduccio, lequel habitait une maisonnette à Santa-Lucia, propriété des Paoli. Ils se jetèrent aussitôt dans le maquis.

Peu de temps après, ils aperçurent dans le sentier Michel Durazzo, ses trois fils : Jean-Paul, Jean-Baptiste, Ignace, et son neveu François-Marie. Ils firent feu. Michel, Jean-Paul et François-Marie qui étaient en tête, n'ayant pas vu tomber Ignace et Jean-Baptiste, se mirent à la poursuite de leurs ennemis qui fuyaient.

Jean-Paul, qui court derrière le fils de Colomba montant vers un rocher pour s'y abriter et avoir le temps de recharger son fusil, s'arrête, vise, tire et l'atteint. Mais il n'est que blessé. Il s'approche de lui vivement pour l'achever.

De ses yeux sans frayeur, François le regardait fièrement.

Jean-Paul se dit : « S'il en réchappe, tant mieux pour lui ! Mais il ne sera pas dit que j'ai frappé un ennemi à terre ! »

Et il s'en va.

Cependant le vieux Durazzo se lamentait sur ses deux fils morts. Le laboureur de Santa-Lucia et des pâtres accoururent. On fit deux civières et l'on remonta vers le village.

Il fallait passer devant la maison de Colomba.

Celle-ci se montra à la fenêtre, et sa joie féroce éclata :

— Oh ! la bonne chair fraîche !

Michel Durazzo lui cria :

— Au lieu d'exhaler ta joie, ô *Morga* ! tu ferais mieux d'aller ramasser le cadavre de ton fils !

Alors elle poussa des hurlements tellement aigus que ses ennemis eux-mêmes en furent remués et qu'on les entendit des profondeurs de la vallée. Puis, égarée, les yeux en feu, elle courut, les cheveux au vent, vers les champs tragiques de Tonichella.

# XV
# La vieille lionne

Depuis la mort de son fils, nul être humain ne connut autant que Colomba la violence de la haine. Sous des dehors de froideur morne, elle cachait un deuil effroyable. Son cœur sanglotait pendant que son visage conservait son empreinte énergique, faisait croire à l'oubli.

Elle avait la beauté des statues qui gardent les tombeaux. Mais elle ne cessait de rugir de douleur sourdement. Elle disait de son fils :

— J'avais érigé un bronze antique, des vandales me l'ont brisé !

Elle devint encore plus acharnée, plus vindicative. Elle avait espéré faire condamner le meurtrier de son fils ; mais il fut acquitté, François ayant été l'agresseur. Elle ne pouvait le supporter, et elle criait que « la justice à Bastia se vendait comme tout le reste[6] ».

Elle fit bâtir une petite chapelle dans le jardin de sa maison pour y mettre la dépouille de son enfant. Ce jour d'été, où je l'ai visitée, elle était environnée d'ombelles magnifiques. Non loin, au bord du vieux

6 - Valéry, *Voyage en Corse.*

sentier, un grenadier en fleurs abritait de son ombre un paisible baudet. Du seuil on voit des oliviers, la vallée de Baracci et une échappée du golfe de Valinco. Elle est très simple. Sur le petit autel blanchi à la chaux, un crucifix et deux chandeliers rouillés. Au milieu, on a placé un marbre tombal, après la mort de Colomba, avec cette inscription :

DOM
COLOMBA BARTOLI
F. A. 1834.

La mère et le fils sont là. Mais elle n'y entra que vingt-sept ans plus tard. Et pendant vingt-sept ans, elle ne quitta pas le deuil de son enfant. On la voyait des heures entières sur son seuil ou contre la fenêtre qui regarde le tombeau, toute noire, avec des yeux de feu ; et d'elle s'échappait un long murmure plaintif qui glaçait les os, tandis qu'elle balançait lentement sa tête que couvrait un foulard noir comme un cilice. Elle était seule. Son mari était mort obscurément dans son lit. Seule, avec l'aiguillon de son deuil et l'inassouvissement de sa haine ! Parfois, dans la journée ou pendant des nuits sans sommeil, elle ouvrait une armoire, en sortait des vêtements que portait son fils le jour du crime, les étendait sur le plancher, et là, à genoux, courbée sur ces effets encore sanglants, elle chantait sa douleur sur le ton des liturgies de la mort. Ceux du dehors venaient écouter, recueillis, sous les fenêtres, et les plus endurcis, les plus indifférents pleuraient, tellement les lamentations de cette mère éplorée étaient poignantes ! Souvent, elle allait à Tonichella. On y avait marqué la place où son fils était tombé ; elle y restait accroupie, enveloppée de noir, dans une méditation douloureuse, en poussant de temps à autre des gémissements et des cris. Elle s'enfermait dans la chapelle pour prier.

Dans cette douleur, l'orgueil était aussi puissant que le sentiment maternel. Elle avait laissé tuer son fils ! Et ses adversaires demeuraient impunis ! Quel supplice de chaque minute ! Ceux qui l'approchaient avaient l'impression que cette femme, belle encore, sombre des pieds à la tête, exhalait ses plaintes comme on verse du sang humain. Ce qui augmentait son affliction, c'est que la vendetta traînait... Les hommes, étant las de cette vie aiguë, sans repos, de cet éternel qui-vive, aspiraient depuis longtemps à la paix, mais non ouvertement, à cause de la furie de Colomba.

À la fin, cette paix fut conclue. Il y eut, ce jour-là à Fozzano, un concours d'amis des deux côtés. On vint en cavalcade comme pour un traité de paix entre deux royaumes. Il y avait entre autres Mgr Casanelli d'Istria, évêque d'Ajaccio, et le baron Lallemand, gouverneur de la Corse.

D'aucuns disent que Colomba ne voulut pas désarmer, tandis que ses petites-filles affirment qu'elle adhéra à la paix, en ajoutant ce détail que Mgr Casanelli d'Istria avait demandé comme souvenir à leur aïeule les lunettes dont elle s'était servie pour la signature. Mais savait-elle signer ? Elle ignorait les lettres. Si elle a signé, ne lui a-t-on pas guidé la main ? Ce point n'est pas éclairci. Il est à peu près certain que Colomba, née à une époque sans écoles en Corse, où seuls quelques prêtres un peu plus instruits que les autres enseignaient, ne songea nullement à apprendre à lire et à écrire, d'autant plus que l'ignorance, en ce temps-là, faisait partie des quartiers de noblesse.

Colomba, les hommes ne se battant plus, menait une existence vide et désolée. Elle s'ennuyait à Fozzano, où elle était trop près de ceux qu'elle considérait toujours comme ses ennemis. Les voir, chaque jour, vaquer tranquillement à leurs affaires, quelle torture ! On la considérait comme vaincue. Et ne le fut-elle pas le jour où on lui tua son fils ? Elle croyait lire la pitié dans les yeux. Colomba devenue un objet de pitié, quelle déchéance et quel déshonneur ! Quand elle pensait à cela, ne pouvant contenir sa colère, elle montait à cheval, armée de sa carabine ; alors, elle aurait bravé n'importe qui !

Ses ennemis l'évitaient. Non par crainte, mais ils trouvaient qu'elle était assez punie. En Corse, les plus acharnés des adversaires respectent la douleur d'une mère et se font un devoir de ne pas la narguer. Et puis, à cette époque, le chevaleresque dominait. C'est ce qui faisait dire, il y a quelques années à peine, à un procureur général de la Cour d'appel de Bastia : « Je constate que la criminalité en Corse tend à s'encanailler. »

Cependant, Prosper Mérimée ne perdait pas de vue son héroïne. Colomba avait contribué pour une grande part à le rendre célèbre, et il lui était demeuré reconnaissant. Toutes les fois qu'il changeait de domicile à Paris, il ne manquait jamais de lui envoyer sa nouvelle adresse. Il lui écrivait. Ses petites-filles m'ont remis une lettre qu'il lui adressa ainsi que celle à Mme Catherine Istria, reproduite plus haut. Il paraît que d'autres lettres se sont égarées.

*Paris, 52 rue de Lille, 6 février 1855*

*Madame,*

*Je serai très heureux de pouvoir être utile à M. votre gendre et lui offrir une vie tranquille en France, mais malheureusement je ne dispose d'aucune lace et je serai très embarrassé pour lui donner un conseil sur le choix d'une carrière. Si quelque vocation l'appelait vers le continent et que ma très faible recommandation pût lui servir, je serais charmé de la lui offrir. Toutefois, avant de quitter la Corse, il faudrait être assuré de lui trouver une occupation convenable à Paris ou en France, et la chose est, comme vous le savez, fort difficile. Je regrette, Madame, de ne pouvoir mieux répondre à la lettre que vous m'avez fait l'honneur de m'adresser et vous prie d'agréer l'expression de mes sentiments les plus distingués.*

*Pr. Mérimée*

***

Sur les instances de sa fille Catherine, mariée à Olmeto, Colomba finit par se retirer dans ce village. Dans la maison où elle a vieilli, ses deux petites-filles, très âgées, vivent au milieu des souvenirs de leur grand-mère. Cette demeure, très visitée par des touristes venant de tous les points du monde, s'élève dans l'endroit le plus escarpé d'Olmeto, qui est un séjour agréable, comme suspendu au-dessus d'une vallée d'une grande fertilité, où l'on peut goûter des félicités arcadiennes à l'ombre d'énormes oliviers groupés en forêt. Il y a un vieux couvent de franciscains en ruine où, parmi les ronces et les herbes, on foule des ossements humains. On aperçoit les débris du château de Vincentello d'Istria, sur cette pointe rocheuse qu'on dirait inaccessible et qui surgit au bord de la vallée comme une stalagmite prodigieuse.

J'ai été voir Mlles Néna et Mariuccia Istria, les petites-filles de Colomba. À leur porte, un four est ombragé d'un vieil olivier auquel un grenadier oppose ses fleurs écarlates.

Entre ces meubles vétustes, Colomba a vieilli en chantant à ses petits-enfants des berceuses qu'elle improvisait. Voici sa table massive en noyer, aux pieds torses ; sa glace qu'orne un écusson. Ce portrait d'homme énergique, qui porte la barbe comme un vieux loup de mer, c'est celui que Colomba a préféré à Mérimée pour sa fille Catherine, c'est M. Joseph Istria.

Je suis entré dans une chambre à solives, celle de la grande aïeule : de ce balcon elle avait sous les yeux la vallée de Baracci, un lambeau de mer, le village de Vigianello, sur la route de Fozzano qu'elle pouvait entrevoir dans ce repli ombreux... Des pots de basilic fleuraient leur parfum. Le ciel était bleu sur la forêt d'oliviers. Çà et là, des figures informes de granit semblaient symboliser des légendes barbares. Et je regardais le paysage qu'avait contemplé mélancoliquement Colomba pendant que Mlles Mariuccia et Néna me parlaient de leur sœur, Mme Simonpieri, qui vit en Algérie, redoutée des Arabes, et de leur frère Charles Istria que Mérimée recevait à sa table, à Paris. Ces dames ont déployé dans leurs affaires l'énergie que leur aïeule dépensa dans la vendetta. Elle leur disait :

— J'ai usé, moi, plus de soie que vous n'userez de mérinos.

Elle restait belle sous ses cheveux d'argent, et elle tenait toujours à ses atours. On m'a montré quelques morceaux d'étoffes qu'elle avait portées ; on n'en fabrique plus d'aussi riches : ce damas peut rivaliser avec le plus somptueux surplis d'église ; cette soie jaune ferait les délices d'une impératrice. Que de bijoux, bagues, pendentifs, colliers ! Et ces curieux pendants d'oreille, dont l'un représente le soleil, l'autre la lune ! Colomba idolâtrait les parures, les joyaux, les étoffes chatoyantes. Mais elle avait laissé tout cela après la mort de son fils.

***

Elle mourut à l'âge de quatre-vingt-seize ans. Il faut croire que le culte de la vengeance entretient l'énergie sans laquelle, dit-on, il n'y a pas de longue vie. Colomba fut un exemple extraordinaire de l'énergie tragique. Toujours tendue ! La douleur la plus terrible ne l'accablait pas, elle donnait comme un relief singulier à sa beauté. Sans cesse, jusqu'à la fin, elle eut dans ses yeux ce rayonnement qui fascinait ou faisait frissonner. Sa poésie était l'âme d'une solitude farouche, l'âme de ces paysages corses qui semblent enfantés par les cataclysmes des préhistoires. Elle parcourut la vie par bonds. Elle avait horreur des faiblesses et des faibles. Quand on lui raconta l'histoire de l'enfant de Sparte, elle s'écria dans un mouvement d'admiration : « Chaque foyer devrait avoir sa statue ! »

Colomba ne fit pas de maladie. Pendant quinze jours, elle languit, mais debout. Elle ne voulut pas se coucher. Le lit était déjà le cercueil. Assise près du balcon, elle voyait venir la mort comme la nuit sur ce paysage d'oliviers qui lui était familier.

Le 6 décembre 1861, dans la matinée, elle se confessa, elle communia dévotement. On l'étendit sur son lit où elle s'éteignit doucement, sans agonie. Il était cinq heures du soir.

Selon son désir, on transporta son corps à Fozzano, dans la chapelle où elle repose à côté de son fils.

# 2ème PARTIE

# Colomba
*Nouvelle de Prosper Mérimée*

# I

*Pè far la to vendetta.*
*Sta sigur', vasta anche ella.*
Vocero du Niolo.

Dans les premiers jours du mois d'octobre 181., le colonel sir Thomas Nevil, Irlandais, officier distingué de l'armée anglaise, descendit avec sa fille à l'hôtel Beauveau, à Marseille, au retour d'un voyage en Italie. L'admiration continue des voyageurs enthousiastes a produit une réaction, et, pour se singulariser, beaucoup de touristes aujourd'hui prennent pour devise le *nil admirari* d'Horace. C'est à cette classe de voyageurs mécontents qu'appartenait miss Lydia, fille unique du colonel. *La Transfiguration* lui avait paru médiocre, le Vésuve en éruption à peine supérieur aux cheminées des usines de Birmingham. En somme, sa grande objection contre l'Italie était que ce pays manquait de couleur locale, de caractère. Explique qui pourra le sens de ces mots, que je comprenais fort bien il y a quelques années, et que je n'entends plus aujourd'hui. D'abord, miss Lydia s'était flattée de trouver au-delà des Alpes des choses que personne n'aurait vues avant elle, et dont elle pouvait parler « avec les honnêtes gens », comme dit M. Jourdain. Mais bientôt, partout devancée par ses compatriotes, et désespérant de rencontrer rien d'inconnu, elle se jeta dans le parti de l'opposition. Il est bien désagréable, en effet, de ne pouvoir parler des merveilles de l'Italie sans que quelqu'un ne vous dise : « Vous connaissez sans doute ce Raphaël du palais ***, à *** ? C'est ce qu'il y a de plus beau en Italie. »

— Et c'est justement ce qu'on a négligé de voir. Comme il est trop long de tout voir, le plus simple c'est de tout condamner de parti pris.

À l'hôtel Beauveau, miss Lydia eut un amer désappointement. Elle rapportait un joli croquis de la porte pélasgique ou cyclopéenne de Segni, qu'elle croyait oubliée par les dessinateurs. Or lady Frances Fenwich, la rencontrant à Marseille, lui montra son album, où, entre un sonnet et une fleur desséchée, figurait la porte en question, enluminée à grand renfort de terre de Sienne. Miss Lydia donna la porte de Segni à sa femme de chambre, et perdit toute estime pour les constructions pélasgiques.

Ces tristes dispositions étaient partagées par le colonel Nevil, qui, depuis la mort de sa femme, ne voyait les choses que par les yeux de miss Lydia. Pour lui, l'Italie avait le tort immense d'avoir ennuyé sa fille, et par conséquent, c'était le plus ennuyeux pays du monde. Il n'avait rien à dire, il est vrai, contre les tableaux et les statues ; mais ce qu'il pouvait assurer, c'est que la chasse était misérable dans ce pays-là, et qu'il fallait faire dix lieues au grand soleil dans la campagne de Rome pour tuer quelques méchantes perdrix rouges.

Le lendemain de son arrivée à Marseille, il invita à dîner le capitaine Ellis, son ancien adjudant, qui venait de passer six semaines en Corse. Le capitaine raconta fort bien à miss Lydia une histoire de bandits qui avait le mérite de ne ressembler nullement aux histoires de voleurs dont on l'avait si souvent entretenue sur la route de Rome à Naples. Au dessert, les deux hommes, restés seuls avec des bouteilles de vin de Bordeaux, parlèrent chasse, et le colonel apprit qu'il n'y a pas de pays où elle soit plus belle qu'en Corse, plus variée, plus abondante.

— On y voit force sangliers, disait le capitaine Ellis, et il faut apprendre à les distinguer des cochons domestiques, qui leur ressemblent d'une manière étonnante ; car, en tuant des cochons, l'on se fait une mauvaise affaire avec leurs gardiens. Ils sortent d'un taillis qu'ils nomment *maquis*, armés jusqu'aux dents, se font payer leurs bêtes et se moquent de vous. Vous avez encore le mouflon, fort étrange animal qu'on ne trouve pas ailleurs, fameux gibier, mais difficile. Cerfs, daims, faisans, perdreaux, jamais on ne pourrait nombrer toutes les espèces de gibier qui fourmillent en Corse. Si vous aimez à tirer, allez en Corse, colonel ; là, comme disait un de mes hôtes, vous pourrez tirer sur tous les gibiers possibles, depuis la grive jusqu'à l'homme.

Au thé, le capitaine charma de nouveau miss Lydia par une histoire de vendetta *transversale*[1], encore plus bizarre que la première, et il acheva de l'enthousiasmer pour la Corse en lui décrivant l'aspect étrange, sauvage du pays, le caractère original de ses habitants, leur hospitalité et leurs mœurs primitives. Enfin, il mit à ses pieds un joli petit stylet, moins remarquable par sa forme et sa monture en cuivre que par son origine. Un fameux bandit l'avait cédé au capitaine Ellis, garanti pour s'être

1 - C'est la vengeance que l'on fait tomber sur un parent plus ou moins éloigné de l'auteur de l'offense.

enfoncé dans quatre corps humains. Miss Lydia le passa dans sa ceinture, le mit sur sa table de nuit, et le tira deux fois de son fourreau avant de s'endormir. De son côté, le colonel rêva qu'il tuait un mouflon et que le propriétaire lui en faisait payer le prix, à quoi il consentait volontiers, car c'était un animal très curieux, qui ressemblait à un sanglier, avec des cornes de cerf et une queue de faisan.

— Ellis conte qu'il y a une chasse admirable en Corse, dit le colonel, déjeunant tête à tête avec sa fille ; si ce n'était pas si loin, j'aimerais à y passer une quinzaine.

— Eh bien ! répondit miss Lydia, pourquoi n'irions-nous pas en Corse ? Pendant que vous chasseriez, je dessinerais ; je serais charmée d'avoir dans mon album la grotte dont parlait le capitaine Ellis, où Bonaparte allait étudier quand il était enfant.

C'était peut-être la première fois qu'un désir manifesté par le colonel eût obtenu l'approbation de sa fille. Enchanté de cette rencontre inattendue, il eut pourtant le bon sens de faire quelques objections pour irriter l'heureux caprice de miss Lydia. En vain il parla de la sauvagerie du pays et de la difficulté pour une femme d'y voyager : elle ne craignait rien ; elle aimait par-dessus tout à voyager à cheval ; elle se faisait une fête de coucher au bivouac ; elle menaçait d'aller en Asie Mineure. Bref, elle avait réponse à tout, car jamais Anglaise n'avait été en Corse ; donc elle devait y aller. Et quel bonheur, de retour dans Saint-James Place, de montrer son album !

— Pourquoi donc, ma chère, passez-vous ce charmant dessin ?

— Oh ! ce n'est rien. C'est un croquis que j'ai fait d'après un fameux bandit corse qui nous a servi de guide.

— Comment ! vous avez été en Corse ?...

Les bateaux à vapeur n'existant point encore entre la France et la Corse, on s'enquit d'un navire en partance pour l'île que miss Lydia se proposait de découvrir. Dès le jour même, le colonel écrivit à Paris pour décommander l'appartement qui devait le recevoir, et fit marché avec le patron d'une goélette corse qui allait faire voile pour Ajaccio. Il y avait deux chambres telles quelles. On embarqua des provisions ; le patron jura qu'un vieux sien matelot était un cuisinier estimable et n'avait pas son pareil pour la bouillabaisse ; il promit que mademoiselle serait convenablement, qu'elle aurait bon vent, belle mer.

En outre, d'après les volontés de sa fille, le colonel stipula que le capitaine ne prendrait aucun passager et qu'il s'arrangerait pour raser les côtes de l'île de façon qu'on pût jouir de la vue des montagnes.

## II

Au jour fixé pour le départ, tout était emballé, embarqué dès le matin : la goélette devait partir avec la brise du soir. En attendant, le colonel se promenait avec sa fille sur la Canebière, lorsque le patron l'aborda pour lui demander la permission de prendre à son bord un de ses parents, c'est-à-dire le petit-cousin du parrain de son fils aîné, lequel retournant en Corse, son pays natal, pour affaires pressantes, ne pouvait trouver de navire pour le passer.

— C'est un charmant garçon, ajouta le capitaine Matei, militaire, officier aux chasseurs à pied de la garde, et qui serait déjà colonel si l'autre était encore empereur.

— Puisque c'est un militaire, dit le colonel...

Il allait ajouter : « Je consens volontiers à ce qu'il vienne avec nous », mais miss Lydia s'écria en anglais :

— Un officier d'infanterie ! (Son père ayant servi dans la cavalerie, elle avait du mépris pour toute autre arme.) Un homme sans éducation peut-être, qui aura le mal de mer, et qui nous gâtera tout le plaisir de la traversée !

Le patron n'entendait pas un mot d'anglais, mais il parut comprendre ce que disait miss Lydia à la petite moue de sa jolie bouche, et il commença un éloge en trois points de son parent, qu'il termina en assurant que c'était un homme très comme il faut, d'une famille de *caporaux*, et qu'il ne gênerait en rien M. le colonel, car lui, patron, se chargeait de le loger dans un coin où l'on ne s'apercevrait pas de sa présence.

Le colonel et miss Nevil trouvèrent singulier qu'il y eût en Corse des familles où l'on fût ainsi caporal de père en fils : mais, comme ils pensaient pieusement qu'il s'agissait d'un caporal d'infanterie, ils conclurent que c'était quelque pauvre diable que le patron voulait emmener par charité. S'il se fût agi d'un officier, on eût été obligé de lui parler, de vivre avec lui mais avec un caporal, il n'y a pas à se gêner et c'est un être sans conséquence, lorsque son escouade n'est pas là, baïonnette au bout du fusil, pour vous mener où vous n'avez pas envie d'aller.

— Votre parent a-t-il le mal de mer ? demanda miss Nevil d'un ton sec.

— Jamais, mademoiselle ; le cœur ferme comme un roc, sur mer comme sur terre.

— Eh bien ! vous pouvez l'emmener, dit-elle.

— Vous pouvez l'emmener, répéta le colonel, et ils continuèrent leur promenade.

Vers cinq heures du soir, le capitaine Matei vint les chercher pour monter à bord de la goélette. Sur le port, près de la yole du capitaine, ils trouvèrent un grand jeune homme vêtu d'une redingote bleue boutonnée jusqu'au menton, le teint basané, les yeux noirs, vifs, bien fendus, l'air franc et spirituel. À la manière dont il effaçait les épaules, à sa petite moustache frisée, on reconnaissait facilement un militaire ; car, à cette époque, les moustaches ne couraient pas les rues, et la garde nationale n'avait pas encore introduit dans toutes les familles la tenue avec les habitudes du corps de garde.

Le jeune homme ôta sa casquette en voyant le colonel, et le remercia sans embarras et en bons termes du service qu'il lui rendait.

— Charmé de vous être utile, mon garçon, dit le colonel en lui faisant un signe de tête amical ; et il entra dans la yole.

— Il est sans gêne votre Anglais, dit tout bas en italien le jeune homme au patron.

Celui-ci plaça son index sous son œil gauche et abaissa les deux coins de la bouche. Pour qui comprend le langage des signes, cela voulait dire que l'Anglais entendait l'italien et que c'était un homme bizarre. Le jeune homme sourit légèrement, toucha son front en réponse au signe de Matei, comme pour lui dire que tous les Anglais avaient quelque chose de travers dans la tête, puis il s'assit auprès du patron, et considéra avec beaucoup d'attention, mais sans impertinence, sa jolie compagne de voyage.

— Ils ont bonne tournure, ces soldats français, dit le colonel à sa fille en anglais ; aussi en fait-on facilement des officiers.

Puis, s'adressant en français au jeune homme :

— Dites-moi, mon brave, dans quel régiment avez-vous servi ?

Celui-ci donna un léger coup de coude au père du filleul de son petit-cousin, et, comprimant un sourire ironique, répondit qu'il avait été dans les chasseurs à pied de la garde, et que présentement il sortait du 7^e^ léger.

— Est-ce que vous avez été à Waterloo ? Vous êtes bien jeune.

— Pardon, mon colonel ; c'est ma seule campagne.

— Elle compte double, dit le colonel.

Le jeune Corse se mordit les lèvres.

— Papa, dit miss Lydia en anglais, demandez-lui donc si les Corses aiment beaucoup leur Bonaparte ?

Avant que le colonel eût traduit la question en français, le jeune homme répondit en assez bon anglais, quoique avec un accent prononcé :

— Vous savez, mademoiselle, que nul n'est prophète en son pays. Nous autres, compatriotes de Napoléon, nous l'aimons peut-être moins que les Français. Quant à moi, bien que ma famille ait été autrefois l'ennemie de la sienne, je l'aime et l'admire.

— Vous parlez anglais ! s'écria le colonel.

— Fort mal, comme vous pouvez vous en apercevoir.

Bien qu'un peu choquée de son ton dégagé, miss Lydia ne put s'empêcher de rire en pensant à une inimitié personnelle entre un caporal et un empereur. Ce lui fut comme un avant-goût des singularités de la Corse, et elle se promit de noter le trait sur son journal.

— Peut-être avez-vous été prisonnier en Angleterre ? demanda le colonel.

— Non, mon colonel, j'ai appris l'anglais en France, tout jeune, d'un prisonnier de votre nation.

Puis, s'adressant à miss Nevil :

— Matei m'a dit que vous reveniez d'Italie. Vous parlez sans doute le pur toscan, mademoiselle ; vous serez un peu embarrassée, je le crains, pour comprendre notre langue.

— Ma fille entend tous les dialectes italiens, répondit le colonel ; elle a le don des langues. Ce n'est pas comme moi.

— Mademoiselle comprendrait-elle, par exemple, ces vers d'une de nos chansons corses ? C'est un berger qui dit à une bergère :

*S'entrassi'ndru paradisu santu, santu,*
*E nun truvassi a tia, mi n'esciria.*[2]

Miss Lydia comprit, et, trouvant la citation audacieuse, et plus encore le regard qui l'accompagnait, elle répondit en rougissant :

— *Capisco.*

— Et vous retournez dans votre pays en semestre ? demanda le colonel.

— Non, mon colonel. Ils m'ont mis en demi-solde, probablement parce que j'ai été à Waterloo et que je suis compatriote de Napoléon. Je retourne chez moi, léger d'espoir, léger d'argent, comme dit la chanson.

Et il soupira en regardant le ciel.

Le colonel mit la main à sa poche, et, retournant entre ses doigts une pièce d'or, il cherchait une phrase pour la glisser poliment dans la main de son ennemi malheureux.

— Et moi aussi, dit-il d'un ton de bonne humeur, on m'a mis en demi-solde ; mais... avec votre demi-solde vous n'avez pas de quoi vous acheter du tabac. Tenez, caporal.

Et il essaya de faire entrer la pièce d'or dans la main fermée que le jeune homme appuyait sur le bord de la yole.

Le jeune Corse rougit, se redressa, se mordit les lèvres et paraissait disposé à répondre avec emportement, quand tout à coup, changeant d'expression, il

2 - « Si j'entrais dans le paradis saint, saint, Et si je ne t'y trouvais pas, j'en sortirais. » *(Serenata di Zicavo.)*

éclata de rire. Le colonel, sa pièce à la main, demeurait tout ébahi.

— Colonel, dit le jeune homme reprenant son sérieux, permettez-moi de vous donner deux avis : le premier, c'est de ne jamais offrir de l'argent à un Corse, car il y a de mes compatriotes assez impolis pour vous le jeter à la tête ; le second, c'est de ne pas donner aux gens des titres qu'ils ne réclament point. Vous m'appelez caporal et je suis lieutenant. Sans doute, la différence n'est pas bien grande, mais...

— Lieutenant ! s'écria sir Thomas, lieutenant ! mais le patron m'a dit que vous étiez caporal, ainsi que votre père et tous les hommes de votre famille.

À ces mots le jeune homme, se laissant aller à la renverse, se mit à rire de plus belle, et de si bonne grâce, que le patron et ses deux matelots éclatèrent en chœur.

— Pardon, colonel, dit enfin le jeune homme ; mais le quiproquo est admirable, je ne l'ai compris qu'à l'instant. En effet, ma famille se glorifie de compter des caporaux parmi ses ancêtres ; mais nos caporaux corses n'ont jamais eu de galons sur leurs habits. Vers l'an de grâce 1100, quelques communes, s'étant révoltées contre la tyrannie des grands seigneurs montagnards, se choisiront des chefs qu'elles nommèrent *caporaux*. Dans notre île, nous tenons à honneur de descendre de ces espèces de tribuns.

— Pardon, monsieur ! s'écria le colonel, mille fois pardon. Puisque vous comprenez la cause de ma méprise, j'espère que vous voudrez bien l'excuser.

Et il lui tendit la main.

— C'est la juste punition de mon petit orgueil, colonel, dit le jeune homme riant toujours et serrant cordialement la main de l'Anglais ; je ne vous en veux pas le moins du monde. Puisque mon ami Matei m'a si mal présenté, permettez-moi de me présenter moi-même : je m'appelle Orso della Rebbia, lieutenant en demi-solde, et si, comme je le présume en voyant ces deux beaux chiens, vous venez en Corse pour chasser, je serai très flatté de vous faire les honneurs de nos maquis et de nos montagnes... si toutefois je ne les ai pas oubliés, ajouta-t-il en soupirant.

En ce moment la yole touchait la goélette. Le lieutenant offrit la main à miss Lydia, puis aida le colonel à se guinder sur le pont. Là, sir Thomas, toujours fort penaud de sa méprise, et ne sachant comment faire oublier son impertinence à un homme qui datait de l'an 1100, sans attendre l'assentiment de sa fille, le pria à souper en lui renouvelant ses excuses et ses poignées de main. Miss Lydia fronçait bien un peu le sourcil, mais, après tout, elle n'était pas fâchée de savoir ce que c'était qu'un caporal ; son hôte ne lui avait pas déplu, elle commençait même à lui trouver un certain je ne sais quoi aristocratique ; seulement il avait l'air trop franc et trop gai pour un héros de roman.

— Lieutenant della Rebbia, dit le colonel en le saluant à la manière anglaise, un verre de vin de Madère à la main, j'ai vu en Espagne beaucoup de vos compatriotes : c'était de la fameuse infanterie en tirailleurs.

— Oui, beaucoup sont restés en Espagne, dit le jeune lieutenant d'un air sérieux.

— Je n'oublierai jamais la conduite d'un bataillon corse à la bataille de Vittoria, poursuivit le colonel. Il doit m'en souvenir, ajouta-t-il en se frottant la poitrine. Toute la journée ils avaient été en tirailleurs dans les jardins, derrière les haies, et nous avaient tué je ne sais combien d'hommes et de chevaux. La retraite décidée, ils se rallièrent et se mirent à filer à grand train. En plaine, nous espérions prendre notre revanche, mais mes drôles… excusez, lieutenant — ces braves gens, dis-je, s'étaient formés en carré, et il n'y avait pas moyen de les rompre. Au milieu du carré, je crois le voir encore, il y avait un officier monté sur un petit cheval noir ; il se tenait à côté de l'aigle, fumant son cigare comme s'il eût été au café. Parfois, comme pour nous braver, leur musique nous jouait des fanfares… Je lance sur eux mes deux premiers escadrons… Bah ! au lieu de mordre sur le front du carré, voilà mes dragons qui passent à côté, puis font demi-tour, et reviennent fort en désordre et plus d'un cheval sans maître… et toujours la diable de musique ! Quand la fumée qui enveloppait le bataillon se dissipa, je revis l'officier à côté de l'aigle, fumant encore son cigare. Enragé, je me mis moi-même à la tête d'une dernière charge. Leurs fusils, crassés à force de tirer, ne partaient plus, mais les soldats étaient formés sur six rangs, la baïonnette au nez des chevaux, on eût dit un mur. Je criais, j'exhortais mes dragons, je serrais la botte pour faire avancer mon cheval, quand l'officier dont je vous parlais, ôtant enfin son cigare, me montra de la main à un de ses hommes. J'entendis quelque chose comme : « *Al capello bianco !* » J'avais un plumet blanc. Je n'en entendis pas davantage, car une balle me traversa la poitrine. C'était un beau bataillon, monsieur della Rebbia. Le premier du 18e léger, tous corses, à ce qu'on me dit depuis.

— Oui, dit Orso dont les yeux brillaient pendant ce récit, ils soutinrent la retraite et rapportèrent leur aigle ; mais les deux tiers de ces braves gens dorment aujourd'hui dans la plaine de Vittoria.

— Et par hasard ! sauriez-vous le nom de l'officier qui les commandait ?

— C'était mon père. Il était alors major au 18e, et fut fait colonel pour sa conduite dans cette triste journée.

— Votre père ! Par ma foi, c'était un brave ! J'aurais du plaisir à le revoir, et je le reconnaîtrais, j'en suis sûr. Vit-il encore ?

— Non, colonel, dit le jeune homme pâlissant légèrement.

— Était-il à Waterloo ?

— Oui, colonel, mais il n'a pas eu le bonheur de tomber sur un champ de bataille... Il est mort en Corse... il y a deux ans... Mon Dieu ! que cette mer est belle ! Il y a dix ans que je n'ai vu la Méditerranée. Ne trouvez-vous pas la Méditerranée plus belle que l'océan, mademoiselle ?

— Je la trouve trop bleue... et les vagues manquent de grandeur.

— Vous aimez la beauté sauvage, mademoiselle ? À ce compte, je crois que la Corse vous plaira.

— Ma fille, dit le colonel, aime tout ce qui est extraordinaire ; c'est pourquoi l'Italie ne lui a guère plu.

— Je ne connais de l'Italie, dit Orso, que Pise, où j'ai passé quelque temps au collège ; mais je ne puis penser sans admiration au Campo-Santo, au Dôme, à la Tour penchée... au Campo-Santo surtout. Vous vous rappelez *La Mort d'Orcagna*... Je crois que je pourrais la dessiner, tant elle est restée dans ma mémoire.

Miss Lydia craignit que monsieur le lieutenant ne s'engageât dans une tirade d'enthousiasme.

— C'est très joli, dit-elle en bâillant. Pardon, mon père, j'ai un peu mal à la tête, je vais descendre dans ma chambre.

Elle baisa son père sur le front, fit un signe de tête majestueux à Orso et disparut. Les deux hommes causèrent alors chasse et guerre.

Ils apprirent qu'à Waterloo, ils étaient en face l'un de l'autre, et qu'ils avaient dû échanger bien des balles. Leur bonne intelligence en redoubla. Tour à tour ils critiquèrent Napoléon, Wellington et Blücher, puis ils chassèrent ensemble le daim, le sanglier et le mouflon. Enfin, la nuit étant déjà très avancée, et la dernière bouteille de bordeaux finie, le colonel serra de nouveau la main au lieutenant et lui souhaita le bonsoir, en exprimant l'espoir de cultiver une connaissance commencée d'une façon si ridicule. Ils se séparèrent et chacun fut se coucher.

## III

La nuit était belle, la lune se jouait sur les flots, le navire voguait doucement au gré d'une brise légère. Miss Lydia n'avait point envie de dormir, et ce n'était que la présence d'un profane qui l'avait empêchée de goûter ces émotions qu'en mer et par un clair de lune tout être humain éprouve quand il a deux grains de poésie dans le cœur. Lorsqu'elle jugea que le jeune lieutenant dormait sur les deux oreilles, comme un être prosaïque qu'il était, elle se leva, prit une pelisse, éveilla sa femme de chambre et monta sur le pont. Il n'y avait personne, qu'un matelot au gouvernail, lequel chantait une espèce de complainte dans le dialecte corse, sur un air sauvage et monotone. Dans le calme de la nuit, cette musique étrange avait son charme. Malheureusement miss Lydia ne comprenait pas parfaitement ce que chantait le matelot. Au milieu de beaucoup de lieux communs, un vers énergique excitait vivement sa curiosité, mais bientôt, au plus beau moment, arrivaient quelques mots de corse dont le sens lui échappait. Elle comprit pourtant qu'il était question d'un meurtre. Des imprécations contre les assassins, des menaces de vengeance, l'éloge du mort, tout cela était confondu pêle-mêle. Elle retint quelques vers ; je vais essayer de les traduire :

« … Ni les canons, ni les baïonnettes — n'ont fait pâlir son front, — serein sur un champ de bataille — comme un ciel d'été. — Il était le faucon ami de l'aigle, — miel des sables pour ses amis, — pour ses ennemis la mer en courroux. — Plus haut que le soleil, — plus doux que la lune. — Lui que les ennemis de la France — n'attendirent jamais, — des assassins de son pays — l'ont frappé par-derrière, — comme Vittolo tua Sampiero Corso[3]. — Jamais ils n'eussent osé le regarder en face. — … Placez sur la muraille, devant mon lit, — ma croix d'honneur bien gagnée. — Rouge en est le ruban. — Plus rouge ma chemise. — À mon fils, mon fils en lointain pays, — gardez ma croix et ma chemise sanglante. — Il y verra deux trous. Pour chaque trou, un trou dans une autre chemise. Mais la vengeance sera-t-elle faite alors ? — Il me faut la main qui a tiré, — l'œil qui a visé, — le cœur qui a pensé… »

Le matelot s'arrêta tout à coup.

— Pourquoi ne continuez-vous pas, mon ami ? demanda miss Nevil.

Le matelot, d'un mouvement de tête, lui montra une figure qui sortait d'un grand panneau de la goélette : c'était Orso qui venait jouir du clair de lune.

— Achevez donc votre complainte, dit Miss Lydia, elle me faisait grand plaisir.

Le matelot se pencha vers elle et dit fort bas :

— Je ne donne le *rimbecco* à personne.

— Comment ? le… ?

Le matelot, sans répondre, se mit à siffler.

3 - Voyez Filippini, livre XI. — Le nom de Vittolo est encore en exécration parmi les Corses. C'est aujourd'hui un synonyme de traître.

— Je vous prends à admirer notre Méditerranée, miss Nevil, dit Orso s'avançant vers elle. Convenez qu'on ne voit point ailleurs cette lune-ci.

— Je ne la regardais pas. J'étais tout occupée à étudier le corse. Ce matelot, qui chantait une complainte des plus tragiques, s'est arrêté au plus beau moment.

Le matelot se baissa comme pour mieux lire sur la boussole, et tira rudement la pelisse de miss Nevil. Il était évident que sa complainte ne pouvait être chantée devant le lieutenant Orso.

— Que chantais-tu là, Paolo Francè ? dit Orso. Est-ce une *ballata* ? un *vocero*[4] ? Mademoiselle te comprend et voudrait entendre la fin.

— Je l'ai oubliée, Ors' Anton', dit le matelot.

Et sur-le-champ il se mit à entonner à tue-tête un cantique à la Vierge.

Miss Lydia écouta le cantique avec distraction et ne pressa pas davantage le chanteur, se promettant bien toutefois de savoir plus tard le mot de l'énigme. Mais sa femme de chambre, qui, étant de Florence, ne comprenait pas mieux que sa maîtresse le dialecte corse, était aussi curieuse de s'instruire ; s'adressant à Orso avant que celle-ci pût l'avertir par un coup de coude :

— Monsieur le capitaine, dit-elle, que veut dire donner le *rimbecco*[5] ?

---

4 - Lorsqu'un homme est mort, particulièrement lorsqu'il a été assassiné, on place son corps sur une table, et les femmes de sa famille, à leur défaut des amies, ou même des femmes étrangères connues pour leur talent poétique, improvisent devant un auditoire nombreux des complaintes en vers dans le dialecte du pays. On nomme ces femmes *voceratrici*, ou, suivant la prononciation corse, *buceratrici*, et la complainte s'appelle *vocero, buceru, buceratu*, sur ta côte orientale ; *ballata*, sur la côte opposée. Le mot *vocero*, ainsi que ses dérivés *vocerar, voceratrice*, vient du latin *vociferare*. Quelquefois, plusieurs femmes improvisent tour à tour, et souvent la femme ou la fille du mort chante elle-même la complainte funèbre.

5 - *Rimbeccare*, en italien, signifie « renvoyer », « riposter », « rejeter ». Dans le dialecte corse, cela veut dire « adresser un reproche offensant et public ». On donne le *rimbecco* au fils d'un homme assassiné en lui disant que son père n'est pas vengé. Le *rimbecco* est une espèce de mise en demeure

— Le rimbecco ! dit Orso. Mais c'est faire la plus mortelle injure à un Corse : c'est lui reprocher de ne pas s'être vengé. Qui vous a parlé de *rimbecco* ?

— C'est hier à Marseille, répondit miss Lydia avec empressement, que le patron de la goélette s'est servi de ce mot.

— Et de qui parlait-il ? demanda Orso avec vivacité.

— Oh ! il nous contait une vieille histoire... du temps de... oui, je crois que c'était à propos de Vannina d'Ornano ?

— La mort de Vannina, je le suppose, mademoiselle, ne vous a pas fait beaucoup aimer notre héros, le brave Sampiero ?

— Mais trouvez-vous que ce soit bien héroïque ?

— Son crime a pour excuse les mœurs sauvages du temps ; et puis Sampiero faisait une guerre à mort aux Génois : quelle confiance auraient pu avoir en lui ses compatriotes, s'il n'avait pas puni celle qui cherchait à traiter avec Gênes ?

— Vannina, dit le matelot, était partie sans la permission de son mari ; Sampiero a bien fait de lui tordre le cou.

— Mais, dit miss Lydia, c'était pour sauver son mari, c'était par amour pour lui, qu'elle allait demander sa grâce aux Génois.

— Demander sa grâce, c'était l'avilir ! s'écria Orso.

— Et la tuer lui-même ! poursuivit miss Nevil. Quel monstre ce devait être !

— Vous savez qu'elle lui demanda comme une faveur de périr de sa main. Othello, mademoiselle, le regardez-vous aussi comme un monstre ?

---

pour l'homme qui n'a pas encore lavé une injure dans le sang. La loi génoise punissait très sévèrement l'auteur d'un *rimbecco*.

— Quelle différence ! il était jaloux ; Sampiero n'avait que de la vanité.

— Et la jalousie, n'est-ce pas aussi de la vanité ? C'est la vanité de l'amour, et vous l'excuserez peut-être en faveur du motif ?

Miss Lydia lui jeta un regard plein de dignité, et, s'adressant au matelot, lui demanda quand la goélette arriverait au port.

— Après-demain, dit-il, si le vent continue.

— Je voudrais déjà voir Ajaccio, car ce navire m'excède.

Elle se leva, prit le bras de sa femme de chambre et fit quelques pas sur le tillac. Orso demeura immobile auprès du gouvernail, ne sachant s'il devait se promener avec elle ou bien cesser une conversation qui paraissait l'importuner.

— Belle fille, par le sang de la Madone ! dit le matelot. Si toutes les puces de mon lit lui ressemblaient, je ne me plaindrais pas d'en être mordu !

Miss Lydia entendit peut-être cet éloge naïf de sa beauté et s'en effaroucha, car elle descendit presque aussitôt dans sa chambre. Bientôt après, Orso se retira de son côté. Dès qu'il eut quitté le tillac, la femme de chambre remonta, et, après avoir fait subir un interrogatoire au matelot, rapporta les renseignements suivants à sa maîtresse : la *ballata* interrompue par la présence d'Orso avait été composée à l'occasion de la mort du colonel della Rebbia, père du susdit, assassiné il y avait deux ans. Le matelot ne doutait pas qu'Orso ne revînt en Corse *pour faire la vengeance*, c'était son expression, et affirmait qu'avant peu on verrait *de la viande fraîche* dans le village de Pietranera. Traduction faite de ce terme national, il résultait que le seigneur Orso se proposait d'assassiner deux ou trois personnes soupçonnées d'avoir assassiné son père, lesquelles, à la vérité, avaient été recherchées en justice pour ce fait, mais s'étaient trouvées blanches comme neige, attendu qu'elles avaient dans leur manche juges, avocats, préfet et gendarmes.

— Il n'y a pas de justice en Corse, ajoutait le matelot, et je fais plus de cas d'un bon fusil que d'un conseiller à la cour royale. Quand on a un ennemi, il faut choisir entre les trois S[6].

Ces renseignements intéressants changèrent d'une façon notable les manières et les dispositions de miss Lydia à l'égard du lieutenant della Rebbia. Dès ce moment il était devenu un personnage aux yeux de la romanesque Anglaise. Maintenant cet air d'insouciance, ce ton de franchise et de bonne humeur, qui d'abord l'avaient prévenue défavorablement, devenaient pour elle un mérite de plus, car c'était la profonde dissimulation d'une âme énergique, qui ne laisse percer à l'extérieur aucun des sentiments qu'elle renferme. Orso lui parut une espèce de Fiesque, cachant de vastes desseins sous une apparence de légèreté ; et, quoiqu'il soit moins beau de tuer quelques coquins que de délivrer sa patrie, cependant une belle vengeance est belle ; et d'ailleurs les femmes aiment assez qu'un héros ne soit pas homme politique. Alors seulement miss Nevil remarqua que le jeune lieutenant avait de fort grands yeux, des dents blanches, une taille élégante, de l'éducation et quelque usage du monde. Elle lui parla souvent dans la journée suivante, et sa conversation l'intéressa. Il fut longuement questionné sur son pays, et il en parlait bien. La Corse, qu'il avait quittée fort jeune, d'abord pour aller au collège, puis à l'école militaire, était restée dans son esprit

6 - Expression nationale, c'est-à-dire *schioppetto, stiletto, strada* : fusil, stylet, fuite.

parée de couleurs poétiques. Il s'animait en parlant de ses montagnes, de ses forêts, des coutumes originales de ses habitants. Comme on peut le penser, le mot de vengeance se présenta plus d'une fois dans ses récits, car il est impossible de parler des Corses sans attaquer ou sans justifier leur passion proverbiale. Orso surprit un peu miss Nevil en condamnant d'une manière générale les haines interminables de ses compatriotes. Chez les paysans, toutefois, il cherchait à les excuser, et prétendait que la vendetta est le duel des pauvres.

— Cela est si vrai, disait-il, qu'on ne s'assassine qu'après un défi en règle. « Garde-toi, je me garde », telles sont les paroles sacramentelles qu'échangent deux ennemis avant de se tendre des embuscades l'un à l'autre. Il y a plus d'assassinats chez nous, ajoutait-il, que partout ailleurs ; mais jamais vous ne trouverez une cause ignoble à ces crimes. Nous avons, il est vrai, beaucoup de meurtriers, mais pas un voleur.

Lorsqu'il prononçait les mots de vengeance et de meurtre, miss Lydia le regardait attentivement, mais sans découvrir sur ses traits la moindre trace d'émotion. Comme elle avait décidé qu'il avait la force d'âme nécessaire pour se rendre impénétrable à tous les yeux, les siens exceptés, bien entendu, elle continua de croire fermement que les mânes du colonel della Rebbia n'attendraient pas longtemps la satisfaction qu'elles réclamaient.

Déjà la goélette était en vue de la Corse. Le patron nommait les points principaux de la côte, et, bien qu'ils fussent tous parfaitement inconnus à miss Lydia, elle trouvait quelque plaisir à savoir leurs noms. Rien de plus ennuyeux qu'un paysage anonyme. Parfois le télescope du colonel faisait apercevoir quelque insulaire, vêtu de drap brun, armé d'un long fusil, monté sur un petit cheval, et galopant sur des pentes rapides. Miss Lydia, dans chacun croyait voir un bandit, ou bien un fils allant venger la mort de son père, mais Orso assurait que c'était quelque paisible habitant du bourg voisin voyageant pour ses affaires ; qu'il portait un fusil moins par nécessité que par *galanterie*, par mode, de même qu'un dandy ne sort qu'avec une canne élégante. Bien qu'un fusil soit une arme moins noble et moins poétique qu'un stylet, miss Lydia trouvait que, pour un homme, cela était plus élégant qu'une canne, et elle se rappelait que tous les héros de lord Byron meurent d'une balle et non d'un classique poignard.

Après trois jours de navigation, on se trouva devant les Sanguinaires, et le magnifique panorama du golfe d'Ajaccio se développa aux yeux de nos voyageurs. C'est avec raison qu'on le compare à la baie de Naples ; et au moment où la goélette entrait dans le port, un maquis en feu, couvrant de fumée la punta di Girato, rappelait le Vésuve et ajoutait à la ressemblance. Pour qu'elle fût complète, il faudrait qu'une armée d'Attila vînt s'abattre sur les environs de Naples ; car tout est mort et désert autour d'Ajaccio. Au lieu de ces élégantes fabriques qu'on découvre de tous côtés depuis Castellamare jusqu'au cap Misène, on ne voit, autour du golfe d'Ajaccio, que de sombres maquis, et derrière, des montagnes pelées. Pas une villa, pas une habitation. Seulement, çà et là, sur les hauteurs autour de la ville, quelques constructions blanches se détachent isolées sur un fond de verdure ; ce sont des chapelles funéraires, des tombeaux de famille. Tout, dans ce paysage, est d'une beauté grave et triste.

L'aspect de la ville, surtout à cette époque, augmentait encore l'impression causée par la solitude de ses alentours. Nul mouvement dans les rues, où l'on ne rencontre qu'un petit nombre de figures oisives, et toujours les mêmes. Point de femmes, sinon quelques paysannes qui viennent vendre leurs denrées. On n'entend point parler haut, rire, chanter, comme dans les villes italiennes. Quelquefois, à l'ombre d'un arbre de la promenade, une douzaine de paysans armés jouent aux cartes, ou regardent jouer. Ils ne crient pas, ne se disputent jamais ; si le jeu s'anime, on entend alors des coups de pistolet, qui toujours précèdent la menace. Le Corse est naturellement grave et silencieux. Le soir, quelques figures paraissent pour jouir de la fraîcheur, mais les promeneurs du cours sont presque tous des étrangers. Les insulaires restent devant leurs portes ; chacun semble aux aguets comme un faucon sur son nid.

# IV

Après avoir visité la maison où Napoléon est né, après s'être procuré par des moyens plus ou moins catholiques un peu du papier de la tenture, miss Lydia, deux jours après être débarquée en Corse, se sentit saisir d'une tristesse profonde, comme il doit arriver à tout étranger qui se trouve dans un pays dont les habitudes insociables semblent le condamner à un isolement complet. Elle regretta son coup de tête ; mais partir sur-le-champ, c'eût été compromettre sa réputation de voyageuse intrépide ; miss Lydia se résigna donc à prendre patience et à tuer le temps de son mieux. Dans cette généreuse résolution, elle prépara crayons et couleurs, esquissa des vues du golfe, et fit le portrait d'un paysan basané qui vendait des melons, comme un maraîcher du continent, mais qui avait une barbe blanche et l'air du plus féroce coquin qui se pût voir. Tout cela ne suffisant point à l'amuser, elle résolut de faire tourner la tête au descendant des caporaux, et la chose n'était pas difficile, car, loin de se presser pour revoir son village, Orso semblait se plaire fort à Ajaccio, bien qu'il n'y vît personne. D'ailleurs miss Lydia s'était proposé une noble tâche, celle de civiliser cet ours des montagnes, et de le faire renoncer aux sinistres desseins qui le ramenaient dans son île. Depuis qu'elle avait pris la peine de l'étudier, elle s'était dit qu'il serait dommage de laisser ce jeune homme courir à sa perte, et que pour elle il serait glorieux de convertir un Corse.

Les journées pour nos voyageurs se passaient comme il suit : le matin, le colonel et Orso allaient à la chasse ; miss Lydia dessinait ou écrivait à ses amies, afin de pouvoir dater ses lettres d'Ajaccio. Vers six heures, les hommes revenaient chargés de gibier ; on dînait, miss Lydia chantait, le colonel s'endormait, et les jeunes gens demeuraient fort tard à causer.

Je ne sais quelle formalité de passeport avait obligé le colonel Nevil à faire une visite au préfet ; celui-ci, qui s'ennuyait fort, ainsi que la plupart de ses collègues, avait été ravi d'apprendre l'arrivée d'un Anglais riche, homme du monde et père d'une jolie fille ; aussi il l'avait parfaitement reçu et accablé d'offres de services ; de plus, fort peu de jours après, il vint lui rendre sa visite. Le colonel, qui venait de sortir de table, était confortablement étendu sur le sofa, tout près de s'endormir ; sa fille chantait devant un piano délabré ; Orso tournait les feuillets de son cahier de musique, et regardait les épaules et les cheveux blonds de la virtuose. On annonça M. le préfet ; le piano se tut, le colonel se leva, et présenta le préfet à sa fille :

— Je ne vous présente pas monsieur della Rebbia, dit-il, car vous le connaissez sans doute ?

— Monsieur est le fils du colonel della Rebbia ? demanda le préfet d'un air légèrement embarrassé.

— Oui, monsieur, répondit Orso.

— J'ai eu l'honneur de connaître monsieur votre père.

Les lieux communs de conversation s'épuisèrent bientôt. Malgré lui, le colonel bâillait assez fréquemment ; en sa qualité de libéral, Orso ne voulait point parler à un satellite du pouvoir ; Miss Lydia soutenait seule la conversation. De son côté, le préfet ne la laissait pas languir, et il était évident qu'il avait un vif plaisir à parler de Paris et du monde à une femme qui connaissait toutes les notabilités de la société européenne. De temps en temps, et tout en parlant, il observait Orso avec une curiosité singulière.

— C'est sur le continent que vous avez connu monsieur della Rebbia ? demanda-t-il à miss Lydia.

Miss Lydia répondit avec quelque embarras qu'elle avait fait sa connaissance sur le navire qui les avait amenés en Corse.

— C'est un jeune homme très comme il faut, dit le préfet à demi voix. Et vous a-t-il dit, continua-t-il encore plus bas, dans quelle intention il revient en Corse ?

Miss Lydia prit son air majestueux :

— Je ne le lui ai point demandé, dit-elle ; vous pouvez l'interroger.

Le préfet garda le silence ; mais, un moment après, entendant Orso adresser au colonel quelques mots en anglais :

— Vous avez beaucoup voyagé, monsieur, à ce qu'il paraît, dit-il. Vous devez avoir oublié la Corse… et ses coutumes.

— Il est vrai, j'étais bien jeune quand je l'ai quittée.

— Vous appartenez toujours à l'armée ?

— Je suis en demi-solde, monsieur.

— Vous avez été trop longtemps dans l'armée française pour ne pas devenir tout à fait français, je n'en doute pas, monsieur.

Il prononça ces derniers mots avec une emphase marquée.

Ce n'est pas flatter prodigieusement les Corses, que leur rappeler qu'ils appartiennent à la grande nation. Ils veulent être un peuple à part, et cette prétention, ils la justifient assez bien pour qu'on la leur accorde. Orso, un peu piqué, répliqua :

— Pensez-vous, monsieur le préfet, qu'un Corse, pour être homme d'honneur, ait besoin de servir dans l'armée française ?

— Non, certes, dit le préfet, ce n'est nullement ma pensée : je parle seulement de certaines *coutumes* de ce pays-ci, dont quelques-unes ne sont pas telles qu'un administrateur voudrait les voir.

Il appuya sur ce mot de *coutumes*, et prit l'expression la plus grave que sa figure comportait. Bientôt après, il se leva et sortit, emportant la promesse que miss Lydia irait voir sa femme à la préfecture.

Quand il fut parti :

— Il fallait, dit miss Lydia, que j'allasse en Corse pour apprendre ce que c'est qu'un préfet. Celui-ci me paraît assez aimable.

— Pour moi, dit Orso, je n'en saurais dire autant, et je le trouve bien singulier avec son air emphatique et mystérieux.

Le colonel était plus qu'assoupi ; miss Lydia jeta un coup d'œil de son côté, et baissant la voix :

— Et moi je trouve, dit-elle, qu'il n'est pas si mystérieux que vous le prétendez, car je crois l'avoir compris.

— Vous êtes assurément bien perspicace, miss Nevil ; et si vous voyez quelque esprit dans ce qu'il vient de dire, il faut assurément que vous l'y ayez mis.

— C'est une phrase du marquis de Mascarille, monsieur della Rebbia, je crois ; mais... voulez-vous que je vous donne une preuve de ma pénétration ? Je suis un peu sorcière, et je sais ce que pensent les gens que j'ai vus deux fois.

— Mon Dieu ! vous m'effrayez. Si vous saviez lire dans ma pensée, je ne sais si je devrais en être content ou affligé...

— Monsieur della Rebbia, continua miss Lydia en rougissant, nous ne nous connaissons que depuis quelques jours ; mais en mer, et dans les pays barbares — vous m'excuserez, je l'espère... —, dans les pays barbares, on devient ami plus vite que dans le monde... Ainsi ne vous étonnez pas si je vous parle en amie de choses un peu bien intimes, et dont peut-être un étranger ne devrait pas se mêler.

— Oh ! ne dites pas ce mot-là, miss Nevil ; l'autre me plaisait bien mieux.

— Eh bien ! monsieur, je dois vous dire que, sans avoir cherché à savoir vos secrets, je me trouve les avoir appris en partie, et il y en a qui m'affligent. Je sais, monsieur, le malheur qui a frappé votre famille ; on m'a beaucoup parlé du caractère vindicatif de vos compatriotes et de leur manière de se venger... N'est-ce pas à cela que le préfet faisait allusion ?

— Miss Lydia peut-elle penser !...

Et Orso devint pâle comme la mort.

— Non, monsieur della Rebbia, dit-elle en l'interrompant ; je sais que vous êtes un gentleman plein d'honneur. Vous m'avez dit vous-même qu'il n'y avait plus dans votre pays que les gens du peuple qui connussent la vendetta... qu'il vous plaît d'appeler une forme du duel...

— Me croiriez-vous donc capable de devenir jamais un assassin ?

— Puisque je vous parle de cela, monsieur Orso, vous devez bien voir que je ne doute pas de vous, et si je vous ai parlé, poursuivit-elle en baissant les yeux, c'est que j'ai compris que, de retour dans votre pays, entouré peut-être de préjugés barbares, vous seriez bien aise de savoir qu'il y a quelqu'un qui vous estime pour votre courage à leur résister. Allons, dit-elle en se levant, ne parlons plus de ces vilaines choses-là : elles me font mal à la tête, et d'ailleurs il est bien tard. Vous ne m'en voulez pas ? Bonsoir, à l'anglaise.

Et elle lui tendit la main. Orso la pressa d'un air grave et pénétré.

— Mademoiselle, dit-il, savez-vous qu'il y a des moments où l'instinct du pays se réveille en moi ! Quelquefois, lorsque je songe à mon pauvre père… alors d'affreuses idées m'obsèdent. Grâce à vous, j'en suis à jamais délivré. Merci, merci !

Il allait poursuivre ; mais miss Lydia fit tomber une cuiller à thé, et le bruit réveilla le colonel.

— Della Rebbia, demain à cinq heures en chasse ! Soyez exact.

— Oui, mon colonel.

# V

Le lendemain, un peu avant le retour des chasseurs, miss Nevil, revenant d'une promenade au bord de la mer, regagnait l'auberge avec sa femme de chambre, lorsqu'elle remarqua une jeune femme vêtue de noir, montée sur un cheval de petite taille, mais vigoureux, qui entrait dans la ville. Elle était suivie d'une espèce de paysan, à cheval aussi, en veste de drap brun trouée aux coudes, une gourde en bandoulière, un pistolet pendant à la ceinture ; à la main, un fusil, dont la crosse reposait dans une poche de cuir attachée à l'arçon de la selle ; bref, en costume complet de brigand de mélodrame ou de bourgeois corse en voyage. La beauté remarquable de la femme attira d'abord l'attention de miss Nevil. Elle paraissait avoir une vingtaine d'années. Elle était grande, blanche, les yeux bleu foncé, la bouche rose, les dents comme de l'émail. Dans son expression on lisait à la fois l'orgueil, l'inquiétude et la tristesse. Sur la tête, elle portait ce voile de soie noire nommé *mezzaro*, que les Génois ont introduit en Corse, et qui sied si bien aux femmes. De longues nattes de cheveux châtains lui formaient comme un turban autour de la tête. Son costume était propre, mais de la plus grande simplicité.

Miss Nevil eut tout le temps de la considérer, car la dame au *mezzaro* s'était arrêtée dans la rue à questionner quelqu'un avec beaucoup d'intérêt, comme il semblait à l'expression de ses yeux ; puis, sur la réponse qui lui fut faite, elle donna un coup de houssine à sa monture, et, prenant le grand trot, ne s'arrêta qu'à la porte de l'hôtel où logeaient sir Thomas Nevil et Orso. Là, après avoir échangé quelques mots avec l'hôte, la jeune femme sauta lestement à bas de son cheval et s'assit sur un banc de pierre à côté de la porte d'entrée, tandis que son écuyer conduisait les chevaux à l'écurie. Miss Lydia passa avec son costume parisien devant l'étrangère sans qu'elle levât les yeux. Un quart d'heure après, ouvrant sa fenêtre, elle vit encore la dame au *mezzaro* assise à la même place et dans la même attitude. Bientôt parurent le colonel et Orso, revenant de la chasse. Alors l'hôte dit quelques mots à la demoiselle en deuil et lui désigna du doigt le jeune della Rebbia. Celle-ci rougit, se leva avec vivacité, fit quelques pas en avant, puis s'arrêta immobile et comme interdite. Orso était tout près d'elle, la considérant avec curiosité.

— Vous êtes, dit-elle d'une voix émue, Orso Antonio della Rebbia ? Moi, je suis Colomba.

— Colomba ! s'écria Orso.

Et, la prenant dans ses bras, il l'embrassa tendrement, ce qui étonna un peu le colonel et sa fille, car en Angleterre on ne s'embrasse pas dans la rue.

— Mon frère, dit Colomba, vous me pardonnerez si je suis venue sans votre ordre ; mais j'ai appris par nos amis que vous étiez arrivé, et c'était pour moi une si grande consolation de vous voir…

Orso l'embrassa encore ; puis, se tournant vers le colonel :

— C'est ma sœur, dit-il, que je n'aurais jamais reconnue si elle ne s'était nommée. Colomba, le colonel sir Thomas Nevil. Colonel, vous voudrez bien m'excuser, mais je ne pourrai avoir l'honneur de dîner avec vous aujourd'hui... Ma sœur...

— Eh ! où diable voulez-vous dîner, mon cher ? s'écria le colonel. Vous savez bien qu'il n'y a qu'un dîner dans cette maudite auberge, et il est pour nous. Mademoiselle fera grand plaisir à ma fille de se joindre à nous.

Colomba regarda son frère, qui ne se fit pas trop prier, et tous ensemble entrèrent dans la plus grande pièce de l'auberge, qui servait au colonel de salon et de salle à manger. Mademoiselle della Rebbia, présentée à miss Nevil, lui fit une profonde révérence, mais ne dit pas une parole. On voyait qu'elle était très effarouchée et que, pour la première fois de sa vie peut-être, elle se trouvait en présence d'étrangers gens du monde. Cependant, dans ses manières il n'y avait rien qui sentît la province. Chez elle l'étrangeté sauvait la gaucherie. Elle plut à miss Nevil par cela même ; et comme il n'y avait pas de chambre disponible dans l'hôtel que le colonel et sa suite avaient envahi, miss Lydia poussa la condescendance ou la curiosité jusqu'à offrir à mademoiselle della Rebbia de lui faire dresser un lit dans sa propre chambre.

Colomba balbutia quelques mots de remerciement et s'empressa de suivre la femme de chambre de miss Nevil pour faire à sa toilette les petits arrangements que rend nécessaires un voyage à cheval par la poussière et le soleil.

En rentrant dans le salon, elle s'arrêta devant les fusils du colonel, que les chasseurs venaient de déposer dans un coin.

— Les belles armes ! dit-elle. Sont-elles à vous ?

— Non, ce sont des fusils anglais au colonel. Ils sont aussi bons qu'ils sont beaux.

— Je voudrais bien, dit Colomba, que vous en eussiez un semblable.

— Il y en a certainement un dans ces trois-là qui appartient à della Rebbia, s'écria le colonel. Il s'en sert trop bien. Aujourd'hui quatorze coups de fusil, quatorze pièces !

Aussitôt s'établit un combat de générosité, dans lequel Orso fut vaincu, à la grande satisfaction de sa sœur, comme il était facile de s'en apercevoir à l'expression de joie enfantine qui brilla tout d'un coup sur son visage, tout à l'heure si sérieux.

— Choisissez, mon cher, disait le colonel.

Orso refusait.

— Eh bien ! mademoiselle votre sœur choisira pour vous.

Colomba ne se le fit pas dire deux fois : elle prit le moins orné des fusils, mais c'était un excellent Manton de gros calibre.

— Celui-ci, dit-elle, doit bien porter la balle.

Son frère s'embarrassait dans ses remerciements lorsque le dîner parut fort à propos pour le tirer d'affaire. Miss Lydia fut charmée de voir que Colomba, qui avait fait quelque résistance pour se mettre à table, et qui n'avait cédé que sur un regard de son frère, faisait en bonne catholique le signe de la croix avant de manger. « Bon, se dit-elle, voilà qui est primitif. » Et elle se promit de faire plus d'une observation intéressante sur ce jeune représentant des vieilles mœurs de la Corse. Pour Orso, il était évidemment un peu mal à son aise, par la crainte sans doute que sa sœur ne dît ou ne fît quelque chose qui sentît trop son village. Mais Colomba l'observait sans cesse et réglait tous ses mouvements sur ceux de son frère. Quelquefois elle le considérait fixement avec une étrange expression de tristesse ; et alors, si les yeux d'Orso rencontraient les siens, il était le premier à détourner ses regards, comme s'il eût voulu se soustraire à une question que sa sœur lui adressait mentalement et qu'il comprenait trop bien. On parlait français, car le colonel s'exprimait fort mal en italien. Colomba entendait le français, et prononçait même assez bien le peu de mots qu'elle était forcée d'échanger avec ses hôtes.

Après le dîner, le colonel, qui avait remarqué l'espèce de contrainte qui régnait entre le frère et la sœur, demanda avec sa franchise ordinaire à Orso s'il ne désirait point causer seul avec mademoiselle Colomba, offrant dans ce cas de passer avec sa fille dans la pièce voisine. Mais Orso se hâta de le remercier et de dire qu'ils auraient bien le temps de causer à Pietranera. C'était le nom du village où il devait faire sa résidence.

Le colonel prit donc sa place accoutumée sur le sofa, et miss Nevil, après avoir essayé plusieurs sujets de conversation, désespérant de faire parler la belle Colomba, pria Orso de lui lire un chant du Dante : c'était son poète favori. Orso choisit le chant de *L'Enfer* où se trouve l'épisode de Francesca da Rimini, et se mit à lire, accentuant de son mieux ces sublimes tercets, qui expriment si bien le danger de lire à deux un livre d'amour. À mesure qu'il lisait, Colomba se rapprochait de la table, relevait la tête, qu'elle avait tenue baissée ; ses prunelles dilatées brillaient d'un feu extraordinaire : elle rougissait et pâlissait tour à tour, elle s'agitait convulsivement sur sa chaise. Admirable organisation italienne, qui, pour comprendre la poésie, n'a pas besoin qu'un pédant lui en démontre les beautés !

Quand la lecture fut terminée :

— Que cela est beau ! s'écria-t-elle. Qui a fait cela, mon frère ?

Orso fut un peu déconcerté, et miss Lydia répondit en souriant que c'était un poète florentin mort depuis plusieurs siècles.

— Je te ferai lire le Dante, dit Orso, quand nous serons à Pietranera.

— Mon Dieu, que cela est beau ! répétait Colomba ; et elle dit trois ou quatre tercets qu'elle avait retenus, d'abord à voix basse, puis, s'animant, elle les déclama tout haut avec plus d'expression que son frère n'en avait mis à les lire.

Miss Lydia, très étonnée :

— Vous paraissez aimer beaucoup la poésie, dit-elle. Que je vous envie le bonheur que vous aurez à lire le Dante comme un livre nouveau !

— Vous voyez, miss Nevil, disait Orso, quel pouvoir ont les vers du Dante, pour émouvoir ainsi une petite sauvagesse qui ne sait que son *Pater*... Mais je me trompe ; je me rappelle que Colomba est du métier. Tout enfant, elle s'escrimait à faire des vers, et mon père m'écrivait qu'elle était la plus grande *voceratrice* de Pietranera et de deux lieues à la ronde.

Colomba jeta un coup d'œil suppliant à son frère. Miss Nevil avait ouï parler des improvisatrices corses et mourait d'envie d'en entendre une. Aussi elle s'empressa de prier Colomba de lui donner un échantillon de son talent. Orso s'interposa alors, fort contrarié de s'être si bien rappelé les dispositions poétiques de sa sœur. Il eut beau jurer que rien n'était plus plat qu'une *ballata* corse, protester qu'écouter des vers corses après ceux du Dante, c'était trahir son pays, il ne fit qu'irriter le caprice de miss Nevil, et se vit obligé à la fin de dire à sa sœur :

— Eh bien ! improvise quelque chose, mais que cela soit court.

Colomba poussa un soupir, regarda attentivement pendant une minute le tapis de la table, puis les poutres du plafond ; enfin, mettant la main sur ses yeux, comme ces oiseaux qui se rassurent et croient n'être point vus quand ils ne voient point eux-mêmes, chanta, ou plutôt déclama d'une voix mal assurée la *serenata* qu'on va lire.

LA JEUNE FILLE ET LA PALOMBE

« Dans la vallée, bien loin derrière les montagnes, — le soleil n'y vient qu'une heure tous les jours ; — il y a dans la vallée une maison sombre, — et l'herbe y croit sur le seuil. — Portes, fenêtres sont toujours fermées. — Nulle fumée ne s'échappe du toit. — Mais à midi, lorsque vient le soleil, — une fenêtre s'ouvre alors, — et l'orpheline s'assied, filant à son rouet : — elle file et chante en travaillant — un chant de tristesse ; — mais nul autre chant ne répond au sien. — Un jour, un jour de printemps, — une palombe se posa sur un arbre voisin, — et entendit le chant de la jeune fille. — Jeune fille, dit-elle, tu ne pleures pas seule : — un cruel épervier m'a ravi ma compagne. — Palombe, montre-moi l'épervier ravisseur ; — fût-il aussi haut que les nuages, — je l'aurai bientôt abattu en terre. — Mais moi, pauvre fille, qui me rendra mon frère, — mon frère maintenant en lointain pays ? — Jeune fille, dis-moi où est ton frère, — et mes ailes me porteront près de lui. »

— Voilà une palombe bien élevée ! s'écria Orso en embrassant sa sœur avec une émotion qui contrastait avec le ton de plaisanterie qu'il affectait.

— Votre chanson est charmante, dit miss Lydia. Je veux que vous me l'écriviez dans mon album. Je la traduirai en anglais et je la ferai mettre en musique.

Le brave colonel, qui n'avait pas compris un mot, joignit ses compliments à ceux de sa fille. Puis il ajouta :

— Cette palombe dont vous parlez, mademoiselle, c'est cet oiseau que nous avons mangé aujourd'hui à la crapaudine ?

Miss Nevil apporta son album et ne fut pas peu surprise de voir l'improvisatrice écrire sa chanson en ménageant le papier d'une façon singulière. Au lieu d'être en vedette, les vers se suivaient sur la même ligne, tant que la largeur de la feuille le permettait, en sorte qu'ils ne convenaient plus à la définition connue des compositions poétiques : « De petites lignes, d'inégale longueur, avec une marge de chaque côté. » Il y avait bien encore quelques observations à faire sur l'orthographe un peu capricieuse de mademoiselle Colomba, qui plus d'une fois fit sourire miss Nevil, tandis que la vanité fraternelle d'Orso était au supplice.

L'heure de dormir étant arrivée, les deux jeunes filles se retirèrent dans leur chambre. Là, tandis que miss Lydia détachait collier, boucles, bracelets, elle observa sa compagne qui retirait de sa robe quelque chose de long comme un busc, mais de forme bien différente pourtant. Colomba mit cela avec soin et presque furtivement sous son *mezzaro* déposé sur une table ; puis elle s'agenouilla et fit dévotement sa prière. Deux minutes après, elle était dans son lit. Très curieuse de son naturel et lente comme une Anglaise à se déshabiller, miss Lydia s'approcha de la table et, feignant de chercher une épingle, souleva le *mezzaro* et aperçut un stylet assez long, curieusement monté en nacre et en argent ; le travail en était remarquable, et c'était une arme ancienne et de grand prix pour un amateur.

— Est-ce l'usage ici, dit miss Nevil en souriant, que les demoiselles portent ce petit instrument dans leur corset ?

— Il le faut bien, répondit Colomba en soupirant. Il y a tant de méchantes gens !

— Et auriez-vous vraiment le courage d'en donner un coup comme cela ?

Et miss Nevil, le stylet à la main, faisait le geste de frapper, comme on frappe au théâtre, de haut en bas.

— Oui, si cela était nécessaire, dit Colomba de sa voix douce et musicale, pour me défendre ou défendre mes amis... Mais ce n'est pas comme cela qu'il faut le tenir ; vous pourriez vous blesser, si la personne que vous voulez frapper se retirait.

Et se levant sur son séant :

— Tenez, c'est ainsi, en remontant le coup. Comme cela il est mortel, dit-on. Heureux les gens qui n'ont pas besoin de telles armes !

Elle soupira, abandonna sa tête sur l'oreiller et ferma les yeux. On n'aurait pu voir une tête plus belle, plus noble, plus virginale. Phidias, pour sculpter sa Minerve, n'aurait pas désiré un autre modèle.

# VI

C'est pour me conformer au précepte d'Horace que je me suis lancé d'abord *in medias res*. Maintenant que tout dort, et la belle Colomba, et le colonel et sa fille, je saisirai ce moment pour instruire mon lecteur de certaines particularités qu'il ne doit pas ignorer, s'il veut pénétrer davantage dans cette véridique histoire. Il sait déjà que le colonel della Rebbia, père d'Orso, était mort assassiné : or on n'est pas assassiné en Corse, comme on l'est en France, par le premier échappé des galères qui ne trouve pas de meilleur moyen pour vous voler votre argenterie : on est assassiné par ses ennemis ; mais le motif pour lequel on a des ennemis, il est souvent fort difficile de le dire. Bien des familles se haïssent par vieille habitude, et la tradition de la cause originelle de leur haine s'est perdue complètement.

La famille à laquelle appartenait le colonel della Rebbia haïssait plusieurs autres familles, mais singulièrement celle des Barricini ; quelques-uns disaient que, dans le seizième siècle, un della Rebbia avait séduit une Barricini, et avait été poignardé ensuite par un parent de la demoiselle outragée. À la vérité, d'autres racontaient l'affaire différemment, prétendant que c'était une della Rebbia qui avait été séduite, et un Barricini poignardé. Tant il y a que, pour me servir d'une expression consacrée, il y avait du sang entre les deux maisons. Toutefois, contre l'usage, ce meurtre n'en avait pas produit d'autres ; c'est que les della Rebbia et les Barricini avaient été également persécutés par le gouvernement génois, et les jeunes gens s'étant expatriés, les deux familles furent privées, pendant plusieurs générations, de leurs représentants énergiques. À la fin du siècle dernier, un della Rebbia, officier au service de Naples, se trouvant dans un tripot, eut une querelle avec des militaires qui, entre autres injures, l'appelèrent chevrier corse ; il mit l'épée à la main ; mais, seul contre trois, il eût mal passé son temps si un étranger, qui jouait dans le même lieu, ne se fût écrié : « Je suis Corse aussi ! », et n'eût pris sa défense. Cet étranger était un Barricini, qui d'ailleurs ne connaissait pas son compatriote. Lorsqu'on s'expliqua, de part et d'autre ce furent de grandes politesses et des serments d'amitié éternelle ; car sur le continent, les Corses se lient facilement ; c'est tout le contraire dans leur île. On le vit bien dans cette circonstance : della Rebbia et Barricini furent amis intimes tant qu'ils demeurèrent en Italie ; mais de retour en Corse, il ne se virent plus que rarement, bien qu'habitant tous les deux le même village, et quand ils moururent, on disait qu'il y avait bien cinq ou six ans qu'ils ne s'étaient parlé. Leurs fils vécurent de même en *étiquette*, comme on dit dans l'île. L'un, Ghilfuccio, le père d'Orso, fut militaire ; l'autre, Giudice Barricini, fut avocat. Devenus l'un et l'autre chefs de famille, et séparés par leur profession, ils n'eurent presque aucune occasion de se voir ou d'entendre parler l'un de l'autre.

Cependant, un jour, vers 1809, Giudice lisant à Bastia dans un journal que le capitaine Ghilfuccio venait d'être décoré, dit devant témoins qu'il n'en était pas surpris, attendu que le général *** protégeait sa famille. Ce mot fut rapporté à Ghilfuccio à Vienne, lequel dit à un compatriote qu'à son retour en Corse il trouverait Giudice bien riche, parce qu'il tirait plus d'argent de ses causes perdues que de celles qu'il gagnait. On n'a jamais su s'il insinuait par là que l'avocat trahissait ses clients, ou s'il se bornait à émettre cette vérité triviale qu'une mauvaise affaire rapporte plus à un homme de loi qu'une bonne cause. Quoi qu'il en soit, l'avocat Barricini eut connaissance de l'épigramme et ne l'oublia pas. En 1812, il demandait à être nommé maire de sa commune et avait tout espoir de le devenir, lorsque le général *** écrivit au préfet pour lui recommander un parent de la femme de Ghilfuccio. Le préfet s'empressa de se conformer aux désirs du général, et Barricini ne douta point qu'il ne dût sa déconvenue aux intrigues de Ghilfuccio. Après la chute de l'empereur, en 1814, le protégé du général fut dénoncé comme bonapartiste, et remplacé par Barricini. À son tour, ce dernier fut destitué dans les Cent Jours ; mais, après cette tempête, il reprit en grande pompe possession du cachet de la mairie et des registres de l'état civil.

De ce moment son étoile devint plus brillante que jamais. Le colonel della Rebbia, mis en demi-solde et retiré à Pietranera, eut à soutenir contre lui une guerre sourde de chicanes sans cesse renouvelées : tantôt il était assigné en réparation de dommages commis par son cheval dans les clôtures de M. le maire ; tantôt celui-ci, sous prétexte de restaurer le pavé de l'église, faisait enlever une dalle brisée qui portait les armes des della Rebbia, et qui couvrait le tombeau d'un membre de cette famille. Si les chèvres mangeaient les jeunes plants du colonel, les propriétaires de ces animaux trouvaient protection auprès du maire ; successivement, l'épicier qui tenait le bureau de poste de Pietranera et le garde champêtre, vieux soldat mutilé, tous les deux clients des della Rebbia, furent destitués et remplacés par des créatures des Barricini.

La femme du colonel mourut, exprimant le désir d'être enterrée au milieu d'un petit bois où elle aimait à se promener ; aussitôt le maire déclara qu'elle serait inhumée dans le cimetière de la commune, attendu qu'il n'avait pas reçu d'autorisation pour permettre une sépulture isolée. Le colonel furieux déclara qu'en attendant cette autorisation, sa femme serait enterrée au lieu qu'elle avait choisi, et il y fit creuser une fosse. De son côté, le maire en fit faire une dans le cimetière, et manda la gendarmerie afin, disait-il, que force restât à la loi. Le jour de l'enterrement, les deux partis se trouvèrent en présence, et l'on put craindre un moment qu'un combat ne s'engageât pour la possession des restes de madame della Rebbia. Une quarantaine de paysans bien armés, amenés par les parents de la défunte, obligèrent le curé, en sortant de l'église, à prendre le chemin du bois ; d'autre part, le maire avec ses deux fils, ses clients et les gendarmes, se présenta pour faire opposition. Lorsqu'il parut et somma le convoi de rétrograder, il fut accueilli par des huées et des menaces ; l'avantage du nombre était pour ses adversaires, et ils semblaient déterminés. À sa vue, plusieurs fusils furent armés ; on dit même qu'un berger le coucha en joue ; mais le colonel releva le fusil en disant : « Que personne ne tire sans mon ordre ! » Le maire « craignait les coups naturellement », comme Panurge, et, refusant la bataille, il se retira avec son escorte : alors la procession funèbre se mit en marche, en ayant soin de prendre le plus long, afin de passer devant la mairie. En défilant, un idiot, qui s'était joint au cortège, s'avisa de crier « Vive l'Empereur ! » Deux ou trois voix lui répondirent, et les rebbianistes, s'animant de plus en plus, proposèrent de tuer un bœuf du maire, qui d'aventure leur barrait le chemin. Heureusement le colonel empêcha cette violence.

On pense bien qu'un procès-verbal fut dressé, et que le maire fit au préfet un rapport de son style le plus sublime, dans lequel il peignait les lois divines et humaines foulées aux pieds — la majesté de lui, maire, celle du curé, méconnues et insultées —, le colonel della Rebbia se mettant à la tête d'un complot buonapartiste pour changer l'ordre de successibilité au trône, et exciter les citoyens à s'armer les uns contre les autres, crimes prévus par les articles 86 et 91 du code pénal.

L'exagération de cette plainte nuisit à son effet. Le colonel écrivit au préfet, au procureur du roi : un parent de sa femme était allié à un des députés de l'île, un autre cousin du président de la cour royale. Grâce à ces protections, le complot s'évanouit, madame della Rebbia resta dans le bois, et l'idiot seul fut condamné à quinze jours de prison.

L'avocat Barricini, mal satisfait du résultat de cette affaire, tourna ses batteries d'un autre côté. Il exhuma un vieux titre, d'après lequel il entreprit de contester au colonel la propriété d'un certain cours d'eau qui faisait tourner un moulin. Un procès s'engagea qui dura longtemps. Au bout d'une année, la cour allait rendre son arrêt, et suivant toute apparence en faveur du colonel, lorsque M. Barricini déposa entre les mains du procureur du roi une lettre signée par un certain Agostini, bandit célèbre, qui le menaçait, lui maire, d'incendie et de mort s'il ne se désistait de ses prétentions. On sait qu'en Corse la protection des bandits est très recherchée, et que pour obliger leurs amis ils interviennent fréquemment dans les querelles particulières. Le maire tirait parti de cette lettre, lorsqu'un nouvel incident vint compliquer l'affaire. Le bandit Agostini écrivit au procureur du roi pour se plaindre qu'on eût contrefait son écriture, et jeté des doutes sur son caractère en le faisant passer pour un homme qui trafiquait de son influence : « Si je découvre le faussaire, disait-il en terminant sa lettre, je le punirai exemplairement. »

Il était clair qu'Agostini n'avait point écrit la lettre menaçante au maire ; les della Rebbia en accusaient les Barricini et vice versa. De part et d'autre on éclatait en menaces, et la justice ne savait de quel côté trouver les coupables.

Sur ces entrefaites, le colonel Ghilfuccio fut assassiné. Voici les faits tels qu'ils furent établis en justice : Le 2 août 18.., le jour tombant déjà, la femme Madeleine Pietri, qui portait du grain à Pietranera, entendit deux coups de feu très rapprochés, tirés, comme il lui semblait, dans un chemin creux menant au village, à environ cent cinquante pas de l'endroit où elle se trouvait. Presque aussitôt elle vit un homme qui courait en se baissant, dans un sentier des vignes, et se dirigeait vers le village. Cet homme s'arrêta un instant et se retourna ; mais la distance empêcha la femme Pietri de distinguer ses traits, et d'ailleurs il avait à la bouche une feuille de vigne qui lui cachait presque tout le visage. Il fit de la main un signe à un camarade que le témoin ne vit pas, puis disparut dans les vignes.

La femme Pietri, ayant laissé son fardeau, monta le sentier en courant, et trouva le colonel della Rebbia baigné dans son sang, percé de deux coups de feu, mais respirant encore. Près de lui était son fusil chargé et armé, comme s'il s'était mis en défense contre une personne qui l'attaquait en face au moment où une autre le frappait par-derrière. Il râlait et se débattait contre la mort, mais ne pouvait prononcer une parole, ce que les médecins expliquèrent par la nature de ses blessures qui avaient traversé le poumon. Le sang l'étouffait ; il coulait lentement et comme une mousse rouge. En vain la femme Pietri le souleva et lui adressa quelques questions. Elle voyait bien qu'il voulait parler, mais il ne pouvait se faire comprendre. Ayant remarqué qu'il essayait de porter la main à sa poche, elle s'empressa d'en retirer un petit portefeuille qu'elle lui présenta ouvert. Le blessé prit le crayon du portefeuille et chercha à écrire. De fait le témoin le vit former avec peine plusieurs caractères ; mais, ne sachant pas lire, elle ne put en comprendre le sens. Épuisé par cet effort, le colonel laissa le portefeuille dans la main de la femme Pietri, qu'il serra avec force en la regardant d'un air singulier, comme s'il voulait lui dire, ce sont les paroles du témoin : « C'est important, c'est le nom de mon assassin ! »

La femme Pietri montait au village lorsqu'elle rencontra M. le maire Barricini avec son fils Vincentello. Alors il était presque nuit. Elle conta ce qu'elle avait vu. M. le maire prit le portefeuille, et courut à la mairie ceindre son écharpe et appeler son secrétaire et la gendarmerie. Restée seule avec le jeune Vincentello, Madeleine Pietri lui proposa d'aller porter secours au colonel, dans le cas où il serait encore vivant ; mais Vincentello répondit que s'il approchait d'un homme qui avait été l'ennemi acharné de sa famille, on ne manquerait pas de l'accuser de l'avoir tué. Peu après le maire arriva, trouva le colonel mort, fit enlever le cadavre, et dressa procès-verbal.

Malgré son trouble, naturel dans cette occasion, M. Barricini s'était empressé de mettre sous les scellés le portefeuille du colonel, et de faire toutes les recherches en son pouvoir ; mais aucune n'amena de découverte importante. Lorsque vint le juge d'instruction, on ouvrit le portefeuille, et sur une page souillée de sang on vit quelques lettres tracées par une main défaillante, bien lisibles pourtant. Il y avait écrit : *Agosti...*, et le juge ne douta pas que le colonel n'eût voulu désigner Agostini comme son assassin. Cependant Colomba della Rebbia, appelée par le juge, demanda à examiner le portefeuille. Après l'avoir longtemps feuilleté, elle étendit la main vers le maire et s'écria : « Voilà l'assassin ! » Alors, avec une précision et une clarté surprenantes dans le transport de douleur où elle était plongée, elle raconta que son père, ayant reçu peu de jours auparavant une lettre de son fils, l'avait brûlée, mais qu'avant de le faire il avait écrit au crayon, sur son portefeuille, l'adresse d'Orso, qui venait de changer de garnison. Or cette adresse ne se trouvait plus dans le portefeuille, et Colomba concluait que le maire avait arraché le feuillet où elle était écrite, qui aurait été le même sur lequel son père avait tracé le nom du meurtrier ; et à ce nom, le maire, au dire de Colomba, aurait substitué celui d'Agostini. Le juge vit en effet qu'un feuillet manquait au cahier de papier sur lequel le nom était écrit ; mais bientôt il remarqua que des feuillets manquaient également dans les autres cahiers du même portefeuille, et des témoins déclarèrent que le colonel avait l'habitude de déchirer ainsi des pages de son portefeuille lorsqu'il voulait allumer un cigare ; rien de plus probable donc qu'il eût brûlé par mégarde l'adresse qu'il avait copiée. En outre, on constata que le maire, après avoir reçu le portefeuille de la femme Pietri, n'aurait pu lire à cause de l'obscurité ; il fut prouvé qu'il ne s'était pas arrêté un instant avant d'entrer à la mairie, que le brigadier de gendarmerie l'y avait accompagné, avait vu allumer une lampe, mettre le portefeuille dans une enveloppe et le cacheter sous ses yeux.

Lorsque le brigadier eut terminé sa déposition, Colomba, hors d'elle-même, se jeta à ses genoux et le supplia, par tout ce qu'il avait de plus sacré, de déclarer s'il n'avait pas laissé le maire seul un instant. Le brigadier, après quelque hésitation, visiblement ému par l'exaltation de la jeune fille, avoua qu'il était allé chercher dans une pièce voisine une feuille de grand papier, mais qu'il n'était pas resté une minute, et que le maire lui avait toujours parlé tandis qu'il cherchait à tâtons ce papier dans un tiroir. Au reste, il attestait qu'à son retour le portefeuille sanglant était à la même place, sur la table où le maire l'avait jeté en entrant.

M. Barricini déposa avec le plus grand calme. Il excusait, disait-il, l'emportement de mademoiselle della Rebbia, et voulait bien condescendre à se justifier. Il prouva qu'il était resté toute la soirée au village ; que son fils Vincentello était avec lui devant la mairie au moment du crime ; enfin que son fils Orlanduccio, pris de la fièvre ce jour-là même, n'avait pas bougé de son lit. Il produisit tous les fusils de sa maison, dont aucun n'avait fait feu récemment.

Il ajouta qu'à l'égard du portefeuille il en avait tout de suite compris l'importance ; qu'il l'avait mis sous le scellé et l'avait déposé entre les mains de son adjoint, prévoyant qu'en raison de son inimitié avec le colonel il pourrait être soupçonné. Enfin il rappela qu'Agostini avait menacé de mort celui qui avait écrit une lettre en son nom, et insinua que ce misérable, ayant probablement soupçonné le colonel, l'avait assassiné. Dans les mœurs des bandits, une pareille vengeance pour un motif analogue n'est pas sans exemple.

Cinq jours après la mort du colonel della Rebbia, Agostini, surpris par un détachement de voltigeurs, fut tué, se battant en désespéré. On trouva sur lui une lettre de Colomba qui l'adjurait de déclarer s'il était ou non coupable du meurtre qu'on lui imputait. Le bandit n'ayant point fait de réponse, on en conclut assez généralement qu'il n'avait pas eu le courage de dire à une fille qu'il avait tué son père. Toutefois, les personnes qui prétendaient connaître bien le caractère d'Agostini disaient tout bas que s'il eût tué le colonel, il s'en serait vanté. Un autre bandit, connu sous le nom de Brandolaccio, remit à Colomba une déclaration dans laquelle il attestait *sur l'honneur* l'innocence de son camarade ; mais la seule preuve qu'il alléguait, c'était qu'Agostini ne lui avait jamais dit qu'il soupçonnât le colonel.

Conclusion, les Barricini ne furent pas inquiétés ; le juge d'instruction combla le maire d'éloges et celui-ci couronna sa belle conduite en se désistant de toutes ses prétentions sur le ruisseau pour lequel il était en procès avec le colonel della Rebbia.

Colomba improvisa, suivant l'usage du pays, une *ballata* devant le cadavre de son père, en présence de ses amis assemblés. Elle y exhala toute sa haine contre les Barricini et les accusa formellement de l'assassinat, les menaçant aussi de la vengeance de son frère. C'était cette *ballata*, devenue très populaire, que le matelot chantait devant miss Lydia. En apprenant la mort de son père, Orso, alors dans le nord de la France, demanda un congé, mais ne put l'obtenir. D'abord, sur une lettre de sa sœur, il avait cru les Barricini coupables, mais bientôt il reçut copie de toutes les pièces de l'instruction, et une lettre particulière du juge lui donna à peu près la conviction que le bandit Agostini était le seul coupable. Une fois tous les trois mois, Colomba lui écrivait pour lui répéter ses soupçons, qu'elle appelait des preuves. Malgré lui, ces accusations faisaient bouillonner son sang corse, et parfois il n'était pas éloigné de partager les préjugés de sa sœur. Cependant, toutes les fois qu'il lui écrivait, il lui répétait que ses allégations n'avaient aucun fondement solide et ne méritaient aucune créance. Il lui défendait même, mais toujours en vain, de lui en parler davantage. Deux années se passèrent de la sorte, au bout desquelles il fut mis en demi-solde, et alors il pensa à revoir son pays, non point pour se venger sur des gens qu'il croyait innocents, mais pour marier sa sœur et vendre ses petites propriétés, si elles avaient assez de valeur pour lui permettre de vivre sur le continent.

# VII

Soit que l'arrivée de sa sœur eût rappelé à Orso avec plus de force le souvenir du toit paternel, soit qu'il souffrît un peu devant ses amis civilisés du costume et des manières sauvages de Colomba, il annonça dès le lendemain le projet de quitter Ajaccio et de retourner à Pietranera. Mais cependant il fit promettre au colonel de venir prendre un gîte dans son humble manoir, lorsqu'il se rendrait à Bastia, et en revanche il s'engagea à lui faire tirer daims, faisans, sangliers et le reste.

La veille de son départ, au lieu d'aller à la chasse, Orso proposa une promenade au bord du golfe. Donnant le bras à miss Lydia, il pouvait causer en toute liberté, car Colomba était restée à la ville pour faire ses emplettes, et le colonel les quittait à chaque instant pour tirer des goélands et des fous, à la grande surprise des passants qui ne comprenaient pas qu'on perdît sa poudre pour un pareil gibier.

Ils suivaient le chemin qui mène à la chapelle des Grecs, d'où l'on a la plus belle vue de la baie ; mais ils n'y faisaient aucune attention.

— Miss Lydia, dit Orso après un silence assez long pour être devenu embarrassant, franchement, que pensez-vous de ma sœur ?

— Elle me plaît beaucoup, répondit miss Nevil. Plus que vous, ajouta-t-elle en souriant, car elle est vraiment corse, et vous êtes un sauvage trop civilisé.

— Trop civilisé !... Eh bien ! malgré moi, je me sens redevenir sauvage depuis que j'ai mis le pied dans cette île. Mille affreuses pensées m'agitent, me tourmentent... et j'avais besoin de causer un peu avec vous avant de m'enfoncer dans mon désert.

— Il faut avoir du courage, monsieur ; voyez la résignation de votre sœur, elle vous donne l'exemple.

— Ah ! détrompez-vous. Ne croyez pas à sa résignation. Elle ne m'a pas dit un seul mot encore, mais dans chacun de ses regards j'ai lu ce qu'elle attend de moi.

— Que veut-elle de vous, enfin ?

— Oh ! rien... seulement que j'essaye si le fusil de monsieur votre père est aussi bon pour l'homme que pour la perdrix.

— Quelle idée ! Et vous pouvez supposer cela ! quand vous venez d'avouer qu'elle ne vous a encore rien dit ! Mais c'est affreux de votre part !

— Si elle ne pensait pas à la vengeance, elle m'aurait tout d'abord parlé de notre père ; elle n'en a rien fait. Elle aurait prononcé le nom de ceux qu'elle regarde... à tort, je le sais, comme ses meurtriers. Eh bien ! non, pas un mot. C'est que, voyez-vous, nous autres Corses, nous sommes une race rusée. Ma sœur comprend qu'elle ne me tient pas complètement en sa puissance, et ne veut pas m'effrayer lorsque je puis m'échapper encore. Une fois qu'elle m'aura conduit au bord du précipice, lorsque la tête me tournera, elle me poussera dans l'abîme.

Alors Orso donna à miss Nevil quelques détails sur la mort de son père, et rapporta les principales preuves qui se réunissaient pour lui faire regarder Agostini comme le meurtrier.

— Rien, ajouta-t-il, n'a pu convaincre Colomba. Je l'ai vu par sa dernière lettre. Elle a juré la mort des Barricini ; et... – miss Nevil, voyez quelle confiance j'ai en vous – peut-être ne seraient-ils plus de ce monde si, par un de ces préjugés qu'excuse son éducation sauvage, elle ne se persuadait que l'exécution de la vengeance m'appartient en ma qualité de chef de famille, et que mon honneur y est engagé.

— En vérité, monsieur della Rebbia, dit miss Nevil, vous calomniez votre sœur.

— Non, vous l'avez dit vous-même : elle est corse... Elle pense ce qu'ils pensent tous. Savez-vous pourquoi j'étais si triste hier ?

— Non, mais depuis quelque temps vous êtes sujet à ces accès d'humeur noire... Vous étiez plus aimable aux premiers jours de notre connaissance.

— Hier, au contraire, j'étais plus gai, plus heureux qu'à l'ordinaire. Je vous avais vue si bonne, si indulgente pour ma sœur !... Nous revenions, le colonel et moi, en bateau. Savez-vous ce que me dit un des bateliers dans son infernal patois : « Vous avez tué bien du gibier, Ors'Anton', mais vous trouverez Orlanduccio Barricini plus grand chasseur que vous. »

— Eh bien ! quoi de si terrible dans ces paroles ? Avez-vous donc tant de prétentions à être un adroit chasseur ?

— Mais vous ne voyez pas que ce misérable disait que je n'aurais pas le courage de tuer Orlanduccio ?

— Savez-vous, monsieur della Rebbia, que vous me faites peur ! Il paraît que l'air de votre île ne donne pas seulement la fièvre, mais qu'il rend fou. Heureusement que nous allons bientôt la quitter.

— Pas avant d'avoir été à Pietranera. Vous l'avez promis à ma sœur.

— Et si nous manquions à cette promesse, nous devrions sans doute nous attendre à quelque vengeance ?

— Vous rappelez-vous ce que nous contait l'autre jour monsieur votre père de ces Indiens qui menacent les gouverneurs de la Compagnie de se laisser mourir de faim s'ils ne font droit à leurs requêtes ?

— C'est-à-dire que vous vous laisseriez mourir de faim ? J'en doute. Vous resteriez un jour sans manger, et puis mademoiselle Colomba vous apporterait un *bruccio*[7] si appétissant que vous renonceriez à votre projet.

— Vous êtes cruelle dans vos railleries, miss Nevil ; vous devriez me ménager. Voyez, je suis seul ici. Je n'avais que vous pour m'empêcher de devenir fou, comme vous dites ; vous étiez mon ange gardien, et maintenant…

— Maintenant, dit miss Lydia d'un ton sérieux, vous avez, pour soutenir cette raison si facile à ébranler, votre honneur d'homme et de militaire. Et, poursuivit-elle en se détournant pour cueillir une fleur, si cela peut quelque chose pour vous, vous avez aussi le souvenir de votre ange gardien.

— Ah ! miss Nevil, si je pouvais penser que vous prenez réellement quelque intérêt…

— Écoutez, monsieur della Rebbia, dit miss Nevil un peu émue, puisque vous êtes un enfant, je vous traiterai en enfant. Lorsque j'étais petite fille, ma mère me donna un beau collier que je désirais ardemment ; mais elle me dit : « Chaque fois que tu mettras ce collier, souviens-toi que tu ne sais pas encore le français. » Le collier perdit à mes yeux un

7 - Espèce de fromage à la crème cuit. C'est un mets national en Corse.

peu de son mérite. Il était devenu pour moi comme un remords ; mais je le portai, et je sus le français. Voyez-vous cette bague ? c'est un scarabée égyptien trouvé, s'il vous plaît, dans une pyramide. Cette figure bizarre, que vous prenez peut-être pour une bouteille, cela veut dire *vie humaine*. Il y a dans mon pays des gens qui trouveraient le hiéroglyphe très bien approprié. Celui-ci, qui vient après, c'est un bouclier avec un bras tenant une lance : cela veut dire *combat, bataille*. Donc la réunion des deux caractères forme cette devise, que je trouve assez belle : La vie est un *combat*. Ne vous avisez pas de croire que je traduis les hiéroglyphes couramment, c'est un savant en *us* qui m'a expliqué ceux-là. Tenez, je vous donne mon scarabée. Quand vous aurez quelque mauvaise pensée corse, regardez mon talisman et dites-vous qu'il faut sortir vainqueur de la bataille que nous livrent les mauvaises passions. Mais, en vérité, je ne prêche pas mal.

— Je penserai à vous, miss Nevil, et je me dirai…

— Dites-vous que vous avez une amie qui serait désolée de… vous savoir pendu. Cela ferait d'ailleurs trop de peine à messieurs les caporaux vos ancêtres.

À ces mots, elle quitta en riant le bras d'Orso, et, courant vers son père :

— Papa, dit-elle, laissez là ces pauvres oiseaux, et venez avec nous faire de la poésie dans la grotte de Napoléon.

# VIII

Il y a toujours quelque chose de solennel dans un départ, même quand on se quitte pour peu de temps. Orso devait partir avec sa sœur de très bon matin, et la veille au soir il avait pris congé de miss Lydia, car il n'espérait pas qu'en sa faveur elle fît exception à ses habitudes de paresse. Leurs adieux avaient été froids et graves. Depuis leur conversation au bord de la mer, miss Lydia craignait d'avoir montré à Orso un intérêt peut-être trop vif, et Orso, de son côté, avait sur le cœur ses railleries et surtout son ton de légèreté. Un moment il avait cru démêler dans les manières de la jeune Anglaise un sentiment d'affection naissante ; maintenant, déconcerté par ses plaisanteries, il se disait qu'il n'était à ses yeux qu'une simple connaissance, qui bientôt serait oubliée. Grande fut donc sa surprise lorsque le matin, assis à prendre du café avec le colonel, il vit entrer miss Lydia suivie de sa sœur. Elle s'était levée à cinq heures, et, pour une Anglaise, pour miss Nevil surtout, l'effort était assez grand pour qu'il en tirât quelque vanité.

— Je suis désolé que vous vous soyez dérangée si matin, dit Orso. C'est ma sœur sans doute qui vous aura réveillée malgré mes recommandations, et vous devez bien nous maudire. Vous me souhaitez déjà *pendu*, peut-être ?

— Non, dit miss Lydia fort bas et en italien, évidemment pour que son père ne l'entendît pas. Mais vous m'avez boudée hier pour mes innocentes plaisanteries, et je ne voulais pas vous laisser emporter un souvenir mauvais de votre servante. Quelles terribles gens vous êtes, vous autres Corses ! Adieu donc ; à bientôt, j'espère.

Et elle lui tendit la main.

Orso ne trouva qu'un soupir pour réponse. Colomba s'approcha de lui, le mena dans l'embrasure d'une fenêtre, et, en lui montrant quelque chose qu'elle tenait sous son *mezzaro*, lui parla un moment à voix basse.

— Ma sœur, dit Orso à miss Nevil, veut vous faire un singulier cadeau, mademoiselle ; mais nous autres Corses, nous n'avons pas grand-chose à donner… excepté notre affection… que le temps n'efface pas. Ma sœur me dit que vous avez regardé avec curiosité ce stylet. C'est une antiquité dans la famille. Probablement il pendait autrefois à la ceinture d'un de ces caporaux à qui je dois l'honneur de votre connaissance. Colomba le croit si précieux qu'elle m'a demandé ma permission pour vous le donner, et moi je ne sais trop si je dois l'accorder, car j'ai peur que vous ne vous moquiez de nous.

— Ce stylet est charmant, dit miss Lydia ; mais c'est une arme de famille, je ne puis l'accepter.

— Ce n'est pas le stylet de mon père, s'écria vivement Colomba. Il a été donné à un des grands-parents de ma mère par le roi Théodore. Si mademoiselle l'accepte, elle nous fera bien plaisir.

— Voyez, miss Lydia, dit Orso, ne dédaignez pas le stylet d'un roi.

Pour un amateur, les reliques du roi Théodore sont infiniment plus précieuses que celles du plus puissant monarque. La tentation était forte, et miss Lydia voyait déjà l'effet que produirait cette arme posée sur une table en laque dans son appartement de Saint-James Place.

— Mais, dit-elle en prenant le stylet avec l'hésitation de quelqu'un qui veut accepter, et adressant le plus aimable de ses sourires à Colomba : Chère mademoiselle Colomba, je ne puis... Je n'oserais vous laisser partir ainsi désarmée.

— Mon frère est avec moi, dit Colomba d'un ton fier, et nous avons le bon fusil que votre père nous a donné. Orso, vous l'avez chargé à balle ?

Miss Nevil garda le stylet, et Colomba, pour conjurer le danger qu'on court à donner des armes coupantes ou perçantes à ses amis, exigea un sou en payement.

Il fallut partir enfin. Orso serra encore une fois la main de miss Nevil, Colomba l'embrassa, puis après vint offrir ses lèvres de rose au colonel, tout émerveillé de la politesse corse. De la fenêtre du salon, miss Lydia vit le frère et la sœur monter à cheval. Les yeux de Colomba brillaient d'une joie maligne qu'elle n'y avait point encore remarquée. Cette grande et forte femme, fanatique de ses idées d'honneur barbare, l'orgueil sur le front, les lèvres courbées par un sourire sardonique, emmenant ce jeune homme armé comme pour une expédition sinistre, lui rappela les craintes d'Orso, et elle crut voir son mauvais génie l'entraînant à sa perte. Orso, déjà à cheval, leva la tête et l'aperçut. Soit qu'il eût deviné sa pensée, soit pour lui dire un dernier adieu, il prit l'anneau égyptien, qu'il avait suspendu à un cordon, et le porta à ses lèvres. Miss Lydia quitta la fenêtre en rougissant ; puis, s'y remettant presque aussitôt, elle vit les deux Corses s'éloigner rapidement au galop de leurs petits poneys, se dirigeant vers les montagnes. Une demi-heure après, le colonel, au moyen de sa lunette, les lui montra longeant le fond du golfe, et elle vit qu'Orso tournait fréquemment la tête vers la ville. Il disparut enfin derrière les marécages remplacés aujourd'hui par une belle pépinière.

Miss Lydia, en se regardant dans sa glace, se trouva pâle.

— Que doit penser de moi ce jeune homme ? dit-elle. Et moi, que pensé-je de lui ? Et pourquoi y pensé-je ?... Une connaissance de voyage !... Que suis-je venue faire en Corse ?... Oh ! je ne l'aime point... Non, non ; d'ailleurs cela est impossible... Et Colomba... Moi, la belle-sœur d'une vocératrice ! qui porte un grand stylet !

Et elle s'aperçut qu'elle tenait à la main celui du roi Théodore. Elle le jeta sur sa toilette.

— Colomba à Londres, dansant à Almack's !... Quel *lion*[8], grand Dieu ! à montrer !... C'est qu'elle ferait fureur peut-être... Il m'aime, j'en suis sûre... C'est un héros de roman dont j'ai interrompu la carrière aventureuse... Mais avait-il réellement envie de venger son père à la corse ?... C'était quelque chose entre un Conrad et un dandy... J'en ai fait un pur dandy, et un dandy qui a un tailleur corse !...

Elle se jeta sur son lit et voulut dormir, mais cela lui fut impossible ; et je n'entreprendrai pas de continuer son monologue, dans lequel elle se dit plus de cent fois que M. della Rebbia n'avait été, n'était et ne serait jamais rien pour elle.

8 - À cette époque, on donnait ce nom en Angleterre aux personnes à la mode qui se faisaient remarquer par quelque chose d'extraordinaire.

# IX

Cependant Orso cheminait avec sa sœur. Le mouvement rapide de leurs chevaux les empêcha d'abord de se parler ; mais, lorsque les montées trop rudes les obligeaient d'aller au pas, ils échangeaient quelques mots sur les amis qu'ils venaient de quitter. Colomba parlait avec enthousiasme de la beauté de miss Nevil, de ses blonds cheveux, de ses gracieuses manières. Puis elle demandait si le colonel était aussi riche qu'il le paraissait, si mademoiselle Lydia était fille unique.

— Ce doit être un bon parti, disait-elle. Son père a, comme il semble, beaucoup d'amitié pour vous...

Et, comme Orso ne répondait rien, elle continuait :

— Notre famille a été riche autrefois, elle est encore des plus considérées de l'île. Tous ces *signori*[9] sont des bâtards. Il n'y a plus de noblesse que dans les familles caporales, et vous savez, Orso, que vous descendez des premiers caporaux de l'île. Vous savez que notre famille est originaire d'au-delà des monts[10], et ce sont les guerres civiles qui nous

9 - On appelle signori les descendants des seigneurs féodaux de la Corse. Entre les familles des signori et celles des caporali il y a rivalité pour la noblesse.

10 - C'est-à-dire de la côte orientale. Cette expression très usitée, *di là dei monti*, change de sens suivant la position de celui qui l'emploie. — La Corse est divisée du nord au sud par une chaîne de montagnes.

ont obligés à passer de ce côté-ci. Si j'étais à votre place, Orso, je n'hésiterais pas, je demanderais miss Nevil à son père... (Orso levait les épaules.) De sa dot j'achèterais les bois de la Falsetta et les vignes en bas de chez nous ; je bâtirais une belle maison en pierres de taille, et j'élèverais d'un étage la vieille tour où Sambucuccio a tué tant de Maures au temps du comte Henri le *bel Missere*[11].

— Colomba, tu es une folle, répondait Orso en galopant.

— Vous êtes homme, Ors' Anton', et vous savez sans doute mieux qu'une femme ce que vous avez à faire. Mais je voudrais bien savoir ce que cet Anglais pourrait objecter contre notre alliance. Y a-t-il des caporaux en Angleterre ?...

Après une assez longue traite, devisant de la sorte, le frère et la sœur arrivèrent à un petit village, non loin de Bocognano, où ils s'arrêtèrent pour dîner et passer la nuit chez un ami de leur famille. Ils y furent reçus avec cette hospitalité corse qu'on ne peut apprécier que lorsqu'on l'a connue. Le lendemain, leur hôte, qui avait été compère de madame della Rebbia, les accompagna jusqu'à une lieue de sa demeure.

— Voyez-vous ces bois et ces maquis ? dit-il à Orso au moment de se séparer. Un homme qui aurait *fait un malheur* y vivrait dix ans en paix sans que les gendarmes ou voltigeurs vinssent le chercher. Ces bois touchent à la forêt de Vizzavona ; et, lorsqu'on a des amis à Bocognano ou aux environs, on n'y manque de rien. Vous avez là un beau fusil, il doit porter loin. Sang de la Madone ! quel calibre ! On peut tuer avec cela mieux que des sangliers.

---

11 - V. Filippini, lib. II. — Le comte Arrigo bel Missere mourut vers l'an 1000 ; on dit qu'à sa mort une voix s'entendit dans l'air, qui chantait ces paroles prophétiques : — *E morto il conte Arrigo bel Missere. E Corsica sarà di male in peggio.*

Orso répondit froidement que son fusil était anglais et portait le plomb très loin. On s'embrassa, et chacun continua sa route.

Déjà nos voyageurs n'étaient plus qu'à une petite distance de Pietranera, lorsque, à l'entrée d'une gorge qu'il fallait traverser, ils découvrirent sept ou huit hommes armés de fusils, les uns assis sur des pierres, les autres couchés sur l'herbe, quelques-uns debout et semblant faire le guet. Leurs chevaux paissaient à peu de distance. Colomba les examina un instant avec une lunette d'approche, qu'elle tira d'une des grandes poches de cuir que tous les Corses portent en voyage.

— Ce sont nos gens ! s'écria-t-elle d'un air joyeux. Pieruccio a bien fait sa commission.

— Quelles gens ? demanda Orso.

— Nos bergers, répondit-elle. Avant-hier soir, j'ai fait partir Pieruccio, afin qu'il réunît ces braves gens pour vous accompagner à votre maison. Il ne convient pas que vous entriez à Pietranera sans escorte, et vous devez savoir d'ailleurs que les Barricini sont capables de tout.

— Colomba, dit Orso d'un ton sévère, je t'avais priée bien des fois de ne plus me parler des Barricini ni de tes soupçons sans fondement. Je ne me donnerai certainement pas le ridicule de rentrer chez moi avec cette troupe de fainéants, et je suis très mécontent que tu les aies rassemblés sans m'en prévenir.

— Mon frère, vous avez oublié votre pays. C'est à moi qu'il appartient de vous garder lorsque votre imprudence vous expose. J'ai dû faire ce que j'ai fait.

En ce moment, les bergers, les ayant aperçus, coururent à leurs chevaux et descendirent au galop à leur rencontre.

— *Evviva Ors' Anton' !* s'écria un vieillard robuste à barbe blanche, couvert, malgré la chaleur, d'une casaque à capuchon, de drap corse plus épais que la toison de ses chèvres. C'est le vrai portrait de son père, seulement plus grand et plus fort. Quel beau fusil ! On en parlera, de ce fusil, Ors' Anton'.

— *Evviva Ors' Anton' !* répétèrent en chœur tous les bergers. Nous savions bien qu'il reviendrait à la fin !

— Ah ! Ors' Anton', disait un grand gaillard au teint couleur de brique, que votre père aurait de joie s'il était ici pour vous recevoir ! Le cher homme ! Vous le verriez, s'il avait voulu me croire, s'il m'avait laissé faire l'affaire de Giudice… Le brave homme ! Il ne m'a pas cru ; il sait bien maintenant que j'avais raison.

— Bon ! reprit le vieillard, Giudice ne perdra rien pour attendre.

— *Evviva Ors' Anton' !*

Et une douzaine de coups de fusil accompagnèrent cette acclamation.

Orso, de très mauvaise humeur au centre de ce groupe d'hommes à cheval parlant tous ensemble et se pressant pour lui donner la main, demeura quelque temps sans pouvoir se faire entendre. Enfin, prenant l'air qu'il avait en tête de son peloton lorsqu'il lui distribuait les réprimandes et les jours de salle de police :

— Mes amis, dit-il, je vous remercie de l'affection que vous me montrez, de celle que vous portiez à mon père ; mais j'entends, je veux, que personne ne me donne de conseils. Je sais ce que j'ai à faire.

— Il a raison, il a raison ! s'écrièrent les bergers. Vous savez bien que vous pouvez compter sur nous.

— Oui, j'y compte : mais je n'ai besoin de personne maintenant, et nul danger ne menace ma maison. Commencez par faire demi-tour, et allez-vousen à vos chèvres. Je sais le chemin de Pietranera, et je n'ai pas besoin de guides.

— N'ayez peur de rien, Ors' Anton', dit le vieillard ; *ils* n'oseraient se montrer aujourd'hui. La souris rentre dans son trou lorsque revient le matou.

— Matou toi-même, vieille barbe blanche ! dit Orso. Comment t'appelles-tu ?

— Eh quoi ! vous ne me connaissez pas, Ors' Anton', moi qui vous ai porté en croupe si souvent sur mon mulet qui mord ? Vous ne connaissez pas Polo Griffo ? Brave homme, voyez-vous, qui est aux della Rebbia corps et âme. Dites un mot, et quand votre gros fusil parlera, ce vieux mousquet, vieux comme son maître, ne se taira pas. Comptez-y, Ors' Anton'.

— Bien, bien ; mais, de par tous les diables, allezvous-en et laissez-nous continuer notre route.

Les bergers s'éloignèrent enfin, se dirigeant au grand trot vers le village ; mais de temps en temps ils s'arrêtaient sur tous les points élevés de la route, comme pour examiner s'il n'y avait point quelque embuscade cachée, et toujours ils se tenaient assez rapprochés d'Orso et de sa sœur pour être en mesure de leur porter secours au besoin. Et le vieux Polo Griffo disait à ses compagnons :

— Je le comprends ! Je le comprends ! Il ne dit pas ce qu'il veut faire, mais il le fait. C'est le vrai portrait de son père. Bien ! dis que tu n'en veux à personne ! Tu as fait un vœu à sainte Nega[12]. Bravo ! Moi je ne donnerais pas une figue de la peau du

12 - Cette sainte ne se trouve pas dans le calendrier. Se vouer à sainte Nega, c'est nier tout de parti pris.

maire. Avant un mois on n'en pourra pas faire une outre.

Ainsi précédé par cette troupe d'éclaireurs, le descendant des della Rebbia entra dans son village et gagna le vieux manoir des caporaux, ses aïeux. Les rebbianistes, longtemps privés de chef, s'étaient portés en masse à sa rencontre, et les habitants du village, qui observaient la neutralité, étaient tous sur le pas de leurs portes pour le voir passer. Les barricinistes se tenaient dans leurs maisons et regardaient par les fentes de leurs volets.

Le bourg de Pietranera est très irrégulièrement bâti, comme tous les villages de la Corse ; car pour voir une rue, il faut aller à Cargese, bâti par M. de Marbœuf. Les maisons, dispersées au hasard et sans le moindre alignement, occupent le sommet d'un petit plateau, ou plutôt d'un palier de la montagne. Vers le milieu du bourg s'élève un grand chêne vert, et auprès on voit une auge en granit, où un tuyau en bois apporte l'eau d'une source voisine. Ce monument d'utilité publique fut construit à frais communs par les della Rebbia et les Barricini ; mais on se tromperait fort si l'on y cherchait un indice de l'ancienne concorde des deux familles. Au contraire, c'est une œuvre de leur jalousie. Autrefois, le colonel della Rebbia ayant envoyé au conseil municipal de sa commune une petite somme pour contribuer à l'érection d'une fontaine, l'avocat Barricini se hâta d'offrir un don semblable, et c'est à ce combat de générosité que Pietranera doit son eau. Autour du chêne vert et de la fontaine, il y a un espace vide qu'on appelle la place, et où les oisifs se rassemblent le soir. Quelquefois on y joue aux cartes, et une fois l'an, dans le carnaval, on y danse. Aux deux extrémités de la place s'élèvent des bâtiments plus hauts que larges, construits en granit et en schiste. Ce sont les *tours* ennemies des della Rebbia et des Barricini. Leur architecture est uniforme, leur hauteur est la même, et l'on voit que la rivalité des deux familles s'est toujours maintenue sans que la fortune décidât entre elles.

Il est peut-être à propos d'expliquer ce qu'il faut entendre par ce mot *tour*. C'est un bâtiment carré d'environ quarante pieds de haut, qu'en un autre pays on nommerait tout bonnement un colombier. La porte, étroite, s'ouvre à huit pieds du sol, et l'on y arrive par un escalier fort roide. Au-dessus de la porte est une fenêtre avec une espèce de balcon percé en dessous comme un mâchicoulis, qui permet d'assommer sans risque un visiteur indiscret. Entre la fenêtre et la porte, on voit deux écussons grossièrement sculptés. L'un portait autrefois la croix de Gènes ; mais, tout martelé aujourd'hui, il n'est plus intelligible que pour les antiquaires. Sur l'autre écusson sont sculptées les armoiries de la famille qui possède la tour. Ajoutez, pour compléter la décoration, quelques traces de balles sur les écussons et les chambranles de la fenêtre, et vous pouvez vous faire une idée d'un manoir du Moyen Âge en Corse. J'oubliais de dire que les bâtiments d'habitation touchent à la tour, et souvent s'y rattachent par une communication intérieure.

La tour et la maison des della Rebbia occupent le côté nord de la place de Pietranera ; la tour et la maison des Barricini, le côté sud. De la tour du nord jusqu'à la fontaine, c'est la promenade des della Rebbia, celle des Barricini est du côté opposé. Depuis l'enterrement de la femme du colonel, on n'avait jamais vu un membre de l'une de ces deux familles paraître sur un autre côté de la place que celui qui lui était assigné par une espèce de convention tacite. Pour éviter un détour, Orso allait passer devant la maison du maire, lorsque sa sœur l'avertit et l'engagea à prendre une ruelle qui les conduirait à leur maison sans traverser la place.

— Pourquoi se déranger ? dit Orso. La place n'est-elle pas à tout le monde ?

Et il poussa son cheval.

— Brave cœur ! dit tout bas Colomba. Mon père, tu seras vengé !

En arrivant sur la place, Colomba se plaça entre la maison des Barricini et son frère, et toujours elle eut l'œil fixé sur les fenêtres de ses ennemis. Elle remarqua qu'elles étaient barricadées depuis peu, et qu'on y avait pratiqué des *archere*. On appelle *archere* d'étroites ouvertures en forme de meurtrières, ménagées entre de grosses bûches avec lesquelles on bouche la partie inférieure d'une fenêtre. Lorsqu'on craint quelque attaque, on se barricade de la sorte, et l'on peut, à l'abri des bûches, tirer à couvert sur les assaillants.

— Les lâches ! dit Colomba. Voyez, mon frère, déjà ils commencent à se garder ; ils se barricadent ! Mais il faudra bien sortir un jour !

La présence d'Orso sur le côté sud de la place produisit une grande sensation à Pietranera, et fut considérée comme une preuve d'audace approchant de la témérité. Pour les neutres rassemblés le soir autour du chêne vert, ce fut le texte de commentaires sans fin.

— Il est heureux, disait-on, que les fils Barricini ne soient pas encore revenus, car ils sont moins endurants que l'avocat, et peut-être n'eussent-ils point laissé passer leur ennemi sur leur terrain sans lui faire payer la bravade.

— Souvenez-vous de ce que je vais vous dire, voisin, ajouta un vieillard qui était l'oracle du bourg. J'ai observé la figure de la Colomba aujourd'hui, elle a quelque chose dans la tête. Je sens de la poudre en l'air. Avant peu, il y aura de la viande de boucherie à bon marché dans Pietranera.

# X

Séparé fort jeune de son père, Orso n'avait guère eu le temps de le connaître. Il avait quitté Pietranera à quinze ans pour étudier à Pise, et de là était entré à l'École militaire pendant que Ghilfuccio promenait en Europe les aigles impériales. Sur le continent, Orso l'avait vu à de rares intervalles, et en 1815 seulement il s'était trouvé dans le régiment que son père commandait. Mais le colonel, inflexible sur la discipline, traitait son fils comme tous les autres jeunes lieutenants, c'est-à-dire avec beaucoup de sévérité. Les souvenirs qu'Orso en avait conservés étaient de deux sortes. Il se le rappelait à Pietranera, lui confiant son sabre, lui laissant décharger son fusil quand il revenait de la chasse, ou le faisant asseoir pour la première fois, lui bambin, à la table de famille. Puis il se représentait le colonel della Rebbia l'envoyant aux arrêts pour quelque étourderie, et ne l'appelant jamais que « lieutenant della Rebbia ».

— Lieutenant della Rebbia, vous n'êtes pas à votre place de bataille, trois jours d'arrêts.

— Vos tirailleurs sont à cinq mètres trop loin de la réserve, cinq jours d'arrêts.

— Vous êtes en bonnet de police à midi cinq minutes, huit jours d'arrêts.

Une seule fois, aux Quatre-Bras, il lui avait dit :

— Très bien, Orso, mais de la prudence.

Au reste, ces derniers souvenirs n'étaient point ceux que lui rappelait Pietranera. La vue des lieux familiers à son enfance, les meubles dont se servait sa mère, qu'il avait tendrement aimée, excitaient en son âme une foule d'émotions douces et pénibles ; puis, l'avenir sombre qui se préparait pour lui, l'inquiétude vague que sa sœur lui inspirait, et par-dessus tout, l'idée que miss Nevil allait venir dans sa maison, qui lui paraissait aujourd'hui si petite, si pauvre, si peu convenable pour une personne habituée au luxe, le mépris qu'elle en concevrait peut-être, toutes ces pensées formaient un chaos dans sa tête et lui inspiraient un profond découragement.

Il s'assit, pour souper, dans un grand fauteuil de chêne noirci, où son père présidait les repas de famille, et sourit en voyant Colomba hésiter à se mettre à table avec lui. Il lui sut bon gré d'ailleurs du silence qu'elle observa pendant le souper et de la prompte retraite qu'elle fit ensuite, car il se sentait trop ému pour résister aux attaques qu'elle lui préparait sans doute ; mais Colomba le ménageait et voulait lui laisser le temps de se reconnaître. La tête appuyée sur sa main, il demeura longtemps immobile, repassant dans son esprit les scènes des quinze derniers jours qu'il avait vécu. Il voyait avec effroi cette attente où chacun semblait être de sa conduite à l'égard des Barricini. Déjà il s'apercevait que l'opinion de Pietranera commençait à être pour lui celle du monde. Il devait se venger sous peine de passer pour un lâche. Mais sur qui se venger ? Il ne pouvait croire les Barricini coupables de meurtre. À la vérité ils étaient les ennemis de sa famille, mais il fallait les préjugés grossiers de ses compatriotes pour leur attribuer un assassinat. Quelquefois il considérait le talisman de miss Nevil, et en répétait tout bas la devise : « La vie est un combat ! » Enfin il se dit d'un ton ferme : « J'en sortirai vainqueur ! » Sur cette bonne pensée il se leva, et, prenant la lampe, il allait monter dans sa chambre lorsqu'on frappa à la porte de la maison. L'heure était indue pour recevoir une visite. Colomba parut aussitôt, suivie de la femme qui les servait.

— Ce n'est rien, dit-elle en courant à la porte.

Cependant, avant d'ouvrir, elle demanda qui frappait. Une voix douce répondit :

— C'est moi.

Aussitôt la barre de bois placée en travers de la porte fut enlevée, et Colomba reparut dans la salle à manger suivie d'une petite fille de dix ans à peu près, pieds nus, en haillons, la tête couverte d'un mauvais mouchoir, de dessous lequel s'échappaient de longues mèches de cheveux noirs comme l'aile d'un corbeau. L'enfant était maigre, pâle, la peau brûlée par le soleil ; mais dans ses yeux brillait le feu de l'intelligence. En voyant Orso, elle s'arrêta timidement et lui fit une révérence à la paysanne ; puis elle parla bas à Colomba, et lui mit entre les mains un faisan nouvellement tué.

— Merci, Chili, dit Colomba. Remercie ton oncle. Il se porte bien ?

— Fort bien, mademoiselle, à vous servir. Je n'ai pu venir plus tôt parce qu'il a bien tardé. Je suis restée trois heures dans le maquis à l'attendre.

— Et tu n'as pas soupé ?

— Dame ! non, mademoiselle, je n'ai pas eu le temps.

— On va te donner à souper. Ton oncle a-t-il du pain encore ?

— Peu, mademoiselle ; mais c'est de la poudre surtout qui lui manque. Voilà les châtaignes venues, et maintenant il n'a plus besoin que de poudre.

— Je vais te donner un pain pour lui et de la poudre. Dis-lui qu'il la ménage, elle est chère.

— Colomba, dit Orso en français, à qui donc fais-tu ainsi la charité ?

— À un pauvre bandit de ce village, répondit Colomba dans la même langue. Cette petite est sa nièce.

— Il me semble que tu pourrais mieux placer tes dons. Pourquoi envoyer de la poudre à un coquin qui s'en servira pour commettre des crimes ? Sans cette déplorable faiblesse que tout le monde paraît avoir ici pour les bandits, il y a longtemps qu'ils auraient disparu de la Corse.

— Les plus méchants de notre pays ne sont pas ceux qui sont à la campagne[13].

— Donne-leur du pain si tu veux, on n'en doit refuser à personne ; mais je n'entends pas qu'on leur fournisse des munitions.

— Mon frère, dit Colomba d'un ton grave, vous êtes le maître ici, et tout vous appartient dans cette maison ; mais, je vous en préviens, je donnerai mon *mezzaro* à cette petite fille pour qu'elle le vende, plutôt que de refuser de la poudre à un bandit. Lui refuser de la poudre ! Mais autant vaut le livrer aux gendarmes ! Quelle protection a-t-il contre eux, sinon ses cartouches ?

La petite fille cependant dévorait avec avidité un morceau de pain, et regardait attentivement tour à tour Colomba et son frère, cherchant à comprendre dans leurs yeux le sens de ce qu'ils disaient.

13 - Être *alla campagna*, c'est-à-dire être bandit. Bandit n'est point un terme odieux ; il se prend dans le sens de banni ; c'est l'*outlaw* des ballades anglaises.

— Et qu'a-t-il fait, enfin, ton bandit ? Pour quel crime s'est-il jeté dans le maquis ?

— Brandolaccio n'a point commis de crime, s'écria Colomba. Il a tué Giovan' Opizzo, qui avait assassiné son père pendant que lui était à l'armée.

Orso détourna la tête, prit la lampe, et, sans répondre, monta dans sa chambre. Alors Colomba donna poudre et provisions à l'enfant, et la reconduisit jusqu'à la porte en lui répétant :

— Surtout, que ton oncle veille bien sur Orso !

# XI

Orso fut longtemps à s'endormir, et par conséquent s'éveilla tard, du moins pour un Corse. À peine levé, le premier objet qui frappa ses yeux, ce fut la maison de ses ennemis et les *archere* qu'ils venaient d'y établir. Il descendit et demanda sa sœur.

— Elle est à la cuisine qui fond des balles, lui répondit la servante Saveria.

Ainsi, il ne pouvait faire un pas sans être poursuivi par l'image de la guerre.

Il trouva Colomba assise sur un escabeau, entourée de balles nouvellement fondues, coupant les jets de plomb.

— Que diable fais-tu là ? lui demanda son frère.

— Vous n'aviez point de balles pour le fusil du colonel, répondit-elle de sa voix douce ; j'ai trouvé un moule de calibre, et vous aurez aujourd'hui vingt-quatre cartouches, mon frère.

— Je n'en ai pas besoin, Dieu merci !

— Il ne faut pas être pris au dépourvu, Ors' Anton'. Vous avez oublié votre pays et les gens qui vous entourent.

— Je l'aurais oublié que tu me le rappellerais bien vite. Dis-moi, n'est-il pas arrivé une grosse malle il y a quelques jours ?

— Oui, mon frère. Voulez-vous que je la monte dans votre chambre ?

— Toi, la monter ! mais tu n'aurais jamais la force de la soulever… N'y a-t-il pas ici quelque homme pour le faire ?

— Je ne suis pas si faible que vous le pensez, dit Colomba en retroussant ses manches et découvrant un bras blanc et rond, parfaitement formé, mais qui annonçait une force peu commune. Allons, Saveria, dit-elle à la servante, aide-moi.

Déjà elle enlevait seule la lourde malle, quand Orso s'empressa de l'aider.

— Il y a dans cette malle, ma chère Colomba, dit-il, quelque chose pour toi. Tu m'excuseras si je te fais de si pauvres cadeaux, mais la bourse d'un lieutenant en demi-solde n'est pas trop bien garnie.

En parlant, il ouvrait la malle et en retirait quelques robes, un châle et d'autres objets à l'usage d'une jeune personne.

— Que de belles choses ! s'écria Colomba. Je vais bien vite les serrer de peur qu'elles ne se gâtent. Je les garderai pour ma noce, ajouta-t-elle avec un sourire triste, car maintenant je suis en deuil.

Et elle baisa la main de son frère.

— Il y a de l'affectation, ma sœur, à garder le deuil si longtemps.

— Je l'ai juré, dit Colomba d'un ton ferme. Je ne quitterai le deuil…

Et elle regardait par la fenêtre la maison des Barricini.

— … que le jour où tu te marieras ? dit Orso, cherchant à éviter la fin de la phrase.

— Je ne me marierai, dit Colomba, qu'à un homme qui aura fait trois choses…

Et elle contemplait toujours d'un air sinistre la maison ennemie.

— Jolie comme tu es, Colomba, je m'étonne que tu ne sois pas déjà mariée. Allons, tu me diras qui te fait la cour. D'ailleurs j'entendrai bien les sérénades. Il faut qu'elles soient belles pour plaire à une grande vocératrice comme toi.

— Qui voudrait d'une pauvre orpheline ?... Et puis, l'homme qui me fera quitter mes habits de deuil fera prendre le deuil aux femmes de là-bas.

« Cela devient de la folie », se dit Orso. Mais il ne répondit rien pour éviter toute discussion.

— Mon frère, dit Colomba d'un ton de câlinerie, j'ai aussi quelque chose à vous offrir. Les habits que vous avez là sont trop beaux pour ce pays-ci. Votre jolie redingote serait en pièces au bout de deux jours si vous la portiez dans le maquis. Il faut la garder pour quand viendra miss Nevil.

Puis, ouvrant une armoire, elle en tira un costume complet de chasseur.

— Je vous ai fait une veste de velours, et voici un bonnet comme en portent nos élégants ; je l'ai brodé pour vous il y a bien longtemps. Voulez-vous essayer cela ?

Et elle lui faisait endosser une large veste de velours vert ayant dans le dos une énorme poche. Elle lui mettait sur la tête un bonnet pointu de velours noir brodé en jais et en soie, de la même couleur, et terminé par une espèce de houppe.

— Voici la *carchera*[14] de notre père, dit-elle ; son stylet est dans la poche de votre veste. Je vais vous chercher le pistolet.

14 - *Carchera*, ceinture où l'on met des cartouches. On y attache un pistolet à gauche.

— J'ai l'air d'un vrai brigand de l'Ambigu-Comique, disait Orso en se regardant dans un petit miroir que lui présentait Saveria.

— C'est que vous avez tout à fait bonne façon comme cela, Ors' Anton', disait la vieille servante, et le plus beau *pointu*[15] de Bocognano ou de Bastelica n'est pas plus brave !

Orso déjeuna dans son nouveau costume, et pendant le repas il dit à sa sœur que sa malle contenait un certain nombre de livres, que son intention était d'en faire venir de France et d'Italie, et de la faire travailler beaucoup.

— Car il est honteux, Colomba, ajouta-t-il, qu'une grande fille comme toi ne sache pas encore des choses que, sur le continent, les enfants apprennent en sortant de nourrice.

— Vous avez raison, mon frère, disait Colomba ; je sais bien ce qui me manque, et je ne demande pas mieux que d'étudier, surtout si vous voulez bien me donner des leçons.

Quelques jours se passèrent sans que Colomba prononçât le nom des Barricini. Elle était toujours aux petits soins pour son frère, et lui parlait souvent de miss Nevil. Orso lui faisait lire des ouvrages français et italiens, et il était surpris tantôt de la justesse et du bon sens de ses observations, tantôt de son ignorance profonde des choses les plus vulgaires.

Un matin, après déjeuner, Colomba sortit un instant, et au lieu de revenir avec un livre et du papier, parut avec son *mezzaro* sur la tête. Son air était plus sérieux encore que de coutume.

— Mon frère, dit-elle, je vous prierai de sortir avec moi.

15 - *Pinsuto.* On appelle ainsi ceux qui portent le bonnet pointu, *barreta pinsuta.*

— Où veux-tu que je t'accompagne ? dit Orso en lui offrant son bras.

— Je n'ai pas besoin de votre bras, mon frère, mais prenez votre fusil et votre boîte à cartouches. Un homme ne doit jamais sortir sans ses armes.

— À la bonne heure ! Il faut se conformer à la mode. Où allons-nous ?

Colomba, sans répondre, serra le *mezzaro* autour de sa tête, appela le chien de garde, et sortit suivie de son frère. S'éloignant à grands pas du village, elle prit un chemin creux qui serpentait dans les vignes, après avoir envoyé devant elle le chien, à qui elle fit un signe qu'il semblait bien connaître ; car aussitôt il se mit à courir en zigzag, passant dans les vignes, tantôt d'un côté, tantôt de l'autre, toujours à cinquante pas de sa maîtresse, et quelquefois s'arrêtant au milieu du chemin pour la regarder en remuant la queue. Il paraissait s'acquitter parfaitement de ses fonctions d'éclaireur.

— Si Muschetto aboie, dit Colomba, armez votre fusil, mon frère, et tenez-vous immobile.

À un demi-mille du village, après bien des détours, Colomba s'arrêta tout à coup dans un endroit où le chemin faisait un coude. Là s'élevait une petite pyramide de branchages, les uns verts, les autres desséchés, amoncelés à la hauteur de trois pieds environ. Du sommet on voyait percer l'extrémité d'une croix de bois peinte en noir. Dans plusieurs cantons de la Corse, surtout dans les montagnes, un usage extrêmement ancien, et qui se rattache peut-être à des superstitions du paganisme, oblige les passants à jeter une pierre ou un rameau d'arbre sur le lieu où un homme a péri de mort violente. Pendant de longues années, aussi longtemps que le souvenir de sa fin tragique demeure dans la mémoire des hommes, cette offrande singulière s'accumule ainsi de jour en jour. On appelle cela l'*amas*, le *mucchio* d'un tel.

Colomba s'arrêta devant ce tas de feuillage, et, arrachant une branche d'arbousier, l'ajouta à la pyramide.

— Orso, dit-elle, c'est ici que notre père est mort. Prions pour son âme, mon frère !

Et elle se mit à genoux. Orso l'imita aussitôt. En ce moment la cloche du village tinta lentement, car un homme était mort dans la nuit. Orso fondit en larmes.

Au bout de quelques minutes, Colomba se leva, l'œil sec, mais la figure animée. Elle fit du pouce à la hâte le signe de croix familier à ses compatriotes et qui accompagne d'ordinaire leurs serments solennels ; puis, entraînant son frère, elle reprit le chemin du village. Ils rentrèrent dans leur maison. Orso monta dans sa chambre. Un instant après, Colomba l'y suivit, portant une petite cassette qu'elle posa sur la table. Elle l'ouvrit et en tira une chemise couverte de larges taches de sang.

— Voici la chemise de votre père, Orso.

Et elle la jeta sur ses genoux.

— Voici le plomb qui l'a frappé.

Et elle posa sur la chemise deux balles oxydées.

— Orso, mon frère ! cria-t-elle en se précipitant dans ses bras et l'étreignant avec force. Orso ! tu le vengeras !

Elle l'embrassa avec une espèce de fureur, baisa les balles et la chemise, et sortit de la chambre, laissant son frère comme pétrifié sur sa chaise.

Orso resta quelque temps immobile, n'osant éloigner de lui ces épouvantables reliques. Enfin, faisant un effort, il les remit dans la cassette et courut à l'autre bout de la chambre se jeter sur son lit, la tête tournée vers la muraille, enfoncée dans l'oreiller, comme s'il eût voulu se dérober à la vue d'un spectre. Les dernières paroles de sa sœur retentissaient sans cesse dans ses oreilles, et il lui semblait entendre un oracle fatal, inévitable, qui lui demandait du sang, et du sang innocent. Je n'essayerai pas de rendre les sensations du malheureux jeune homme, aussi confuses que celles qui bouleversent la tête d'un fou. Longtemps il demeura dans la même position, sans oser détourner la tête. Enfin il se leva, ferma la cassette et sortit précipitamment de sa maison, courant la campagne et marchant devant lui sans savoir où il allait.

Peu à peu, le grand air le soulagea ; il devint plus calme et examina avec quelque sang-froid sa position et les moyens d'en sortir. Il ne soupçonnait point les Barricini de meurtre, on le sait déjà, mais il les accusait d'avoir supposé la lettre du bandit Agostini ; et cette lettre, il le croyait du moins, avait causé la mort de son père. Les poursuivre comme faussaires, il sentait que cela était impossible. Parfois, si les préjugés ou les instincts de son pays revenaient l'assaillir et lui montraient une vengeance facile au détour d'un sentier, il les écartait avec horreur en pensant à ses camarades de régiment, aux salons de Paris, surtout à miss Nevil. Puis il songeait aux reproches de sa sœur, et ce qui restait de corse dans son caractère justifiait ces reproches et les rendait plus poignants. Un seul espoir lui restait dans ce combat entre sa conscience et ses préjugés, c'était d'entamer, sous un prétexte quelconque, une querelle avec un des fils de l'avocat et de se battre en duel avec lui. Le tuer d'une balle ou d'un coup d'épée conciliait ses idées corses et ses idées françaises. L'expédient accepté, et méditant les moyens d'exécution, il se sentait déjà soulagé d'un grand poids, lorsque d'autres pensées plus douces contribuèrent encore à calmer son agitation fébrile. Cicéron, désespéré de la mort de sa fille Tullia, oublia sa douleur en repassant dans son esprit toutes les belles choses qu'il pourrait dire à ce sujet. En discourant de la sorte sur la vie et la mort, M. Shandy se consola de la perte de son fils. Orso se rafraîchit le sang en pensant qu'il pourrait faire à miss Nevil un tableau de l'état de son âme, tableau qui ne pourrait manquer d'intéresser puissamment cette belle personne.

Il se rapprochait du village, dont il s'était fort éloigné sans s'en apercevoir, lorsqu'il entendit la voix d'une petite fille qui chantait, se croyant seule sans doute, dans un sentier au bord du maquis. C'était cet air lent et monotone consacré aux lamentations funèbres, et l'enfant chantait : « À mon fils, mon fils, en lointain pays — gardez ma croix et ma chemise sanglante… »

— Que chantes-tu là, petite ? dit Orso d'un ton de colère, en paraissant tout à coup.

— C'est vous, Ors' Anton' ! s'écria l'enfant un peu effrayée… C'est une chanson de mademoiselle Colomba…

— Je te défends de la chanter, dit Orso d'une voix terrible.

L'enfant, tournant la tête à droite et à gauche, semblait chercher de quel côté elle pourrait se sauver, et sans doute elle se serait enfuie si elle n'eût été retenue par le soin de conserver un gros paquet qu'on voyait sur l'herbe à ses pieds.

Orso eut honte de sa violence.

— Que portes-tu là, ma petite ? lui demanda-t-il le plus doucement qu'il put.

Et comme Chilina hésitait à répondre, il souleva le linge qui enveloppait le paquet, et vit qu'il contenait un pain et d'autres provisions.

— À qui portes-tu ce pain, ma mignonne ? lui demanda-t-il.

— Vous le savez bien, monsieur ; à mon oncle.

— Et ton oncle n'est-il pas bandit ?

— Pour vous servir, monsieur Ors' Anton'.

— Si les gendarmes te rencontraient, ils te demanderaient où tu vas...

— Je leur dirais, répondit l'enfant sans hésiter, que je porte à manger aux Lucquois qui coupent le maquis.

— Et si tu trouvais quelque chasseur affamé qui voulût dîner à tes dépens et te prendre tes provisions ?...

— On n'oserait. Je dirais que c'est pour mon oncle.

— En effet, il n'est point homme à se laisser prendre son dîner... Il t'aime bien, ton oncle ?

— Oh ! oui, Ors' Anton'. Depuis que mon papa est mort, il a soin de la famille : de ma mère, de moi et de ma petite sœur. Avant que maman fût malade, il la recommandait aux riches pour qu'on lui donnât de l'ouvrage. Le maire me donne une robe tous les ans, et le curé me montre le catéchisme et à lire, depuis que mon oncle leur a parlé. Mais c'est votre sœur surtout qui est bonne pour nous.

En ce moment un chien partit dans le sentier. La petite, portant deux doigts à sa bouche, fit entendre un sifflement aigu : aussitôt le chien vint à elle et la caressa, puis s'enfonça brusquement dans le maquis. Bientôt deux hommes mal vêtus mais bien armés se levèrent derrière une cépée à quelques pas d'Orso. On eût dit qu'ils s'étaient avancés en rampant comme des couleuvres au milieu du fourré de cistes et de myrtes qui couvrait le terrain.

— Oh ! Ors' Anton', soyez le bienvenu, dit le plus âgé de ces deux hommes. Eh quoi ! vous ne me reconnaissez pas ?

— Non, dit Orso, le regardant fixement.

— C'est drôle comme une barbe et un bonnet pointu vous changent un homme ! Allons, mon lieutenant, regardez bien. Avez-vous donc oublié les anciens de Waterloo ? Vous ne vous souvenez plus de Brando Savelli, qui a déchiré plus d'une cartouche à côté de vous dans ce jour de malheur ?

— Quoi ! c'est toi ? dit Orso. Et tu as déserté en 1816 !

— Comme vous dites, mon lieutenant. Dame, le service ennuie, et puis j'avais un compte à régler dans ce pays-ci. Ha ! ha ! Chili, tu es une brave fille. Sers-nous vite, car nous avons faim. Vous n'avez pas d'idée, mon lieutenant, comme on a d'appétit dans le maquis. Qui est-ce qui nous envoie cela, mademoiselle Colomba ou le maire ?

— Non, mon oncle, c'est la meunière qui m'a donné cela pour vous et une couverture pour maman.

— Qu'est-ce qu'elle me veut ?

— Elle dit que ses Lucquois qu'elle a pris pour défricher lui demandent maintenant trente-cinq sous et les châtaignes, à cause de la fièvre qui est dans le bas de Pietranera.

— Les fainéants !... Je verrai. Sans façon, mon lieutenant, voulez-vous partager notre dîner ? Nous avons fait de plus mauvais repas ensemble du temps de notre pauvre compatriote qu'on a réformé.

— Grand merci. On m'a réformé aussi, moi.

— Oui, je l'ai entendu dire ; mais vous n'en avez pas été bien fâché, je gage. Histoire de régler votre compte à vous. Allons, curé, dit le bandit à son camarade, à table ! Monsieur Orso, je vous présente monsieur le curé ; c'est-à-dire, je ne sais pas trop s'il est curé, mais il en a la science.

— Un pauvre étudiant en théologie, monsieur, dit le second bandit, qu'on a empêché de suivre sa vocation. Qui sait ? J'aurais pu être pape, Brandolaccio.

— Quelle cause a donc privé l'Église de vos lumières ? demanda Orso.

— Un rien, un compte à régler, comme dit mon ami Brandolaccio, une sœur à moi qui avait fait des folies pendant que je dévorais les bouquins à l'université de Pise. Il me fallut retourner au pays pour la marier. Mais le futur, trop pressé, meurt de la fièvre trois jours avant mon arrivée. Je m'adresse alors, comme vous eussiez fait à ma place, au frère du défunt. On me dit qu'il était marié. Que faire ?

— En effet, cela était embarrassant. Que fîtes-vous ?

— Ce sont de ces cas où il faut en venir à la pierre à fusil[16].

— C'est-à-dire que...

— Je lui mis une balle dans la tête, dit froidement le bandit.

Orso fit un mouvement d'horreur. Cependant la curiosité, et peut-être aussi le désir de retarder le moment où il faudrait rentrer chez lui, le firent rester à sa place et continuer la conversation avec ces deux hommes, dont chacun avait au moins un assassinat sur la conscience.

Pendant que son camarade parlait, Brandolaccio mettait devant lui du pain et de la viande ; il se servit lui-même, puis il fit la part de son chien, qu'il présenta à Orso sous le nom de Brusco, comme doué du

---

16 - *La scaglia*, expression très usitée.

merveilleux instinct de reconnaître un voltigeur sous quelque déguisement que ce fût. Enfin il coupa un morceau de pain et une tranche de jambon cru, qu'il donna à sa nièce.

— La belle vie que celle de bandit ! s'écria l'étudiant en théologie après avoir mangé quelques bouchées. Vous en tâterez peut-être un jour, monsieur della Rebbia, et vous verrez combien il est doux de ne connaître d'autre maître que son caprice.

Jusque-là, le bandit s'était exprimé en italien ; il poursuivit en français :

— La Corse n'est pas un pays bien amusant pour un jeune homme ; mais pour un bandit, quelle différence ! Les femmes sont folles de nous. Tel que vous me voyez, j'ai trois maîtresses dans trois cantons différents. Je suis partout chez moi. Et il y en a une qui est la femme d'un gendarme.

— Vous savez bien des langues, monsieur, dit Orso d'un ton grave.

— Si je parle français, c'est que, voyez-vous, « *maxima debetur pueris reverentia* ». Nous entendons, Brandolaccio et moi, que la petite tourne bien et marche droit.

— Quand viendront ses quinze ans, dit l'oncle de Chilina, je la marierai bien. J'ai déjà un parti en vue.

— C'est toi qui feras la demande ? dit Orso.

— Sans doute. Croyez-vous que si je dis à un richard du pays : Moi, Brando Savelli, je verrais avec plaisir que votre fils épousât Michelina Savelli, croyez-vous qu'il se fera tirer les oreilles ?

— Je ne le lui conseillerais pas, dit l'autre bandit. Le camarade a la main un peu lourde.

— Si j'étais un coquin, poursuivit Brandolaccio, une canaille, un supposé, je n'aurais qu'à ouvrir ma besace, les pièces de cent sous y pleuvraient.

— Il y a donc dans ta besace, dit Orso, quelque chose qui les attire ?

— Rien ; mais si j'écrivais, comme il y en a qui l'ont fait à un riche : « J'ai besoin de cent francs », il se dépêcherait de me les envoyer. Mais je suis un homme d'honneur, mon lieutenant.

— Savez-vous, monsieur della Rebbia, dit le bandit que son camarade appelait le curé, savez-vous que dans ce pays de mœurs simples il y a pourtant quelques misérables qui profitent de l'estime que nous inspirons au moyen de nos passeports (il montrait son fusil), pour tirer des lettres de change en contrefaisant notre écriture ?

— Je le sais, dit Orso d'un ton brusque. Mais quelles lettres de change ?

— Il y a six mois, continua le bandit, je me promenais du côté d'Orezza, quand vint à moi un manant qui de loin m'ôte son bonnet et me dit : « Ah ! monsieur le curé (ils m'appellent toujours ainsi), excusez-moi, donnez-moi du temps ; je n'ai pu trouver que cinquante-cinq francs ; mais, vrai, c'est tout ce que j'ai pu amasser. » Moi, tout surpris : « Qu'est-ce à dire, maroufle ? cinquante-cinq francs ? — Je veux dire soixante-cinq, me répondit-il ; mais pour cent que vous me demandez, c'est impossible. — Comment, drôle ! je te demande cent francs ? Je ne te connais pas. » Alors il me remit une lettre, ou plutôt un chiffon tout sale, par lequel on l'invitait à déposer cent francs dans un lieu qu'on indiquait, sous peine de voir sa maison brûlée et ses vaches tuées par Giocanto Castriconi, c'est mon nom. Et l'on avait eu l'infamie de contrefaire ma signature ! Ce qui me piqua le plus, c'est que la lettre était écrite en patois, pleine de fautes d'orthographe... Moi, faire des fautes d'orthographe ! Moi qui avais tous les prix à l'université ! Je commence par donner à mon vilain un soufflet qui le fait tourner deux fois sur lui-même. « Ah ! tu me prends pour un voleur, coquin que tu es ! » lui dis-je, et je lui donne un bon coup de pied où vous savez. Un peu soulagé, je lui dis : « Quand dois-tu porter cet argent au lieu désigné ? — Aujourd'hui même. — Bien ! va le porter. » C'était au pied d'un pin, et le lieu était parfaitement indiqué. Il porte l'argent, l'enterre au pied de l'arbre et revient me trouver. Je m'étais embusqué aux environs. Je demeurai là avec mon homme six mortelles heures. Monsieur della Rebbia, je serais resté trois jours s'il eût fallu. Au bout de six heures paraît un *Bastaccio*[17], un infâme usurier. Il se baisse pour prendre l'argent, je fais feu, et je l'avais si bien ajusté que sa tête porta en tombant sur les écus qu'il déterrait. « Maintenant, drôle ! dis-je au paysan, reprends ton argent, et ne t'avise plus de soupçonner d'une bassesse Giocanto Castriconi. » Le pauvre diable, tout tremblant, ramassa ses soixante-cinq francs sans prendre la peine de les essuyer. Il me dit merci, je lui allonge un bon coup de pied d'adieu, et il court encore.

— Ah ! curé, dit Brandolaccio, je t'envie ce coup de fusil-là. Tu as dû bien rire ?

— J'avais attrapé le Bastiaccio à la tempe, continua le bandit, et cela me rappela ces vers de Virgile :

*Liquefacto tempora plumbo*
*Diffidit, ac multâ porrectum extendit arenâ.*

*Liquefacto* ! Croyez-vous, monsieur Orso, qu'une balle de plomb se fonde par la rapidité de son trajet

17 - Les Corses montagnards détestent les habitants de Bastia, qu'ils ne regardent pas comme des compatriotes. Jamais ils ne disent *Bastiese*, mais *Bastiaccio* : on sait que la terminaison en *accio* se prend d'ordinaire dans un sens de mépris.

dans l'air ? Vous qui avez étudié la balistique, vous devriez bien me dire si c'est une erreur ou une vérité ?

Orso aimait mieux discuter cette question de physique que d'argumenter avec le licencié sur la moralité de son action. Brandolaccio, que cette dissertation scientifique n'amusait guère, l'interrompit pour remarquer que le soleil allait se coucher :

— Puisque vous n'avez pas voulu dîner avec nous, Ors' Anton', lui dit-il, je vous conseille de ne pas faire attendre plus longtemps mademoiselle Colomba. Et puis il ne fait pas toujours bon à courir les chemins quand le soleil est couché. Pourquoi donc sortez-vous sans fusil ? Il y a de mauvaises gens dans ces environs ; prenez-y garde. Aujourd'hui vous n'avez rien à craindre ; les Barricini amènent le préfet chez eux ; ils l'ont rencontré sur la route, et il s'arrête un jour à Pietranera avant d'aller poser à Corte une première pierre, comme on dit... Une bêtise ! Il couche ce soir chez les Barricini ; mais demain ils seront libres. Il y a Vincentello, qui est un mauvais garnement, et Orlanduccio, qui ne vaut guère mieux... Tâchez de les trouver séparés : aujourd'hui l'un, demain l'autre ; mais méfiez-vous, je ne vous dis que cela.

— Merci du conseil, dit Orso ; mais nous n'avons rien à démêler ensemble ; jusqu'à ce qu'ils viennent me chercher, je n'ai rien à leur dire.

Le bandit tira la langue de côté et la fit claquer contre sa joue d'un air ironique, mais il ne répondit rien. Orso se levait pour partir :

— À propos, dit Brandolaccio, je ne vous ai pas remercié de votre poudre ; elle m'est venue bien à propos. Maintenant rien ne me manque... c'est-à-dire il me manque encore des souliers… mais je m'en ferai de la peau d'un mouflon un de ces jours.

Orso glissa deux pièces de cinq francs dans la main du bandit.

— C'est Colomba qui t'envoyait la poudre ; voici pour t'acheter des souliers.

— Pas de bêtises, mon lieutenant, s'écria Brandolaccio en lui rendant les deux pièces. Est-ce que vous me prenez pour un mendiant ? J'accepte le pain et la poudre, mais je ne veux rien autre chose.

— Entre vieux soldats, j'ai cru qu'on pouvait s'aider. Allons, adieu !

Mais, avant de partir, il avait mis l'argent dans la besace du bandit sans qu'il s'en fût aperçu.

— Adieu, Ors' Anton' ! dit le théologien. Nous nous retrouverons peut-être au maquis un de ces jours, et nous continuerons nos études sur Virgile.

Orso avait quitté ses honnêtes compagnons depuis un quart d'heure, lorsqu'il entendit un homme qui courait derrière lui de toutes ses forces. C'était Brandolaccio :

— C'est un peu fort, mon lieutenant, s'écria-t-il hors d'haleine, un peu trop fort ! Voilà vos dix francs. De la part d'un autre, je ne passerais pas l'espièglerie. Bien des choses de ma part à mademoiselle Colomba. Vous m'avez tout essoufflé ! Bonsoir.

# XII

Orso trouva Colomba un peu alarmée de sa longue absence ; mais, en le voyant, elle reprit cet air de sérénité triste qui était son expression habituelle. Pendant le repas du soir, ils ne parlèrent que de choses indifférentes, et Orso, enhardi par l'air calme de sa sœur, lui raconta sa rencontre avec les bandits, et hasarda même quelques plaisanteries sur l'éducation morale et religieuse que recevait la petite Chilina par les soins de son oncle et de son honorable collègue, le sieur Castriconi.

— Brandolaccio est un honnête homme, dit Colomba ; mais, pour Castriconi, j'ai entendu dire que c'était un homme sans principes.

— Je crois, dit Orso, qu'il vaut tout autant que Brandolaccio, et Brandolaccio autant que lui. L'un et l'autre sont en guerre ouverte avec la société. Un premier crime les entraîne chaque jour à d'autres crimes ; et pourtant ils ne sont peut-être pas aussi coupables que bien des gens qui n'habitent pas le maquis.

Un éclair de joie brilla sur le front de sa sœur.

— Oui, poursuivit Orso ; ces misérables ont de l'honneur à leur manière. C'est un préjugé cruel et non une basse cupidité qui les a jetés dans la vie qu'ils mènent.

Il y eut un moment de silence.

— Mon frère, dit Colomba en lui versant du café, vous savez peut-être que Charles-Baptiste Pietri est mort la nuit passée ? Oui, il est mort de la fièvre des marais.

— Qui est ce Pietri ?

— C'est un homme de ce bourg, mari de Madeleine, qui a reçu le portefeuille de notre père mourant. Sa veuve est venue me prier de paraître à sa veillée et d'y chanter quelque chose. Il convient que vous veniez aussi. Ce sont nos voisins, et c'est une politesse dont on ne peut se dispenser dans un petit endroit comme le nôtre.

— Au diable ta veillée, Colomba ! Je n'aime point à voir ma sœur se donner ainsi en spectacle au public.

— Orso, répondit Colomba, chacun honore ses morts à sa manière. La *ballata* nous vient de nos aïeux, et nous devons la respecter comme un usage antique. Madeleine n'a pas le don, et la vieille Fiordispina, qui est la meilleure voceratrice du pays, est malade. Il faut bien quelqu'un pour la *ballata*.

— Crois-tu que Charles-Baptiste ne trouvera pas son chemin dans l'autre monde si l'on ne chante de mauvais vers sur sa bière ? Va à la veillée si tu veux, Colomba ; j'irai avec toi, si tu crois que je le doive, mais n'improvise pas ; cela est inconvenant à ton âge, et… je t'en prie, ma sœur.

— Mon frère, j'ai promis. C'est la coutume ici, vous le savez, et je vous le répète, il n'y a que moi pour improviser.

— Sotte coutume !

— Je souffre beaucoup de chanter ainsi. Cela me rappelle tous nos malheurs. Demain j'en serai malade ; mais il le faut. Permettez-le-moi, mon frère. Souvenez-vous qu'à Ajaccio vous m'avez dit d'improviser pour amuser cette demoiselle anglaise qui se moque de nos vieux usages. Ne pourrai-je donc improviser aujourd'hui pour de pauvres gens qui m'en sauront gré, et que cela aidera à supporter leur chagrin ?

— Allons, fais comme tu voudras. Je gage que tu as déjà composé ta *ballata*, et tu ne veux pas la perdre.

— Non, je ne pourrais pas composer cela d'avance, mon frère. Je me mets devant le mort, et je pense à ceux qui restent. Les larmes me viennent aux yeux, et alors je chante ce qui me vient à l'esprit.

Tout cela était dit avec une simplicité telle qu'il était impossible de supposer le moindre amour-propre poétique à la *signora* Colomba. Orso se laissa fléchir et se rendit avec sa sœur à la maison de Pietri. Le mort était couché sur une table, la figure découverte, dans la plus grande pièce de la maison. Portes et fenêtres étaient ouvertes, et plusieurs cierges brûlaient autour de la table. À la tête du mort se tenait sa veuve, et derrière elle un grand nombre de femmes occupaient tout un côté de la chambre ; de l'autre étaient rangés les hommes, debout, tête nue, l'œil fixé sur le cadavre, observant un profond silence. Chaque nouveau visiteur s'approchait de la table, embrassait le mort[18], faisait un signe de tête à sa veuve et à son fils, puis prenait place dans le cercle sans proférer une parole. De temps en temps, néanmoins, un des assistants rompait le silence solennel pour adresser quelques mots au défunt.

18 - Cet usage subsiste encore à Bocognano.

— Pourquoi as-tu quitté ta bonne femme ? disait une commère. N'avait-elle pas bien soin de toi ? Que te manquait-il ? Pourquoi ne pas attendre un mois encore ? Ta bru t'aurait donné un fils.

Un grand jeune homme, fils de Pietri, serrant la main froide de son père, s'écria :

— Oh ! pourquoi n'es-tu pas mort de la *male mort*[19] ? Nous t'aurions vengé !

Ce furent les premières paroles qu'Orso entendit en entrant. À sa vue le cercle s'ouvrit, et un faible murmure de curiosité annonça l'attente de l'assemblée excitée par la présence de la voceratrice. Colomba embrassa la veuve, prit une de ses mains et demeura quelques minutes recueillie et les yeux baissés. Puis elle rejeta son *mezzaro* en arrière, regarda fixement le mort, et, penchée sur ce cadavre, presque aussi pâle que lui, elle commença de la sorte :

« Charles-Baptiste ! le Christ reçoive ton âme ! — Vivre, c'est souffrir. Tu vas dans un lieu — où il n'y a ni soleil ni froidure. — Tu n'as plus besoin de ta serpe — ni de ta lourde pioche. — Plus de travail pour toi. — Désormais tous tes jours sont des dimanches. — Charles-Baptiste, le Christ ait ton âme ! — Ton fils gouverne ta maison. — J'ai vu tomber le chêne — desséché par le Libeccio. — J'ai cru qu'il était mort. — Je suis repassée, et sa racine — avait poussé un rejeton. — Le rejeton est devenu un chêne, — au vaste ombrage. — Sous ses fortes branches, Maddelè, repose-toi, — et pense au chêne qui n'est plus. »

Ici Madeleine commença à sangloter tout haut, et deux ou trois hommes qui, dans l'occasion, auraient tiré sur des chrétiens avec autant de sang-froid

19 - *La mala morte*, mort violente.

que sur des perdrix, se mirent à essuyer de grosses larmes sur leurs joues basanées.

Colomba continua de la sorte pendant quelque temps, s'adressant tantôt au défunt, tantôt à sa famille, quelquefois, par une prosopopée fréquente dans les *ballate*, faisant parler le mort lui-même pour consoler ses amis ou leur donner des conseils. À mesure qu'elle improvisait, sa figure prenait une expression sublime ; son teint se colorait d'un rose transparent qui faisait ressortir davantage l'éclat de ses dents et le feu de ses prunelles dilatées. C'était la pythonisse sur son trépied. Sauf quelques soupirs, quelques sanglots étouffés, on n'eût pas entendu le plus léger murmure dans la foule qui se pressait autour d'elle. Bien que moins accessible qu'un autre à cette poésie sauvage, Orso se sentit bientôt atteint par l'émotion générale. Retiré dans un coin obscur de la salle, il pleura comme pleurait le fils de Pietri.

Tout à coup un léger mouvement se fit dans l'auditoire : le cercle s'ouvrit, et plusieurs étrangers entrèrent. Au respect qu'on leur montra, à l'empressement qu'on mit à leur faire place, il était évident que c'étaient des gens dont la visite honorait singulièrement la maison. Cependant, par respect pour la *ballata*, personne ne leur adressa la parole. Celui qui était entré le premier paraissait avoir une quarantaine d'années. Son habit noir, son ruban rouge à rosette, l'air d'autorité et de confiance qu'il portait sur sa figure, faisaient d'abord deviner le préfet. Derrière lui venait un vieillard voûté, au teint bilieux, cachant mal sous des lunettes vertes un regard timide et inquiet. Il avait un habit noir trop large pour lui, et qui, bien que tout neuf encore, avait été évidemment fait plusieurs années auparavant. Toujours à côté du préfet, on eût dit qu'il voulait se cacher dans son ombre.

Enfin, après lui, entrèrent deux jeunes gens de haute taille, le teint brûlé par le soleil, les joues enterrées sous d'épais favoris, l'œil fier, arrogant, montrant une impertinente curiosité. Orso avait eu le temps d'oublier les physionomies des gens de son village ; mais la vue du vieillard en lunettes vertes réveilla sur-le-champ en son esprit de vieux souvenirs. Sa présence à la suite du préfet suffisait pour le faire reconnaître. C'était l'avocat Barricini, le maire de Pietranera, qui venait avec ses deux fils donner au préfet la représentation d'une *ballata*. Il serait difficile de définir ce qui se passa en ce moment dans l'âme d'Orso ; mais la présence de l'ennemi de son père lui causa une espèce d'horreur, et, plus que jamais, il se sentit accessible aux soupçons qu'il avait longtemps combattus.

Pour Colomba, à la vue de l'homme à qui elle avait voué une haine mortelle, sa physionomie mobile prit aussitôt une expression sinistre. Elle pâlit ; sa voix devint rauque, le vers commencé expira sur ses lèvres... Mais bientôt, reprenant sa *ballata*, elle poursuivit avec une nouvelle véhémence :

« Quand l'épervier se lamente — devant son nid vide, — les étourneaux voltigent alentour, — insultant à sa douleur. »

Ici on entendit un rire étouffé ; c'étaient les deux jeunes gens nouvellement arrivés qui trouvaient sans doute la métaphore trop hardie.

« L'épervier se réveillera, — il déploiera ses ailes, — il lavera son bec dans le sang ! — Et toi, Charles-Baptiste, que tes amis — t'adressent leur dernier adieu. — Leurs larmes ont assez coulé. — La pauvre orpheline seule ne te pleurera pas. — Pourquoi te pleurerait-elle ? — Tu t'es endormi plein de jours — au milieu de ta famille, — préparé à comparaître — devant le Tout-Puissant. — L'orpheline pleure son père, — surpris par de lâches assassins, — frappé par-derrière ; — son père dont le sang est rouge — sous l'amas de feuilles vertes. — Mais elle a recueilli son sang, — ce sang noble et innocent ; — elle l'a répandu sur Pietranera, — pour qu'il devînt un poison mortel. Et Pietranera restera marquée, — jusqu'à ce qu'un sang coupable — ait effacé la trace du sang innocent. »

En achevant ces mots, Colomba se laissa tomber sur une chaise, elle rabattit son mezzaro sur sa figure, et on l'entendit sangloter. Les femmes en pleurs s'empressèrent autour de l'improvisatrice ; plusieurs hommes jetaient des regards farouches sur le maire et ses fils ; quelques vieillards murmuraient contre le scandale qu'ils avaient occasionné par leur présence. Le fils du défunt fendit la presse et se disposait à prier le maire de vider la place au plus vite ; mais celui-ci n'avait pas attendu cette invitation. Il gagnait la porte, et déjà ses deux fils étaient dans la rue. Le préfet adressa quelques compliments de condoléance au jeune Pietri, et les suivit presque aussitôt. Pour Orso, il s'approcha de sa sœur, lui prit le bras et l'entraîna hors de la salle.

— Accompagnez-les, dit le jeune Pietri à quelques-uns de ses amis. Ayez soin que rien ne leur arrive !

Deux ou trois jeunes gens mirent précipitamment leur stylet dans la manche gauche de leur veste, et escortèrent Orso et sa sœur jusqu'à la porte de leur maison.

# XIII

Colomba, haletante, épuisée, était hors d'état de prononcer une parole. Sa tête était appuyée sur l'épaule de son frère, et elle tenait une de ses mains serrée entre les siennes. Bien qu'il lui sût intérieurement assez mauvais gré de sa péroraison, Orso était trop alarmé pour lui adresser le moindre reproche. Il attendait en silence la fin de la crise nerveuse à laquelle elle semblait en proie, lorsqu'on frappa à la porte, et Severia entra tout effarée annonçant :

— Monsieur le Préfet !

À ce nom, Colomba se releva comme honteuse de sa faiblesse, et se tint debout, s'appuyant sur une chaise qui tremblait visiblement sous sa main.

Le préfet débuta par quelques excuses banales sur l'heure indue de sa visite, plaignit mademoiselle Colomba, parla du danger des émotions fortes, blâma la coutume des lamentations funèbres que le talent même de la voceratrice rendait encore plus pénibles pour les assistants ; il glissa avec adresse un léger reproche sur la tendance de la dernière improvisation. Puis, changeant de ton :

— Monsieur della Rebbia, dit-il, je suis chargé de bien des compliments pour vous par vos amis anglais : miss Nevil fait mille amitiés à mademoiselle votre sœur. J'ai pour vous une lettre d'elle à vous remettre.

— Une lettre de miss Nevil ? s'écria Orso.

— Malheureusement je ne l'ai pas sur moi, mais vous l'aurez dans cinq minutes. Son père a été souffrant. Nous avons craint un moment qu'il n'eût gagné nos terribles fièvres. Heureusement, le voilà hors d'affaire, et vous en jugerez par vous-même, car vous le verrez bientôt, j'imagine.

— Miss Nevil a dû être bien inquiète ?

— Par bonheur elle n'a connu le danger que lorsqu'il était déjà loin. Monsieur della Rebbia, miss Nevil m'a beaucoup parlé de vous et de mademoiselle votre sœur.

Orso s'inclina.

— Elle a beaucoup d'amitié pour vous deux. Sous un extérieur plein de grâce, sous une apparence de légèreté, elle cache une raison parfaite.

— C'est une charmante personne, dit Orso.

— C'est presque à sa prière que je viens ici, monsieur. Personne ne connaît mieux que moi une fatale histoire que je voudrais bien n'être pas obligé de vous rappeler. Puisque M. Barricini est encore maire de Pietranera, et moi préfet de ce département, je n'ai pas besoin de vous dire le cas que je fais de certains soupçons, dont, si je suis bien informé, quelques personnes imprudentes vous ont fait part, et que vous avez repoussés, je le sais, avec l'indignation qu'on devait attendre de votre position et de votre caractère.

— Colomba, dit Orso s'agitant sur sa chaise, tu es bien fatiguée. Tu devrais aller te coucher.

Colomba fit un signe de tête négatif. Elle avait repris son calme habituel et fixait des yeux ardents sur le préfet.

— Monsieur Barricini, continua le préfet, désirerait vivement voir cesser cette espèce d'inimitié... c'est-à-dire cet état d'incertitude où vous vous trouvez l'un vis-à-vis de l'autre... Pour ma part, je serais enchanté de vous voir établir avec lui les rapports que doivent avoir ensemble des gens faits pour s'estimer...

— Monsieur, interrompit Orso d'une voix émue, je n'ai jamais accusé l'avocat Barricini d'avoir fait assassiner mon père, mais il a fait une action qui m'empêchera toujours d'avoir aucune relation avec lui. Il a supposé une lettre menaçante, au nom d'un certain bandit... du moins il l'a sourdement attribuée à mon père. Cette lettre enfin, monsieur, a probablement été la cause indirecte de sa mort.

Le préfet se recueillit un instant.

— Que monsieur votre père l'ait cru, lorsque, emporté par la vivacité de son caractère, il plaidait contre monsieur Barricini, la chose est excusable ; mais de votre part, un semblable aveuglement n'est plus permis. Réfléchissez donc que Barricini n'avait point intérêt à supposer cette lettre... Je ne vous parle pas de son caractère... vous ne le connaissez point, vous êtes prévenu contre lui... mais vous ne supposez pas qu'un homme connaissant les lois...

— Mais, monsieur, dit Orso en se levant, veuillez songer que me dire que cette lettre n'est pas l'ouvrage de monsieur Barricini, c'est l'attribuer à mon père. Son honneur, monsieur, est le mien.

— Personne plus que moi, monsieur, poursuivit le préfet, n'est convaincu de l'honneur du colonel della Rebbia... mais... l'auteur de cette lettre est connu maintenant.

— Qui ? s'écria Colomba s'avançant vers le préfet.

— Un misérable, coupable de plusieurs crimes… de ces crimes que vous ne pardonnez pas, vous autres Corses ; un voleur, un certain Tomaso Bianchi, à présent détenu dans les prisons de Bastia, a révélé qu'il était l'auteur de cette fatale lettre.

— Je ne connais pas cet homme, dit Orso. Quel aurait pu être son but ?

— C'est un homme de ce pays, dit Colomba, frère d'un ancien meunier à nous. C'est un méchant et un menteur, indigne qu'on le croie.

— Vous allez voir, continua le préfet, l'intérêt qu'il avait dans l'affaire. Le meunier dont parle mademoiselle votre sœur – il se nommait, je crois, Théodore – tenait à loyer du colonel un moulin sur le cours d'eau dont monsieur Barricini contestait la possession à monsieur votre père. Le colonel, généreux à son habitude, ne tirait presque aucun profit de son moulin. Or, Tomaso a cru que si monsieur Barricini obtenait le cours d'eau, il aurait un loyer considérable à lui payer, car on sait que monsieur Barricini aime assez l'argent. Bref, pour obliger son frère, Tomaso a contrefait la lettre du bandit, et voilà toute l'histoire. Vous savez que les liens de famille sont si puissants en Corse, qu'ils entraînent quelquefois au crime… Veuillez prendre connaissance de cette lettre que m'écrit le procureur général, elle vous confirmera ce que je viens de vous dire.

Orso parcourut la lettre qui relatait en détail les aveux de Tomaso, et Colomba lisait en même temps par-dessus l'épaule de son frère.

Lorsqu'elle eut fini, elle s'écria :

— Orlanduccio Barricini est allé à Bastia il y a un mois, lorsqu'on a su que mon frère allait revenir. Il aura vu Tomaso et lui aura acheté ce mensonge.

— Mademoiselle, dit le préfet avec impatience, vous expliquez tout par des suppositions odieuses ; est-ce le moyen de découvrir la vérité ? Vous, monsieur, vous êtes de sang-froid ; dites-moi, que pensez-vous maintenant ? Croyez-vous, comme mademoiselle, qu'un homme qui n'a à redouter qu'une condamnation assez légère se charge de gaieté de cœur d'un crime de faux pour obliger quelqu'un qu'il ne connaît pas ?

Orso relut la lettre du procureur général, pesant chaque mot avec une attention extraordinaire, car, depuis qu'il avait vu l'avocat Barricini, il se sentait plus difficile à convaincre qu'il ne l'eût été quelques jours auparavant. Enfin il se vit contraint d'avouer que l'explication lui paraissait satisfaisante. Mais Colomba s'écria avec force :

— Tomaso Bianchi est un fourbe. Il ne sera pas condamné, ou il s'échappera de prison, j'en suis sûre.

Le préfet haussa les épaules.

— Je vous ai fait part, monsieur, dit-il, des renseignements que j'ai reçus. Je me retire, et je vous abandonne à vos réflexions. J'attendrai que votre raison vous ait éclairé, et j'espère qu'elle sera plus puissante que les… suppositions de votre sœur.

Orso, après quelques paroles pour excuser Colomba, répéta qu'il croyait maintenant que Tomaso était le seul coupable.

Le préfet s'était levé pour sortir.

— S'il n'était pas si tard, dit-il, je vous proposerais de venir avec moi prendre la lettre de miss Nevil… Par la même occasion, vous pourriez dire à monsieur Barricini ce que vous venez de me dire, et tout serait fini.

— Jamais Orso della Rebbia n'entrera chez un Barricini ! s'écria Colomba avec impétuosité.

— Mademoiselle est le *tintinajo*[20] de la famille, à ce qu'il paraît, dit le préfet d'un air de raillerie.

— Monsieur, dit Colomba d'une voix ferme, on vous trompe. Vous ne connaissez pas l'avocat. C'est le plus rusé, le plus fourbe des hommes. Je vous en conjure, ne faites pas faire à Orso une action qui le couvrirait de honte.

— Colomba ! s'écria Orso. La passion te fait déraisonner.

— Orso ! Orso ! par la cassette que je vous ai remise, je vous en supplie, écoutez-moi. Entre vous et les Barricini il y a du sang ; vous n'irez pas chez eux !

— Ma sœur !

— Non, mon frère, vous n'irez point, ou je quitterai cette maison, et vous ne me reverrez plus... Orso, ayez pitié de moi.

Et elle tomba à genoux.

— Je suis désolé, dit le préfet, de voir mademoiselle della Rebbia si peu raisonnable. Vous la convaincrez, j'en suis sûr.

Il entrouvrit la porte et s'arrêta, paraissant attendre qu'Orso le suivît.

— Je ne puis la quitter maintenant, dit Orso. Demain, si...

— Je pars de bonne heure, dit le préfet.

— Au moins, mon frère, s'écria Colomba les mains jointes, attendez jusqu'à demain matin. Laissez-moi revoir les papiers de mon père... Vous ne pouvez me refuser cela.

---

20 - On appelle ainsi le bélier porteur d'une sonnette qui conduit le troupeau, et, par métaphore, on donne le même nom au membre d'une famille qui la dirige dans toutes les affaires importantes.

— Eh bien ! tu les verras ce soir, mais au moins tu ne me tourmenteras plus ensuite avec cette haine extravagante... Mille pardons, monsieur le préfet... Je me sens moi-même si mal à mon aise... Il vaut mieux que ce soit demain.

— La nuit porte conseil, dit le préfet en se retirant, j'espère que demain toutes vos irrésolutions auront cessé.

— Saveria, s'écria Colomba, prends la lanterne et accompagne monsieur le préfet. Il te remettra une lettre pour mon frère.

Elle ajouta quelques mots que Saveria seule entendit.

— Colomba, dit Orso lorsque le préfet fut parti, tu m'as fait beaucoup de peine. Te refuseras-tu donc toujours à l'évidence ?

— Vous m'avez donné jusqu'à demain, répondit-elle. J'ai bien peu de temps, mais j'espère encore.

Puis elle prit un trousseau de clefs et courut dans une chambre de l'étage supérieur. Là, on l'entendit ouvrir précipitamment des tiroirs et fouiller dans un secrétaire où le colonel della Rebbia enfermait autrefois des papiers importants.

# XIV

Saveria fut longtemps absente, et l'impatience d'Orso était à son comble lorsqu'elle reparut enfin, tenant une lettre, et suivie de la petite Chilina qui se frottait les yeux, car elle avait été réveillée de son premier somme.

— Enfant, dit Orso, que viens-tu faire ici à cette heure ?

— Mademoiselle me demande, répondit Chilina.

« Que diable lui veut-elle ? » pensa Orso ; mais il se hâta de décacheter la lettre de miss Lydia, et, pendant qu'il lisait, Chilina montait auprès de sa sœur.

*Mon père a été un peu malade, monsieur,* disait miss Nevil, *et il est d'ailleurs si paresseux pour écrire que je suis obligée de lui servir de secrétaire. L'autre jour, vous savez qu'il s'est mouillé les pieds sur le bord de la mer, au lieu d'admirer le paysage avec nous, et il n'en faut pas davantage pour donner la fièvre dans votre charmante île. Je vois d'ici la mine que vous faites, vous cherchez sans doute votre stylet, mais j'espère que vous n'en avez plus. Donc, mon père a eu un peu de fièvre, et moi beaucoup de frayeur ; le préfet, que je persiste à trouver très aimable, nous a donné un médecin fort aimable aussi, qui, en deux jours, nous a tirés de peine : l'accès n'a pas reparu, et mon père veut retourner à la chasse ; mais je la lui défends encore.*

*Comment avez-vous trouvé votre château des montagnes ? Votre tour du nord est-elle toujours à la même place ? Y a-t-il des fantômes ? Je vous demande tout cela parce que mon père se souvient que vous lui avez promis daims, sangliers, mouflons... Est-ce bien là le nom de cette bête étrange ? En allant nous embarquer à Bastia, nous comptons vous demander l'hospitalité, et j'espère que le château della Rebbia, que vous dites si vieux et si délabré, ne s'écroulera pas sur nos têtes. Quoique le préfet soit si aimable qu'avec lui on ne manque jamais de sujet de conversation – by the bye, je me flatte de lui avoir fait tourner la tête –, nous avons parlé de votre seigneurie. Les gens de loi de Bastia lui ont envoyé certaines révélations d'un coquin qu'ils tiennent sous les verrous, et qui sont de nature à détruire vos derniers soupçons ; votre inimitié, qui parfois m'inquiétait, doit cesser dès lors. Vous n'avez pas d'idée comme cela m'a fait plaisir. Quand vous êtes parti avec la belle voceratrice, votre fusil à la main et le regard sombre, vous m'ayez paru plus corse qu'à l'ordinaire... trop corse, même. Basta ! je vous en écris si long, parce que je m'ennuie. Le préfet va partir, hélas ! Nous vous enverrons un message lorsque nous nous mettrons en route pour vos montagnes, et je prendrai la liberté d'écrire à mademoiselle Colomba pour lui demander un bruccio, ma solenne. En attendant, dites-lui mille tendresses. Je fais grand usage de son stylet, j'en coupe les feuillets d'un roman que j'ai apporté ; mais ce fer terrible s'indigne de cet usage et me déchire mon livre d'une façon pitoyable. Adieu, monsieur ; mon père vous envoie his best love. Écoutez le préfet, il est homme de bon conseil et se détourne de sa route, je crois, à cause de vous ; il va poser une première pierre à Corte ; je m'imagine que ce doit être une cérémonie bien imposante, et je regrette fort de n'y pas assister. Un monsieur en habit brodé, bas de soie, écharpe blanche, tenant une truelle !... Et un discours ; la cérémonie se terminera par les cris mille fois répétés de « Vive le roi ! »*

*Vous allez être bien fat de m'avoir fait remplir les quatre pages ; mais je m'ennuie, monsieur, je vous le répète, et par cette raison, je vous permets de m'écrire très longuement. À propos, je trouve extraordinaire que vous ne m'ayez pas encore mandé votre heureuse arrivée dans Pietranera Castle.*

*Lydia.*

*P.-S. Je vous demande d'écouter le préfet, et de faire ce qu'il vous dira. Nous avons arrêté ensemble que vous deviez en agir ainsi, et cela me fera plaisir.*

Orso lut trois ou quatre fois cette lettre, accompagnant mentalement chaque lecture de commentaires sans nombre ; puis il fit une longue réponse, qu'il chargea Saveria de porter à un homme du village qui partait la nuit même pour Ajaccio. Déjà il ne pensait guère à discuter avec sa sœur les griefs vrais ou faux des Barricini, la lettre de miss Lydia lui faisait tout voir en couleur de rose ; il n'avait plus ni soupçons ni haine. Après avoir attendu quelque temps que sa sœur redescendît, et ne la voyant pas reparaître, il alla se coucher, le cœur plus léger qu'il ne se l'était senti depuis longtemps. Chilina ayant été congédiée avec des instructions secrètes, Colomba passa la plus grande partie de la nuit à lire de vieilles paperasses. Un peu avant le jour, quelques petits cailloux furent lancés contre sa fenêtre ; à ce signal, elle descendit au jardin, ouvrit une porte dérobée et introduisit dans sa maison deux hommes de fort mauvaise mine ; son premier soin fut de les mener à la cuisine et de leur donner à manger. Ce qu'étaient ces hommes, on le saura tout à l'heure.

# XV

Le matin, vers six heures, un domestique du préfet frappait à la maison d'Orso. Reçu par Colomba, il lui dit que le préfet allait partir, et qu'il attendait son frère. Colomba répondit sans hésiter que son frère venait de tomber dans l'escalier et de se fouler le pied ; qu'étant hors d'état de faire un pas, il suppliait M. le préfet de l'excuser, et serait très reconnaissant, s'il daignait prendre la peine de passer chez lui. Peu après ce message, Orso descendit et demanda à sa sœur si le préfet ne l'avait pas envoyé chercher.

— Il vous prie de l'attendre ici, dit-elle avec la plus grande assurance.

Une demi-heure s'écoula sans qu'on aperçût le moindre mouvement du côté de la maison des Barricini ; cependant Orso demandait à Colomba si elle avait fait quelque découverte ; elle répondit qu'elle s'expliquerait devant le préfet. Elle affectait un grand calme, mais son teint et ses yeux annonçaient une agitation fébrile.

Enfin, on vit s'ouvrir la porte de la maison Barricini ; le préfet, en habit de voyage, sortit le premier, suivi du maire et de ses deux fils. Quelle fut la stupéfaction des habitants de Pietranera, aux aguets depuis le lever du soleil pour assister au départ du premier magistrat du département, lorsqu'ils le virent, accompagné des trois Barricini, traverser la place en droite ligne et entrer dans la maison della Rebbia.

— Ils font la paix ! s'écrièrent les politiques du village.

— Je vous le disais bien, ajouta un vieillard, Orso Antonio a trop vécu sur le continent pour faire les choses comme un homme de cœur.

— Pourtant, répondit un rebbianiste, remarquez que ce sont les Barricini qui viennent le trouver. Ils demandent grâce.

— C'est le préfet qui les a tous embobelinés, dit le vieillard ; on n'a plus de courage aujourd'hui, et les jeunes gens se soucient du sang de leur père comme s'ils étaient tous des bâtards.

Le préfet ne fut pas médiocrement surpris de trouver Orso debout et marchant sans peine. En deux mots, Colomba s'accusa de son mensonge et lui en demanda pardon :

— Si vous aviez demeuré ailleurs, monsieur le préfet, dit-elle, mon frère serait allé dès hier vous présenter ses respects.

Orso se confondit en excuses, protestant qu'il n'était pour rien dans cette ruse ridicule, dont il était profondément mortifié. Le préfet et le vieux Barricini parurent croire à la sincérité de ses regrets, justifiés d'ailleurs par sa confusion et les reproches qu'il adressait à sa sœur ; mais les fils du maire ne parurent pas satisfaits :

— On se moque de nous, dit Orlanduccio, assez haut pour être entendu.

— Si ma sœur me jouait de ces tours, dit Vincentello, je lui ôterais bien vite l'envie de recommencer.

Ces paroles, et le ton dont elles furent prononcées, déplurent à Orso et lui firent perdre un peu de sa bonne volonté. Il échangea avec les jeunes Barricini des regards où ne se peignait nulle bienveillance.

Cependant tout le monde était assis, à l'exception de Colomba, qui se tenait debout près de la porte de la cuisine. Le préfet prit la parole, et, après quelques lieux communs sur les préjugés du pays, rappela que la plupart des inimitiés les plus invétérées n'avaient pour cause que des malentendus. Puis, s'adressant au maire, il lui dit que M. della Rebbia n'avait jamais cru que la famille Barricini eût pris une part directe ou indirecte dans l'événement déplorable qui l'avait privé de son père ; qu'à la vérité il avait conservé quelques doutes relatifs à une particularité du procès qui avait existé entre les deux familles, que ce doute s'excusait par la longue absence de M. Orso et la nature des renseignements qu'il avait reçus ; qu'éclairé maintenant par des révélations récentes, il se tenait pour complètement satisfait, et désirait établir avec M. Barricini et ses fils des relations d'amitié et de bon voisinage.

Orso s'inclina d'un air contraint ; M. Barricini balbutia quelques mots que personne n'entendit ; ses fils regardèrent les poutres du plafond. Le préfet, continuant sa harangue, allait adresser à Orso la contrepartie de ce qu'il venait de débiter à M. Barricini, lorsque Colomba, tirant de dessous son fichu quelques papiers, s'avança gravement entre les parties contractantes :

— Ce serait avec un bien vif plaisir, dit-elle, que je verrais finir la guerre entre nos deux familles ; mais pour que la réconciliation soit sincère, il faut s'expliquer et ne rien laisser dans le doute. Monsieur le préfet, la déclaration de Tomaso Bianchi m'était à bon droit suspecte, venant d'un homme aussi mal famé. J'ai dit que vos fils peut-être avaient vu cet homme dans la prison de Bastia…

— Cela est faux, interrompit Orlanduccio, je ne l'ai point vu.

Colomba lui jeta un regard de mépris, et poursuivit avec beaucoup de calme en apparence :

— Vous avez expliqué l'intérêt que pouvait avoir Tomaso à menacer monsieur Barricini au nom d'un bandit redoutable, par le désir qu'il avait de conserver à son frère Théodore le moulin que mon père lui louait à bas prix ?…

— Cela est évident, dit le préfet.

— De la part d'un misérable comme paraît être ce Bianchi, tout s'explique, dit Orso, trompé par l'air de modération de sa sœur.

— La lettre contrefaite, continua Colomba dont les yeux commençaient à briller d'un éclat plus vif, est datée du 11 juillet. Tomaso était alors chez son frère, au moulin.

— Oui, dit le maire un peu inquiet.

— Quel intérêt avait donc Tomaso Bianchi ? s'écria Colomba d'un air de triomphe. Le bail de son frère était expiré ; mon père lui avait donné congé le 1er juillet. Voici le registre de mon père, la minute du congé, la lettre d'un homme d'affaires d'Ajaccio qui nous proposait un nouveau meunier.

En parlant ainsi, elle remit au préfet les papiers qu'elle tenait à la main.

Il y eut un moment d'étonnement général. Le maire pâlit visiblement ; Orso, fronçant le sourcil, s'avança pour prendre connaissance des papiers que le préfet lisait avec beaucoup d'attention.

— On se moque de nous ! s'écria de nouveau Orlanduccio en se levant avec colère. Allons-nous-en, mon père, nous n'aurions jamais dû venir ici !

Un instant suffit à M. Barricini pour reprendre son sang-froid. Il demanda à examiner les papiers ; le préfet les lui remit sans dire un mot. Alors, relevant ses lunettes vertes sur son front, il les parcourut d'un air assez indifférent, pendant que Colomba l'observait avec les yeux d'une tigresse qui voit un daim s'approcher de la tanière de ses petits.

— Mais, dit M. Barricini rabaissant ses lunettes et rendant les papiers au préfet, connaissant la bonté de feu monsieur le colonel... Tomaso a pensé... il a dû penser... que monsieur le colonel reviendrait sur sa résolution de lui donner congé... De fait, il est resté en possession du moulin, donc...

— C'est moi, dit Colomba d'un ton de mépris, qui le lui ai conservé. Mon père était mort, et dans ma position je devais ménager les clients de ma famille.

— Pourtant, dit le préfet, ce Tomaso reconnaît qu'il a écrit la lettre, cela est clair.

— Ce qui est clair pour moi, interrompit Orso, c'est qu'il y a de grandes infamies cachées dans toute cette affaire.

— J'ai encore à contredire une assertion de ces messieurs, dit Colomba.

Elle ouvrit la porte de la cuisine, et aussitôt entrèrent dans la salle Brandolaccio, le licencié en théologie, et le chien Brusco. Les deux bandits étaient sans armes, au moins apparentes ; ils avaient la cartouchière à la ceinture, mais point le pistolet qui en fait le complément obligé. En entrant dans la salle, ils ôtèrent respectueusement leurs bonnets.

On peut concevoir l'effet que produisit leur subite apparition. Le maire pensa tomber à la renverse ; ses fils se jetèrent bravement devant lui, la main dans la poche de leur habit, cherchant leurs stylets. Le préfet fit un mouvement vers la porte, tandis qu'Orso, saisissant Brandolaccio au collet, lui cria :

— Que viens-tu faire ici, misérable ?

— C'est un guet-apens ! s'écria le maire essayant d'ouvrir la porte ; mais Saveria l'avait fermée en dehors à double tour, d'après l'ordre des bandits, comme on le sut ensuite.

— Bonnes gens, dit Brandolaccio, n'ayez pas peur de moi ; je ne suis pas si diable que je suis noir. Nous n'avons nulle mauvaise intention. Monsieur le préfet, je suis bien votre serviteur. Mon lieutenant, de la douceur, vous m'étranglez. Nous venons ici comme témoins. Allons, parle, toi, curé, qui as la langue bien pendue.

— Monsieur le préfet, dit le licencié, je n'ai pas l'honneur d'être connu de vous. Je m'appelle Giocanto Castriconi, plus connu sous le nom de « curé »... Ah ! vous me remettez ! Mademoiselle, que je n'avais pas l'avantage de connaître non plus, m'a fait prier de lui donner des renseignements sur un nommé Tomaso Bianchi, avec lequel j'étais détenu, il y a trois semaines, dans les prisons de Bastia. Voici ce que j'ai à vous dire...

— Ne prenez pas cette peine, dit le préfet ; je n'ai rien à entendre d'un homme comme vous... Monsieur della Rebbia, j'aime à croire que vous n'êtes pour rien dans cet odieux complot. Mais êtes-vous maître chez vous ? Faites ouvrir cette porte. Votre sœur aura peut-être à rendre compte des étranges relations qu'elle entretient avec des bandits.

— Monsieur le préfet, s'écria Colomba, daignez entendre ce que va dire cet homme. Vous êtes ici pour rendre justice à tous, et votre devoir est de rechercher la vérité. Parlez, Giocanto Castriconi.

— Ne l'écoutez pas ! s'écrièrent en chœur les trois Barricini.

— Si tout le monde parle à la fois, dit le bandit en souriant, ce n'est pas le moyen de s'entendre. Dans la prison donc, j'avais pour compagnon, non pour ami, ce Tomaso en question. Il recevait de fréquentes visites de M. Orlanduccio…

— C'est faux, s'écrièrent à la fois les deux frères.

— Deux négations valent une affirmation, observa froidement Castriconi. Tomaso avait de l'argent ; il mangeait et buvait du meilleur. J'ai toujours aimé la bonne chère (c'est là mon moindre défaut), et, malgré ma répugnance à frayer avec ce drôle, je me laissai aller à dîner plusieurs fois avec lui. Par reconnaissance, je lui proposai de s'évader avec moi… Une petite… pour qui j'avais eu des bontés, m'en avait fourni les moyens… Je ne veux compromettre personne. Tomaso refusa, me dit qu'il était sûr de son affaire, que l'avocat Barricini l'avait recommandé à tous les juges, qu'il sortirait de là blanc comme neige et avec de l'argent dans la poche. Quant à moi, je crus devoir prendre l'air. *Dixi.*

— Tout ce que dit cet homme est un tas de mensonges, répéta résolument Orlanduccio. Si nous étions en rase campagne, chacun avec notre fusil, il ne parlerait pas de la sorte.

— En voilà une, de bêtise ! s'écria Brandolaccio. Ne vous brouillez pas avec le curé, Orlanduccio.

— Me laisserez-vous sortir enfin, monsieur della Rebbia ? dit le préfet frappant du pied d'impatience.

— Saveria ! Saveria ! criait Orso. Ouvrez la porte, de par le diable !

— Un instant, dit Brandolaccio. Nous avons d'abord à filer, nous, de notre côté. Monsieur le préfet, il est d'usage, quand on se rencontre chez des amis communs, de se donner une demi-heure de trêve en se quittant.

Le préfet lui lança un regard de mépris.

— Serviteur à toute la compagnie, dit Brandolaccio.

Puis, étendant le bras horizontalement :

— Allons, Brusco, dit-il à son chien, saute pour M. le préfet !

Le chien sauta, les bandits reprirent à la hâte leurs armes dans la cuisine, s'enfuirent par le jardin, et à un coup de sifflet aigu la porte de la salle s'ouvrit comme par enchantement.

— Monsieur Barricini, dit Orso avec une fureur concentrée, je vous tiens pour un faussaire. Dès aujourd'hui j'enverrai ma plainte contre vous au procureur du roi, pour faux et pour complicité avec Bianchi. Peut-être aurai-je encore une plainte plus terrible à porter contre vous.

— Et moi, monsieur della Rebbia, dit le maire, je porterai ma plainte contre vous pour guet-apens et pour complicité avec des bandits. En attendant, monsieur le préfet vous recommandera à la gendarmerie.

— Le préfet fera son devoir, dit celui-ci d'un ton sévère. Il veillera à ce que l'ordre ne soit pas troublé à Pietranera, il prendra soin que justice soit faite. Je parle à vous tous, messieurs !

Le maire et Vincentello étaient déjà hors de la salle, et Orlanduccio les suivait à reculons lorsque Orso lui dit à voix basse :

— Votre père est un vieillard que j'écraserais d'un soufflet ; c'est à vous que j'en destine, à vous et à votre frère.

Pour réponse, Orlanduccio tira son stylet et se jeta sur Orso comme un furieux ; mais, avant qu'il pût faire usage de son arme, Colomba lui saisit le bras qu'elle tordit avec force pendant qu'Orso, le frappant du poing au visage, le fit reculer de quelques pas et heurter rudement contre le chambranle de la porte. Le stylet échappa de la main d'Orlanduccio ; mais Vincentello avait le sien et rentrait dans la chambre lorsque Colomba, sautant sur un fusil, lui prouva que la partie n'était pas égale. En même temps le préfet se jeta entre les combattants. — À bientôt, Ors' Anton' ! cria Orlanduccio ; et, tirant violemment la porte de la salle, il la ferma à clef pour se donner le temps de faire retraite.

Orso et le préfet demeurèrent un quart d'heure sans parler, chacun à un bout de la salle. Colomba, l'orgueil du triomphe sur le front, les considérait tour à tour, appuyée sur le fusil qui avait décidé de la victoire.

— Quel pays ! quel pays ! s'écria enfin le préfet en se levant impétueusement. Monsieur della Rebbia, vous avez eu tort. Je vous demande votre parole d'honneur de vous abstenir de toute violence et d'attendre que la justice décide dans cette maudite affaire.

— Oui, monsieur le préfet, j'ai eu tort de frapper ce misérable ; mais enfin je l'ai frappé, et je ne puis lui refuser la satisfaction qu'il m'a demandée.

— Eh ! non, il ne veut pas se battre avec vous !... Mais s'il vous assassine... vous avez bien fait tout ce qu'il fallait pour cela.

— Nous nous garderons, dit Colomba.

— Orlanduccio, dit Orso, me paraît un garçon de courage et j'augure mieux de lui, monsieur le préfet. Il a été prompt à tirer son stylet, mais à sa place j'en aurais peut-être agi de même ; et je suis heureux que ma sœur n'ait pas un poignet de petite maîtresse.

— Vous ne vous battrez pas ! s'écria le préfet. Je vous le défends !

— Permettez-moi de vous dire, monsieur, qu'en matière d'honneur je ne reconnais d'autre autorité que celle de ma conscience.

— Je vous dis que vous ne vous battrez pas !

— Vous pouvez me faire arrêter, monsieur... c'est-à-dire si je me laisse prendre. Mais, si cela arrivait, vous ne feriez que différer une affaire maintenant inévitable. Vous êtes homme d'honneur, monsieur le préfet, et vous savez bien qu'il n'en peut rien autrement.

— Si vous faisiez arrêter mon frère, ajouta Colomba, la moitié du village prendrait son parti, et nous verrions une belle fusillade.

— Je vous préviens, monsieur, dit Orso, et je vous supplie de ne pas croire que je fais une bravade ; je vous préviens que si monsieur Barricini abuse de son autorité de maire pour me faire arrêter, je me défendrai.

— Dès aujourd'hui, dit le préfet, monsieur Barricini est suspendu de ses fonctions... Il se justifiera, je l'espère... Tenez, monsieur, vous m'intéressez. Ce que je vous demande est bien peu de chose : restez chez vous tranquille jusqu'à mon retour de Corte. Je ne serai que trois jours absent. Je reviendrai avec le procureur du roi, et nous débrouillerons alors complètement cette triste affaire. Me promettez-vous de vous abstenir jusque-là de toute hostilité ?

— Je ne puis le promettre, monsieur, si, comme je le pense, Orlanduccio me demande une rencontre.

— Comment ! monsieur della Rebbia, vous, militaire français, vous voulez vous battre avec un homme que vous soupçonnez d'un faux ?

— Je l'ai frappé, monsieur.

— Mais, si vous aviez frappé un galérien et qu'il vous en demandât raison, vous vous battriez donc avec lui ? Allons, monsieur Orso ! Eh bien ! je vous demande encore moins : ne cherchez pas Orlanduccio... Je vous permets de vous battre s'il vous demande un rendez-vous.

— Il m'en demandera, je n'en doute point ; mais je vous promets de ne pas lui donner d'autres soufflets pour l'engager à se battre.

— Quel pays ! répétait le préfet en se promenant à grands pas. Quand donc reviendrai-je en France ?

— Monsieur le préfet, dit Colomba de sa voix la plus douce, il se fait tard, nous feriez-vous l'honneur de déjeuner ici ?

Le préfet ne put s'empêcher de rire.

— Je suis demeuré déjà trop longtemps ici... cela ressemble à de la partialité... Et cette maudite pierre !... Il faut que je parte... Mademoiselle della Rebbia... que de malheurs vous avez préparés peut-être aujourd'hui !

— Au moins, monsieur le préfet, vous rendrez à ma sœur la justice de croire que ses convictions sont profondes ; et, j'en suis sûr maintenant, vous les croyez vous-même bien établies.

— Adieu, monsieur, dit le préfet en lui faisant un signe de la main. Je vous préviens que je vais donner l'ordre au brigadier de gendarmerie de suivre toutes vos démarches.

Lorsque le préfet fut sorti :

— Orso, dit Colomba, vous n'êtes point ici sur le continent. Orlanduccio n'entend rien à vos duels, et d'ailleurs ce n'est pas de la mort d'un brave que ce misérable doit mourir.

— Colomba, ma bonne, tu es la femme forte. Je t'ai de grandes obligations pour m'avoir sauvé d'un bon coup de couteau. Donne-moi ta petite main que je la baise. Mais, vois-tu, laisse-moi faire. Il y a certaines choses que tu n'entends pas. Donne-moi à déjeuner ; et, aussitôt que le préfet se sera mis en route, fais-moi venir la petite Chilina, qui paraît s'acquitter à merveille des commissions qu'on lui donne. J'aurai besoin d'elle pour porter une lettre.

Pendant que Colomba surveillait les apprêts du déjeuner, Orso monta dans sa chambre et écrivit le billet suivant :

*Vous devez être pressé de me rencontrer ; je ne le suis pas moins. Demain matin nous pourrons nous trouver à six heures dans la vallée d'Acquaviva. Je suis très adroit au pistolet, et je ne vous propose pas cette arme. On dit que vous tirez bien le fusil : prenons chacun un fusil à deux coups. Je viendrai accompagné d'un homme de ce village. Si votre frère veut vous accompagner, prenez un second témoin et prévenez-moi. Dans ce cas seulement j'aurai deux témoins.*

*Orso Antonio della Rebbia.*

Le préfet, après être resté une heure chez l'adjoint du maire, après être entré pour quelques minutes chez les Barricini, partit pour Corte, escorté d'un seul gendarme. Un quart d'heure après, Chilina porta la lettre qu'on vient de lire et la remit à Orlanduccio en propres mains.

La réponse se fit attendre et ne vint que dans la soirée. Elle était signée de M. Barricini père, et il annonçait à Orso qu'il déférait au procureur du roi la lettre de menace adressée à son fils. « Fort de ma conscience, ajoutait-il en terminant, j'attends que la justice ait prononcé sur vos calomnies. »

Cependant cinq ou six bergers mandés par Colomba arrivèrent pour garnisonner la tour des della Rebbia. Malgré les protestations d'Orso, on pratiqua des *archere* aux fenêtres donnant sur la place, et toute la soirée il reçut des offres de service de différentes personnes du bourg. Une lettre arriva même du théologien bandit, qui promettait, en son nom et en celui de Brandolaccio, d'intervenir si le maire se faisait assister de la gendarmerie. Il finissait par ce post-scriptum : « Oserai-je vous demander ce que pense monsieur le préfet de l'excellente éducation que mon ami donne au chien Brusco ? Après Chilina, je ne connais pas d'élève plus docile et qui montre de plus heureuses dispositions. »

# XVI

Le lendemain se passa sans hostilités. De part et d'autre on se tenait sur la défensive. Orso ne sortit pas de sa maison, et la porte des Barricini resta constamment fermée. On voyait les cinq gendarmes laissés en garnison à Pietranera se promener sur la place ou aux environs du village, assistés du garde champêtre, seul représentant de la milice urbaine. L'adjoint ne quittait pas son écharpe ; mais, sauf les *archere* aux fenêtres des deux maisons ennemies, rien n'indiquait la guerre. Un Corse seul aurait remarqué que sur la place, autour du chêne vert, on ne voyait que des femmes.

À l'heure du souper, Colomba montra d'un air joyeux à son frère la lettre suivante qu'elle venait de recevoir de miss Nevil :

*Ma chère mademoiselle Colomba, j'apprends avec bien du plaisir, par une lettre de votre frère, que vos inimitiés sont finies. Recevez-en mes compliments. Mon père ne peut plus souffrir Ajaccio depuis que votre frère n'est plus là pour parler guerre et chasser avec lui. Nous partons aujourd'hui, et nous irons coucher chez votre parente, pour laquelle nous avons une lettre. Après-demain, vers onze heures, je viendrai vous demander à goûter de ce bruccio des montagnes, si supérieur, dites-vous, à celui de la ville.*

*Adieu, chère mademoiselle Colomba.*

*Votre amie, Lydia Nevil.*

— Elle n'a donc pas reçu ma seconde lettre ? s'écria Orso.

— Vous voyez, par la date de la sienne, que mademoiselle Lydia devait être en route quand votre lettre est arrivée à Ajaccio. Vous lui disiez donc de ne pas venir ?

— Je lui disais que nous étions en état de siège. Ce n'est pas, ce me semble, une situation à recevoir du monde.

— Bah ! ces Anglais sont des gens singuliers. Elle me disait, la dernière nuit que j'ai passée dans sa chambre, qu'elle serait fâchée de quitter la Corse sans avoir vu une belle vendetta. Si vous le vouliez, Orso, on pourrait lui donner le spectacle d'un assaut contre la maison de nos ennemis ?

— Sais-tu, dit Orso, que la nature a eu tort de faire de toi une femme, Colomba ? Tu aurais été un excellent militaire.

— Peut-être. En tout cas je vais faire mon bruccio.

— C'est inutile. Il faut envoyer quelqu'un pour les prévenir et les arrêter avant qu'ils se mettent en route.

— Qui ? vous voulez envoyer un messager par le temps qu'il fait pour qu'un torrent l'emporte avec votre lettre ? Que je plains les pauvres bandits par cet orage ! Heureusement, ils ont de bons piloni[21]...

21 - Manteau de drap très épais garni d'un capuchon.

Savez-vous ce qu'il faut faire, Orso ? Si l'orage cesse, partez demain de très bonne heure, et arrivez chez notre parente avant que vos amis se soient mis en route. Cela vous sera facile, miss Lydia se lève toujours tard. Vous leur conterez ce qui s'est passé chez nous ; et s'ils persistent à venir, nous aurons grand plaisir à les recevoir.

Orso se hâta de donner son assentiment à ce projet, et Colomba, après quelques moments de silence :

— Vous croyez peut-être, Orso, reprit-elle, que je plaisantais lorsque je vous parlais d'un assaut contre la maison Barricini ? Savez-vous que nous sommes en force, deux contre un au moins ? Depuis que le préfet a suspendu le maire, tous les hommes d'ici sont pour nous. Nous pourrions les hacher ! Il serait facile d'entamer l'affaire. Si vous le vouliez, j'irais à la fontaine, je me moquerais de leurs femmes ; ils sortiraient... Peut-être... car ils sont si lâches ! peut-être tireraient-ils sur moi par leurs *archere* ; ils me manqueraient. Tout est dit alors : ce sont eux qui attaquent. Tant pis pour les vaincus : dans une bagarre, où trouver ceux qui ont fait un bon coup ? Croyez-en votre sœur, Orso ; les robes noires qui vont venir saliront du papier, diront bien des mots inutiles. Il n'en résultera rien. Le vieux renard trouverait moyen de leur faire voir des étoiles en plein midi. Ah ! si le préfet ne s'était pas mis devant Vincentello, il y en avait un de moins.

Tout cela était dit avec le même sang-froid qu'elle mettait l'instant d'auparavant à parler des préparatifs du bruccio.

Orso, stupéfait, regardait sa sœur avec une admiration mêlée de crainte.

— Ma douce Colomba, dit-il en se levant de table, tu es, je le crains, le Diable en personne ; mais sois tranquille. Si je ne parviens à faire pendre les Barricini, je trouverai moyen d'en venir à bout d'une autre manière. Balle chaude ou fer froid[22] ! Tu vois que je n'ai pas oublié le corse.

— Le plus tôt serait le mieux, dit Colomba en soupirant. Quel cheval monterez-vous demain, Ors' Anton' ?

— Le noir. Pourquoi me demandes-tu cela ?

— Pour lui faire donner de l'orge.

Orso s'étant retiré dans sa chambre, Colomba envoya coucher Saveria et les bergers, et demeura seule dans la cuisine où se préparait le bruccio. De temps en temps, elle prêtait l'oreille et paraissait attendre impatiemment que son frère se fût couché. Lorsqu'elle le crut enfin endormi, elle prit un couteau, s'assura qu'il était tranchant, mit ses petits pieds dans de gros souliers, et, sans faire le moindre bruit, elle entra dans le jardin.

Le jardin, fermé de murs, touchait à un terrain assez vaste, enclos de haies, où l'on mettait les chevaux, car les chevaux corses ne connaissent guère l'écurie. En général on les lâche dans un champ et l'on s'en rapporte à leur intelligence pour trouver à se nourrir et à s'abriter contre le froid et la pluie.

Colomba ouvrit la porte du jardin avec la même précaution, entra dans l'enclos, et en sifflant doucement elle attira près d'elle les chevaux, à qui elle portait souvent du pain et du sel. Dès que le cheval noir fut à sa portée, elle le saisit fortement par la crinière et lui fendit l'oreille avec son couteau. Le cheval fit un bond terrible et s'enfuit en faisant entendre ce cri aigu qu'une vive douleur arrache quelquefois aux animaux de son espèce. Satisfaite alors, Colomba rentrait dans le jardin, lorsqu'Orso ouvrit

22 - *Palla calda u farru freddu*, locution très usitée.

sa fenêtre et cria « Qui va là ? » En même temps elle entendit qu'il armait son fusil. Heureusement pour elle, la porte du jardin était dans une obscurité complète, et un grand figuier la couvrait en partie. Bientôt, aux lueurs intermittentes qu'elle vit briller dans la chambre de son frère, elle conclut qu'il cherchait à rallumer sa lampe. Elle s'empressa alors de fermer la porte du jardin, et, se glissant le long des murs, de façon que son costume noir se confondît avec le feuillage sombre des espaliers, elle parvint à rentrer dans la cuisine quelques moments avant qu'Orso ne parût.

— Qu'y a-t-il ? lui demanda-t-elle.

— Il m'a semblé, dit Orso, qu'on ouvrait la porte du jardin.

— Impossible. Le chien aurait aboyé. Au reste, allons voir.

Orso fit le tour du jardin, et après avoir constaté que la porte extérieure était bien fermée, un peu honteux de cette fausse alerte, il se disposa à regagner sa chambre.

— J'aime à voir, mon frère, dit Colomba, que vous devenez prudent, comme on doit l'être dans votre position.

— Tu me formes, répondit Orso. Bonsoir.

Le matin avec l'aube Orso était levé, prêt à partir. Son costume annonçait à la fois la prétention à l'élégance d'un homme qui va se présenter devant une femme à qui il veut plaire, et la prudence d'un Corse en vendetta. Par-dessus une redingote bleue bien serrée à la taille, il portait en bandoulière une petite boîte de fer-blanc contenant des cartouches, suspendue à un cordon de soie verte ; son stylet était placé dans une poche de côté, et il tenait à la main le beau fusil de Manton chargé à balles. Pendant qu'il prenait à la hâte une tasse de café versée par Colomba, un berger était sorti pour seller et brider le cheval. Orso et sa sœur le suivirent de près et entrèrent dans l'enclos. Le berger s'était emparé du cheval, mais il avait laissé tomber selle et bride et paraissait saisi d'horreur pendant que le cheval, qui se souvenait de la blessure de la nuit précédente et qui craignait pour son autre oreille, se cabrait, ruait, hennissait, faisait le diable à quatre.

— Allons, dépêche-toi, lui cria Orso.

— Ha ! Ors' Anton' ! Ha ! Ors' Anton', s'écriait le berger, sang de la Madone ! etc. C'étaient des imprécations sans nombre et sans fin, dont la plupart ne pourraient se traduire.

— Qu'est-il donc arrivé ? demanda Colomba.

Tout le monde s'approcha du cheval, et, le voyant sanglant et l'oreille fendue, ce fut une exclamation générale de surprise et d'indignation. Il faut savoir que mutiler le cheval de son ennemi est, pour les Corses, à la fois une vengeance, un défi et une menace de mort. Rien qu'un coup de fusil est capable d'expier ce forfait. Bien qu'Orso, qui avait longtemps vécu sur le continent, sentît moins qu'un autre l'énormité de l'outrage, cependant, si dans ce moment quelque barriciniste se fût présenté à lui, il est probable qu'il lui eût fait immédiatement expier une insulte qu'il attribuait à ses ennemis.

— Les lâches coquins ! s'écria-t-il. Se venger sur une pauvre bête, lorsqu'ils n'osent me rencontrer en face !

— Qu'attendons-nous ? s'écria Colomba impétueusement. Ils viennent nous provoquer, mutiler nos chevaux, et nous ne leur répondrions pas ! Êtes-vous hommes ?

— Vengeance ! répondirent les bergers. Promenons le cheval dans le village et donnons l'assaut à leur maison.

— Il y a une grange couverte de paille qui touche à leur tour, dit le vieux Polo Griffo, en un tour de main je la ferai flamber.

Un autre proposait d'aller chercher les échelles du clocher de l'église ; un troisième, d'enfoncer les portes de la maison Barricini au moyen d'une poutre déposée sur la place et destinée à quelque bâtiment en construction. Au milieu de toutes ces voix furieuses, on entendait celle de Colomba annonçant à ses satellites qu'avant de se mettre à l'œuvre chacun allait recevoir d'elle un grand verre d'anisette.

Malheureusement, ou plutôt heureusement, l'effet qu'elle s'était promis de sa cruauté envers le pauvre cheval était perdu en grande partie pour Orso. Il ne doutait pas que cette mutilation sauvage ne fût l'œuvre d'un de ses ennemis, et c'était Orlanduccio qu'il soupçonnait particulièrement ; mais il ne croyait pas que ce jeune homme, provoqué et frappé par lui, eût effacé sa honte en fendant l'oreille à un cheval. Au contraire, cette basse et ridicule vengeance augmentait son mépris pour ses adversaires, et il pensait maintenant avec le préfet que de pareilles gens ne méritaient pas de se mesurer avec lui. Aussitôt qu'il put se faire entendre, il déclara à ses partisans confondus qu'ils eussent à renoncer à leurs intentions belliqueuses, et que la justice, qui allait venir, vengerait fort bien l'oreille de son cheval.

— Je suis le maître ici, ajouta-t-il d'un ton sévère, et j'entends qu'on m'obéisse. Le premier qui s'avisera de parler encore de tuer ou de brûler, je pourrai bien le brûler à son tour. Allons ! qu'on me selle le cheval gris.

— Comment, Orso, dit Colomba en le tirant à l'écart, vous souffrez qu'on nous insulte ! Du vivant de notre père, jamais les Barricini n'eussent osé mutiler une bête à nous.

— Je te promets qu'ils auront lieu de s'en repentir ; mais c'est aux gendarmes et aux geôliers à punir des misérables qui n'ont de courage que contre des animaux. Je te l'ai dit, la justice me vengera d'eux... ou sinon... tu n'auras besoin de me rappeler de qui je suis fils...

— Patience ! dit Colomba en soupirant.

— Souviens-toi bien, ma sœur, poursuivit Orso, que si à mon retour je trouve qu'on a fait quelque démonstration contre les Barricini, jamais je ne te le pardonnerai.

Puis, d'un ton plus doux :

— Il est fort possible, fort probable même, ajouta-t-il, que je reviendrai ici avec le colonel et sa fille ; fais en sorte que leurs chambres soient en ordre, que le déjeuner soit bon, enfin que nos hôtes soient le moins mal possible. C'est très bien, Colomba, d'avoir du courage, mais il faut encore qu'une femme sache tenir une maison. Allons, embrasse-moi, sois sage ; voilà le cheval gris sellé.

— Orso, dit Colomba, vous ne partirez point seul.

— Je n'ai besoin de personne, dit Orso, et je te réponds que je ne me laisserai pas couper l'oreille.

— Oh ! jamais je ne vous laisserai partir seul en temps de guerre. Ho ! Polo Griffo ! Gian' Francè ! Memmo ! prenez vos fusils ; vous allez accompagner mon frère.

Après une discussion assez vive, Orso dut se résigner à se faire suivre d'une escorte. Il prit parmi ses bergers les plus animés ceux qui avaient conseillé le plus haut de commencer la guerre ; puis, après avoir renouvelé ses injonctions à sa sœur et aux bergers restants, il se mit en route, prenant cette fois un détour pour éviter la maison Barricini.

Déjà ils étaient loin de Pietranera et marchaient de grande hâte, lorsqu'au passage d'un petit ruisseau qui se perdait dans un marécage le vieux Polo Griffo aperçut plusieurs cochons confortablement couchés dans la boue, jouissant à la fois du soleil et de la fraîcheur de l'eau. Aussitôt, ajustant le plus gros, il lui tira un coup de fusil dans la tête et le tua sur la place. Les camarades du mort se levèrent et s'enfuirent avec une légèreté surprenante, et, bien que l'autre berger fît feu à son tour, ils gagnèrent sains et saufs un fourré où ils disparurent.

— Imbéciles ! s'écria Orso. Vous prenez des cochons pour des sangliers.

— Non pas, Ors' Anton', répondit Polo Griffo ; mais ce troupeau appartient à l'avocat, et c'est pour lui apprendre à mutiler nos chevaux.

— Comment, coquins ! s'écria Orso transporté de fureur, vous imitez les infamies de nos ennemis ! Quittez-moi, misérables ! Je n'ai pas besoin de vous. Vous n'êtes bons qu'à vous battre contre des cochons. Je jure Dieu que si vous osez me suivre, je vous casse la tête !

Les deux bergers s'entreregardèrent interdits. Orso donna des éperons à son cheval et disparut au galop.

— Eh bien ! dit Polo Griffo, en voilà d'une bonne ! Aimez donc les gens pour qu'ils vous traitent comme cela ! Le colonel, son père, t'en a voulu parce que tu as une fois couché en joue l'avocat... Grande bête, de ne pas tirer !... Et le fils... tu vois ce que j'ai fait pour lui... Il parle de me casser la tête, comme on fait d'une gourde qui ne tient plus le vin. Voilà ce qu'on apprend sur le continent, Memmo !

— Oui, et si l'on sait que tu as tué ce cochon, on te fera un procès, et Ors' Anton' ne voudra pas parler aux juges ni payer l'avocat. Heureusement personne ne t'a vu, et sainte Nega est là pour te tirer d'affaire.

Après une courte délibération, les deux bergers conclurent que le plus prudent était de jeter le porc dans une fondrière ; projet qu'ils mirent à exécution, bien entendu après avoir pris chacun quelques grillades sur l'innocente victime de la haine des della Rebbia et des Barricini.

# XVII

Débarrassé de son escorte indisciplinée, Orso continuait sa route, plus préoccupé du plaisir de revoir miss Nevil que de la crainte de rencontrer ses ennemis. « Le procès que je vais avoir avec ces misérables Barricini, se disait-il, va m'obliger à aller à Bastia. Pourquoi n'accompagnerais-je pas miss Nevil ? Pourquoi, de Bastia, n'irions-nous pas ensemble aux eaux d'Orezza ? » Tout à coup des souvenirs d'enfance lui rappelèrent nettement ce site pittoresque. Il se crut transporté sur une verte pelouse au pied des châtaigniers séculaires. Sur un gazon d'une herbe lustrée, parsemé de fleurs bleues ressemblant à des yeux qui lui souriaient, il voyait miss Lydia assise auprès de lui. Elle avait ôté son chapeau, et ses cheveux blonds, plus fins et plus doux que la soie, brillaient comme de l'or au soleil, qui pénétrait au travers du feuillage. Ses yeux, d'un bleu si pur, lui paraissaient plus bleus que le firmament. La joue appuyée sur une main, elle écoutait toute pensive les paroles d'amour qu'il lui adressait en tremblant. Elle avait cette robe de mousseline qu'elle portait le dernier jour qu'il l'avait vue à Ajaccio. Sous les plis de cette robe s'échappait un petit pied dans un soulier de satin noir. Orso se disait qu'il serait bien heureux de baiser ce pied ; mais une des mains de miss Lydia n'était pas gantée, et elle tenait une pâquerette. Orso lui prenait cette pâquerette, et la main de Lydia serrait la sienne ; et il baisait la pâquerette, et puis la main, et on ne se fâchait pas... Et toutes ces pensées l'empêchaient de faire attention à la route qu'il suivait, et cependant il trottait toujours. Il allait pour la seconde fois baiser en imagination la blanche main de miss Nevil, quand il pensa baiser en réalité la tête de son cheval qui s'arrêta tout à coup. C'est que la petite Chilina lui barrait le chemin et lui saisissait la bride.

— Où allez-vous ainsi, Ors' Anton' ? disait-elle. Ne savez-vous pas que votre ennemi est près d'ici ?

— Mon ennemi ! s'écria Orso furieux de se voir interrompu dans un moment aussi intéressant. Où est-il ?

— Orlanduccio est près d'ici. Il vous attend. Retournez, retournez.

— Ah ! il m'attend ! Tu l'as vu ?

— Oui, Ors' Anton', j'étais couchée dans la fougère quand il a passé. Il regardait de tous les côtés avec sa lunette.

— De quel côté allait-il ?

— Il descendait par là, du côté où vous allez.

— Merci.

— Ors' Anton', ne feriez-vous pas bien d'attendre mon oncle ? Il ne peut tarder, et avec lui vous seriez en sûreté.

— N'aie pas peur, Chili, je n'ai pas besoin de ton oncle.

— Si vous vouliez, j'irais devant vous.

— Merci, merci.

Et Orso, poussant son cheval, se dirigea rapidement du côté que la petite fille lui avait indiqué.

Son premier mouvement avait été un aveugle transport de fureur, et il s'était dit que la fortune lui offrait une excellente occasion de corriger ce lâche qui mutilait un cheval pour se venger d'un soufflet. Puis, tout en avançant, l'espèce de promesse qu'il avait faite au préfet, et surtout la crainte de manquer la visite de miss Nevil, changeaient ses dispositions et lui faisaient presque désirer de ne pas rencontrer Orlanduccio. Bientôt le souvenir de son père, l'insulte faite à son cheval, les menaces des Barricini rallumaient sa colère, et l'excitaient à chercher son ennemi pour le provoquer et l'obliger à se battre. Ainsi agité par des résolutions contraires, il continuait de marcher en avant, mais maintenant avec précaution, examinant les buissons et les haies, et quelquefois même s'arrêtant pour écouter les bruits vagues qu'on entend dans la campagne. Dix minutes après avoir quitté la petite Chilina (il était alors environ neuf heures du matin), il se trouva au bord d'un coteau extrêmement rapide. Le chemin, ou plutôt le sentier à peine tracé qu'il suivait, traversait un maquis récemment brûlé. En ce lieu la terre était chargée de cendres blanchâtres, et çà et là des arbrisseaux et quelques gros arbres noircis par le feu et entièrement dépouillés de leurs feuilles se tenaient debout, bien qu'ils eussent cessé de vivre. En voyant un maquis brûlé, on se croit transporté dans un site du Nord au milieu de l'hiver, et le contraste de l'aridité des lieux que la flamme a parcourus avec la végétation luxuriante d'alentour les fait paraître encore plus tristes et désolés. Mais dans ce paysage Orso ne voyait en ce moment qu'une chose, importante il est vrai dans sa position : la terre étant nue ne pouvait cacher une embuscade, et celui qui peut craindre à chaque instant de voir sortir d'un fourré un canon de fusil dirigé contre sa poitrine regarde comme une espèce d'oasis un terrain uni où rien n'arrête la vue. Au maquis brûlé succédaient plusieurs champs en culture, enclos, selon l'usage du pays, de murs en pierres sèches à hauteur d'appui. Le sentier passait entre ces enclos, où d'énormes châtaigniers, plantés confusément, présentaient de loin l'apparence d'un bois touffu.

Obligé par la roideur de la pente à mettre pied à terre, Orso, qui avait laissé la bride sur le cou de son cheval, descendait rapidement en glissant sur la cendre ; et il n'était guère qu'à vingt-cinq pas d'un de ces enclos en pierre à droite du chemin, lorsqu'il aperçut, précisément en face de lui, d'abord un canon de fusil, puis une tête dépassant la crête du mur. Le fusil s'abaissa, et il reconnut Orlanduccio prêt à faire feu. Orso fut prompt à se mettre en défense, et tous les deux, se couchant en joue, se regardèrent quelques secondes avec cette émotion poignante que le plus brave éprouve au moment de donner ou de recevoir la mort.

— Misérable lâche ! s'écria Orso.

Il parlait encore quand il vit la flamme du fusil d'Orlanduccio, et presque en même temps un second coup partit à sa gauche, de l'autre côté du sentier, tiré par un homme qu'il n'avait point aperçu, et qui l'ajustait posté derrière un autre mur. Les deux balles l'atteignirent : l'une, celle d'Orlanduccio, lui traversa le bras gauche, qu'il lui présentait en le couchant en joue ; l'autre le frappa à la poitrine, déchira son habit, mais, rencontrant heureusement la lame de son stylet, s'aplatit dessus et ne lui fit qu'une contusion légère. Le bras gauche d'Orso tomba immobile le long de sa cuisse, et le canon de son fusil s'abaissa un instant ; mais il le releva aussitôt, et, dirigeant son arme de sa seule main droite, il fit feu sur Orlanduccio. La tête de son ennemi, qu'il ne découvrait que jusqu'aux yeux, disparut derrière le mur. Orso, se tournant à sa gauche, lâcha son second coup sur un homme entouré de fumée qu'il apercevait à peine. À son tour, cette figure disparut. Les quatre coups de fusil s'étaient succédé avec une rapidité incroyable, et jamais soldats exercés ne mirent moins d'intervalle dans un feu de file. Après le dernier coup d'Orso, tout rentra dans le silence. La fumée sortie de son arme montait lentement vers le ciel ; aucun mouvement derrière le mur, pas le plus léger bruit. Sans la douleur qu'il ressentait au bras, il aurait pu croire que ces hommes sur qui il venait de tirer étaient des fantômes de son imagination.

S'attendant à une seconde décharge, Orso fit quelques pas pour se placer derrière un des arbres brûlés restés debout dans le maquis. Derrière cet abri, il plaça son fusil entre ses genoux et le rechargea à la hâte. Cependant son bras gauche le faisait cruellement souffrir, et il lui semblait qu'il soutenait un poids énorme. Qu'étaient devenus ses adversaires ? Il ne pouvait le comprendre. S'ils s'étaient enfuis, s'ils avaient été blessés, il aurait assurément entendu quelque bruit, quelque mouvement dans le feuillage. Étaient-ils donc morts, ou bien plutôt n'attendaient-ils pas, à l'abri de leur mur, l'occasion de tirer de nouveau sur lui ? Dans cette incertitude, et sentant ses forces diminuer, il mit en terre le genou droit, appuya sur l'autre son bras blessé et se servit d'une branche qui partait du tronc de l'arbre brûlé pour soutenir son fusil. Le doigt sur la détente, l'œil fixé sur le mur, l'oreille attentive au moindre bruit, il demeura immobile pendant quelques minutes, qui lui parurent un siècle. Enfin, bien loin derrière lui, un cri éloigné se fit entendre, et bientôt un chien, descendant le coteau avec la rapidité d'une flèche, s'arrêta auprès de lui en remuant la queue. C'était Brusco, le disciple et le compagnon des bandits, annonçant sans doute l'arrivée de son maître ; et jamais honnête homme ne fut plus impatiemment attendu. Le chien, le museau en l'air, tourné du côté de l'enclos le plus proche, flairait avec inquiétude. Tout à coup il fit entendre un grognement sourd, franchit le mur d'un bond, et presque aussitôt remonta sur la crête, d'où il regarda fixement Orso, exprimant dans ses yeux la surprise aussi clairement que chien le peut faire ; puis il se remit le nez au vent, cette fois dans la direction de l'autre enclos, dont il sauta encore le mur. Au bout d'une seconde, il reparaissait sur la crête, montrant le même air d'étonnement et d'inquiétude ; puis il sauta dans le maquis, la queue entre les jambes, regardant toujours Orso et s'éloignant de lui à pas lents, par une marche de côté, jusqu'à ce qu'il s'en trouvât à quelque distance. Alors, reprenant sa course, il remonta le coteau presque aussi vite qu'il l'avait descendu, à la rencontre d'un homme qui s'avançait rapidement malgré la roideur de la pente.

— À moi, Brando ! s'écria Orso dès qu'il le crut à portée de la voix.

— Oh ! Ors' Anton' ! vous êtes blessé ! lui demanda Brandolaccio accourant tout essoufflé. Dans le corps ou dans les membres ?...

— Au bras.

— Au bras ! ce n'est rien. Et l'autre ?

— Je crois l'avoir touché.

Brandolaccio, suivant son chien, courut à l'enclos le plus proche et se pencha pour regarder de l'autre côté du mur. Là, ôtant son bonnet :

— Salut au seigneur Orlanduccio, dit-il.

Puis, se tournant du côté d'Orso, il le salua à son tour d'un air grave :

— Voilà, dit-il, ce que j'appelle un homme proprement accommodé.

— Vit-il encore ? demanda Orso respirant avec peine.

— Oh ! il s'en garderait ; il a trop de chagrin de la balle que vous lui avez mise dans l'œil. Sang de la Madone, quel trou ! Bon fusil, ma foi ! Quel calibre ! Ça vous écarbouille une cervelle ! Dites donc, Ors' Anton', quand j'ai entendu d'abord *pif ! pif !* je me suis dit : « Sacrebleu ! ils escofient mon lieutenant ! » Puis j'entends *boum ! boum !* « Ah ! je dis, voilà le fusil anglais qui parle : il riposte... » Mais, Brusco, qu'est-ce que tu me veux donc ?

Le chien le mena à l'autre enclos.

— Excusez ! s'écria Brandolaccio stupéfait. Coup double ! Rien que cela ! Peste ! on voit bien que la poudre est chère, car vous l'économisez.

— Qu'y a-t-il, au nom de Dieu ! demanda Orso.

— Allons ! ne faites donc pas le farceur, mon lieutenant ! Vous jetez le gibier par terre, et vous voulez qu'on vous le ramasse... En voilà un qui va en avoir, un drôle de dessert, aujourd'hui ! C'est l'avocat Barricini. De la viande de boucherie, en veux-tu, en voilà ! Maintenant qui diable héritera ?

— Quoi ! Vincentello mort aussi ?

— Très mort. Bonne santé à nous autres ![23] Ce qu'il y a de bon avec vous, c'est que vous ne les faites pas souffrir. Venez donc voir Vincentello : il est encore à genoux, la tête appuyée contre le mur. Il a l'air de dormir. C'est là le cas de dire : Sommeil de plomb. Pauvre diable !

---

23 - *Salute à noi !* Exclamation qui accompagne ordinairement le mot de mort, et qui lui sert comme de correctif.

Orso détourna la tête avec horreur.

— Es-tu sûr qu'il soit mort ?

— Vous êtes comme Sampiero Corso, qui ne donnait jamais qu'un coup. Voyez-vous, là, dans la poitrine, à gauche ? tenez, comme Vincileone fut attrapé à Waterloo. Je parierais bien que la balle n'est pas loin du cœur. Coup double !... Ah ! je ne me mêle plus de tirer. Deux en deux coups !... À balle !... Les deux frères !... S'il avait eu un troisième coup, il aurait tué le papa... On fera mieux une autre fois... Quel coup, Ors' Anton' !... Et dire que cela n'arrivera jamais à un brave garçon comme moi de faire coup double sur des gendarmes !

Tout en parlant, le bandit examinait le bras d'Orso et fendait sa manche avec son stylet.

— Ce n'est rien, dit-il. Voilà une redingote qui donnera de l'ouvrage à mademoiselle Colomba... Hein ! qu'est-ce que je vois ? cet accroc sur la poitrine ?... Rien n'est entré par là ? Non, vous ne seriez pas si gaillard. Voyons, essayez de remuer les doigts... Sentez-vous mes dents quand je vous mords le petit doigt ?... Pas trop ?... C'est égal, ce ne sera rien. Laissez-moi prendre votre mouchoir et votre cravate... Voilà votre redingote perdue... Pourquoi diable vous faire si beau ? Alliez-vous à la noce ?... Là, buvez une goutte de vin... Pourquoi donc ne portez-vous pas de gourde ? Est-ce qu'un Corse sort jamais sans gourde ?

Puis, au milieu du pansement, il s'interrompait pour s'écrier :

— Coup double ! tous les deux roides morts !... C'est le curé qui va rire... Coup double ! Ah ! voici enfin cette petite tortue de Chilina.

Orso ne répondait pas. Il était pâle comme un mort et tremblait de tous ses membres.

— Chili, cria Brandolaccio, va regarder derrière ce mur. Hein ?

L'enfant, s'aidant des pieds et des mains, grimpa sur le mur, et aussitôt qu'elle eut aperçu le cadavre d'Orlanduccio, elle fit le signe de la croix.

— Ce n'est rien, continua le bandit : va voir plus loin, là-bas.

L'enfant fit un nouveau signe de croix.

— Est-ce vous, mon oncle ? demanda-t-elle timidement.

— Moi, est-ce que je ne suis pas devenu un vieux bon à rien ? Chili, c'est de l'ouvrage de monsieur. Fais-lui ton compliment.

— Mademoiselle en aura bien de la joie, dit Chilina, et elle sera bien fâchée de vous savoir blessé, Ors' Anton'.

— Allons, Ors' Anton', dit le bandit après avoir achevé le pansement, voilà Chilina qui a rattrapé votre cheval. Montez et venez avec moi au maquis de la Stazzona. Bien avisé qui vous y trouverait. Nous vous y traiterons de notre mieux. Quand nous serons à la croix de Sainte-Christine, il faudra mettre pied à terre. Vous donnerez votre cheval à Chilina, qui s'en ira prévenir mademoiselle, et, chemin faisant, vous la chargerez de vos commissions. Vous pouvez tout dire à la petite, Ors' Anton' : elle se ferait plutôt hacher que de trahir ses amis. (Et d'un ton de tendresse :) Va, coquine, disait-il, sois excommuniée, sois maudite, friponne !

Brandolaccio, superstitieux comme beaucoup de bandits, craignait de fasciner les enfants en leur adressant des bénédictions ou des éloges, car on sait que les puissances mystérieuses qui président à l'*anocchiatura*[24] ont la mauvaise habitude d'exécuter le contraire de nos souhaits.

— Où veux-tu que j'aille, Brando ? dit Orso d'une voix éteinte.

— Parbleu ! vous avez à choisir : en prison ou bien au maquis. Mais un della Rebbia ne connaît pas le chemin de la prison. Au maquis, Ors' Anton'.

— Adieu donc toutes mes espérances ! s'écria douloureusement le blessé.

— Vos espérances ? Diantre ! espériez-vous faire mieux avec un fusil à deux coups ?... Ah çà ! comment diable vous ont-ils touché ? Il faut que ces gaillards-là aient la vie plus dure que les chats.

— Ils ont tiré les premiers, dit Orso.

— C'est vrai, j'oubliais... *Pif ! pif ! boum ! boum !*... Coup double d'une main[25] !... Quand on fera mieux, je m'irai pendre ! Allons, vous voilà monté... Avant de partir, regardez donc un peu votre ouvrage. Il n'est pas poli de quitter ainsi la compagnie sans lui dire adieu.

Orso donna des éperons à son cheval ; pour rien au monde il n'eût voulu voir les malheureux à qui il venait de donner la mort.

— Tenez, Ors' Anton', dit le bandit s'emparant de la bride du cheval, voulez-vous que je vous parle franchement ? Eh bien ! sans vous offenser, ces deux pauvres jeunes gens me font de la peine. Je vous prie de m'excuser... Si beaux... si forts... si jeunes !... Orlanduccio avec qui j'ai chassé tant de fois... Il m'a donné, il y a quatre jours, un paquet de cigares... Vincentello, qui était toujours de si belle humeur... C'est vrai que vous avez fait ce que vous deviez

24 - Fascination involontaire qui s'exerce, soit par les yeux, soit par la parole.

25 - Si quelque chasseur incrédule me contestait le coup double de M. della Rebbia, je l'engage à aller à Sartène, et à se faire raconter comment l'un des habitants les plus distingués et les plus aimables de cette ville se tira seul, et le bras gauche cassé, d'une position au moins aussi périlleuse.

faire… et d'ailleurs le coup est trop beau pour qu'on le regrette… mais moi, je n'étais pas dans votre vengeance… Je sais que vous avez raison ; quand on a un ennemi, il faut s'en défaire. Mais les Barricini, c'était une vieille famille… En voilà encore une qui fausse compagnie !… et par un coup double ! c'est piquant.

Faisant ainsi l'oraison funèbre des Barricini, Brandolaccio conduisait en hâte Orso, Chilina et le chien Brusco vers le maquis de la Stazzona.

# XVIII

Cependant Colomba, peu après le départ d'Orso, avait appris par ses espions que les Barricini tenaient la campagne, et, dès ce moment, elle fut en proie à une vive inquiétude. On la voyait parcourir la maison en tous sens, allant de la cuisine aux chambres préparées pour ses hôtes, ne faisant rien et toujours occupée, s'arrêtant sans cesse pour regarder si elle n'apercevait pas dans le village un mouvement inusité. Vers onze heures une cavalcade assez nombreuse entra dans Pietranera ; c'étaient le colonel, sa fille, leurs domestiques et leur guide. En les recevant, le premier mot de Colomba fut : « Avez-vous vu mon frère ? » Puis elle demanda au guide quel chemin ils avaient pris, à quelle heure ils étaient partis ; et, sur ses réponses, elle ne pouvait comprendre qu'ils ne se fussent pas rencontrés.

— Peut-être que votre frère aura pris par le haut, dit le guide ; nous, nous sommes venus par le bas.

Mais Colomba secoua la tête et renouvela ses questions. Malgré sa fermeté naturelle, augmentée encore par l'orgueil de cacher toute faiblesse à des étrangers, il lui était impossible de dissimuler ses inquiétudes, et bientôt elle les fit partager au colonel et surtout à miss Lydia, lorsqu'elle les eut mis au fait de la tentative de réconciliation qui avait eu une si malheureuse issue. Miss Nevil s'agitait, voulait qu'on envoyât des messagers dans toutes les directions, et son père offrait de remonter à cheval et d'aller avec le guide à la recherche d'Orso. Les craintes de ses hôtes rappelèrent à Colomba ses devoirs de maîtresse de maison. Elle s'efforça de sourire, pressa le colonel de se mettre à table, et trouva pour expliquer le retard de son frère vingt motifs plausibles qu'au bout d'un instant elle détruisait elle-même. Croyant qu'il était de son devoir d'homme de chercher à rassurer des femmes, le colonel proposa son explication aussi.

— Je gage, dit-il, que della Rebbia aura rencontré du gibier ; il n'a pu résister à la tentation, et nous allons le voir revenir sa carnassière toute pleine. Parbleu ! ajouta-t-il, nous avons entendu sur la route quatre coups de fusil. Il y en avait deux plus forts que les autres, et j'ai dit à ma fille : « Je parie que c'est della Rebbia qui chasse. Ce ne peut être que mon fusil qui fait tant de bruit. »

Colomba pâlit, et Lydia, qui l'observait avec attention, devina sans peine quels soupçons la conjecture du colonel venait de lui suggérer. Après un silence de quelques minutes, Colomba demanda vivement si les deux fortes détonations avaient précédé ou suivi les autres. Mais ni le colonel, ni sa fille, ni le guide, n'avaient fait grande attention à ce point capital.

Vers une heure, aucun des messagers envoyés par Colomba n'étant encore revenu, elle rassembla tout son courage et força ses hôtes à se mettre à table ; mais, sauf le colonel, personne ne put manger. Au moindre bruit sur la place, Colomba courait à la fenêtre puis revenait s'asseoir tristement, et, plus tristement encore, s'efforçait de continuer avec ses amis une conversation insignifiante à laquelle personne ne prêtait la moindre attention et qu'interrompaient de longs intervalles de silence.

Tout d'un coup, on entendit le galop d'un cheval.

— Ah ! cette fois, c'est mon frère, dit Colomba en se levant.

Mais à la vue de Chilina montée à califourchon sur le cheval d'Orso :

— Mon frère est mort ! s'écria-t-elle d'une voix déchirante.

Le colonel laissa tomber son verre, miss Nevil poussa un cri, tous coururent à la porte de la maison. Avant que Chilina pût sauter à bas de sa monture, elle était enlevée comme une plume par Colomba qui la serrait à l'étouffer. L'enfant comprit son terrible regard, et sa première parole fut celle du chœur d'Othello : *Il vit !* Colomba cessa de l'étreindre, et Chilina tomba à terre aussi lestement qu'une jeune chatte.

— Les autres ? demanda Colomba d'une voix rauque.

Chilina fit le signe de la croix avec l'index et le doigt du milieu. Aussitôt une vive rougeur succéda, sur la figure de Colomba, à sa pâleur mortelle. Elle jeta un regard ardent sur la maison des Barricini, et dit en souriant à ses hôtes :

— Rentrons prendre le café.

L'Iris des bandits en avait long à raconter. Son corse, traduit par Colomba en italien tel quel, puis en anglais par miss Nevil, arracha plus d'une imprécation au colonel, plus d'un soupir à miss Lydia ; mais Colomba écoutait d'un air impassible, seulement elle tordait sa serviette damassée de façon à la mettre en pièces. Elle interrompit l'enfant cinq ou six fois pour se faire répéter que Brandolaccio disait que la blessure n'était pas dangereuse et qu'il en avait vu bien d'autres. En terminant, Chilina rapporta qu'Orso demandait avec instance du papier pour écrire, et qu'il chargeait sa sœur de supplier une dame qui peut-être se trouverait dans sa maison, de n'en point partir avant d'avoir reçu une lettre de lui.

— C'est, ajouta l'enfant, ce qui le tourmentait le plus ; et j'étais déjà en route quand il m'a rappelée pour me recommander cette commission. C'était pour la troisième fois qu'il me la répétait.

À cette injonction de son frère, Colomba sourit légèrement et serra fortement la main de l'Anglaise, qui fondit en larmes et ne jugea pas à propos de traduire à son père cette partie de la narration.

— Oui, vous resterez avec moi, ma chère amie, s'écria Colomba en embrassant miss Nevil, et vous nous aiderez.

Puis, tirant d'une armoire quantité de vieux linge, elle se mit à le couper pour faire des bandes et de la charpie. En voyant ses yeux étincelants, son teint animé, cette alternative de préoccupation et de sang-froid, il eût été difficile de dire si elle était plus touchée de la blessure de son frère qu'enchantée de la mort de ses ennemis. Tantôt elle versait du café au colonel et lui vantait son talent à le préparer ; tantôt, distribuant de l'ouvrage à miss Nevil et à Chilina, elle les exhortait à coudre les bandes et à les rouler ; elle demandait pour la vingtième fois si la blessure d'Orso le faisait beaucoup souffrir. Continuellement elle s'interrompait au milieu de son travail pour dire au colonel :

— Deux hommes si adroits ! si terribles !... Lui seul, blessé, n'ayant qu'un bras... il les a abattus tous les deux. Quel courage, colonel ! N'est-ce pas un héros ? Ah ! miss Nevil, qu'on est heureux de vivre dans un pays tranquille comme le vôtre !... Je suis sûre que vous ne connaissiez pas encore mon frère !... Je l'avais dit : l'épervier déploiera ses ailes !... Vous vous trompiez à son air si doux... C'est qu'auprès de vous, miss Nevil... Ah ! s'il vous voyait travailler pour lui... Pauvre Orso !

Miss Lydia ne travaillait guère et ne trouvait pas une parole. Son père demandait pourquoi l'on ne se hâtait pas de porter plainte devant un magistrat. Il parlait de l'enquête du coroner et de bien d'autres choses également inconnues en Corse. Enfin il voulait savoir si la maison de campagne de ce bon M. Brandolaccio, qui avait donné des secours au blessé, était fort éloignée de Pietranera, et s'il ne pourrait pas aller lui-même voir son ami.

Et Colomba répondait avec son calme accoutumé qu'Orso était dans le maquis ; qu'il avait un bandit pour le soigner ; qu'il courait grand risque s'il se montrait avant qu'on se fût assuré des dispositions du préfet et des juges ; enfin qu'elle ferait en sorte qu'un chirurgien habile se rendît en secret auprès de lui.

— Surtout, monsieur le colonel, souvenez-vous bien, disait-elle, que vous avez entendu les quatre coups de fusil, et que vous m'avez dit qu'Orso avait tiré le second.

Le colonel ne comprenait rien à l'affaire, et sa fille ne faisait que soupirer et s'essuyer les yeux.

Le jour était déjà fort avancé lorsqu'une triste procession entra dans le village. On rapportait à l'avocat Barricini les cadavres de ses enfants, chacun couché en travers d'une mule que conduisait un paysan. Une foule de clients et d'oisifs suivait le lugubre cortège. Avec eux on voyait les gendarmes qui arrivent toujours trop tard, et l'adjoint qui levait les bras au ciel, répétant sans cesse :

— Que dira M. le préfet !

Quelques femmes, entre autres une nourrice d'Orlanduccio, s'arrachaient les cheveux et poussaient des hurlements sauvages. Mais leur douleur bruyante produisait moins d'impression que le désespoir muet d'un personnage qui attirait tous les regards. C'était le malheureux père, qui, allant d'un cadavre à l'autre, soulevait leurs têtes souillées de terre, baisait leurs lèvres violettes, soutenait leurs membres déjà roidis, comme pour leur éviter les cahots de la route. Parfois on le voyait ouvrir la bouche pour parler, mais il n'en sortait pas un cri, pas une parole. Toujours les yeux fixés sur les cadavres, il se heurtait contre les pierres, contre les arbres, contre tous les obstacles qu'il rencontrait.

Les lamentations des femmes, les imprécations des hommes redoublèrent lorsqu'on se trouva en vue de la maison d'Orso. Quelques bergers rebbianistes ayant osé faire entendre une acclamation de triomphe, l'indignation de leurs adversaires ne put se contenir.

— Vengeance ! vengeance ! crièrent quelques voix.

On lança des pierres, et deux coups de fusil dirigés contre les fenêtres de la salle où se trouvaient Colomba et ses hôtes percèrent les contrevents et firent voler des éclats de bois jusque sur la table près de laquelle les deux femmes étaient assises. Miss Lydia poussa des cris affreux, le colonel saisit un fusil, et Colomba, avant qu'il pût la retenir, s'élança vers la porte de la maison et l'ouvrit avec impétuosité. Là, debout sur le seuil élevé, les deux mains étendues pour maudire ses ennemis :

— Lâches ! s'écria-t-elle. Vous tirez sur des femmes, sur des étrangers ! Êtes-vous corses ? Êtes-vous hommes ? Misérables qui ne savez qu'assassiner par-derrière, avancez ! Je vous défie. Je suis seule ; mon frère est loin. Tuez-moi, tuez mes hôtes ; cela est digne de vous... Vous n'osez, lâches que vous êtes ! Vous savez que nous nous vengeons. Allez, allez pleurer comme des femmes, et remerciez-nous de ne pas vous demander plus de sang !

Il y avait dans la voix et dans l'attitude de Colomba quelque chose d'imposant et de terrible ; à sa vue, la foule recula épouvantée, comme à l'apparition de ces fées malfaisantes dont on raconte en Corse plus d'une histoire effrayante dans les veillées d'hiver. L'adjoint, les gendarmes et un certain nombre de femmes profitèrent de ce mouvement pour se jeter entre les deux partis ; car les bergers rebbianistes préparaient déjà leurs armes, et l'on put craindre un moment qu'une lutte générale ne s'engageât sur la place. Mais les deux factions étaient privées de leurs chefs, et les Corses, disciplinés dans leurs fureurs, en viennent rarement aux mains dans l'absence des principaux auteurs de leurs guerres intestines. D'ailleurs, Colomba, rendue prudente par le succès, contint sa petite garnison :

— Laissez pleurer ces pauvres gens, disait-elle ; laissez ce vieillard emporter sa chair. À quoi bon tuer ce vieux renard qui n'a plus de dents pour mordre ? Giudice Barricini ! Souviens-toi du 2 août ! Souviens-toi du portefeuille sanglant où tu as écrit de ta main de faussaire ! Mon père y avait inscrit ta dette ; tes fils l'ont payée. Je te donne quittance, vieux Barricini !

Colomba, les bras croisés, le sourire du mépris sur les lèvres, vit porter les cadavres dans la maison de ses ennemis, puis la foule se dissiper lentement. Elle referma sa porte, et rentrant dans la salle à manger, dit au colonel :

— Je vous demande bien pardon pour mes compatriotes, monsieur. Je n'aurais jamais cru que des Corses tirassent sur une maison où il y a des étrangers, et je suis honteuse pour mon pays.

Le soir, miss Lydia s'étant retirée dans sa chambre, le colonel l'y suivit et lui demanda s'ils ne feraient pas bien de quitter dès le lendemain un village où l'on était exposé à chaque instant à recevoir une balle dans la tête, et le plus tôt possible un pays où l'on ne voyait que meurtres et trahisons.

Miss Nevil fut quelque temps sans répondre, et il était évident que la proposition de son père ne lui causait pas un médiocre embarras. Enfin elle dit :

— Comment pourrions-nous quitter cette malheureuse jeune personne dans un moment où elle a tant besoin de consolation ? Ne trouvez-vous pas, mon père, que cela serait cruel à nous ?

— C'est pour vous que je parle, ma fille, dit le colonel ; et si je vous savais en sûreté dans l'hôtel d'Ajaccio, je vous assure que je serais fâché de quitter cette île maudite sans avoir serré la main à ce brave della Rebbia.

— Eh bien ! mon père, attendons encore et, avant de partir, assurons-nous bien que nous ne pouvons leur rendre aucun service.

— Bon cœur ! dit le colonel en baisant sa fille au front. J'aime à te voir ainsi te sacrifier pour adoucir le malheur des autres. Restons ; on ne se repent jamais d'avoir fait une bonne action.

Miss Lydia s'agitait dans son lit sans pouvoir dormir. Tantôt les bruits vagues qu'elle entendait lui paraissaient les préparatifs d'une attaque contre la maison ; tantôt, rassurée pour elle-même, elle pensait au pauvre blessé, étendu probablement à cette heure sur la terre froide, sans autres secours que ceux qu'il pouvait attendre de la charité d'un bandit. Elle se le représentait couvert de sang, se débattant dans des souffrances horribles ; et ce qu'il y a de singulier, c'est que, toutes les fois que l'image d'Orso se présentait à son esprit, il lui apparaissait toujours tel qu'elle l'avait vu au moment de son départ, pressant sur ses lèvres le talisman qu'elle lui avait donné... Puis elle songeait à sa bravoure. Elle se disait que le danger terrible auquel il venait d'échapper, c'était à cause d'elle, pour la voir un peu plus tôt, qu'il s'y était exposé. Peu s'en fallait qu'elle ne se persuadât que c'était pour la défendre qu'Orso s'était fait casser le bras. Elle se reprochait sa blessure, mais elle l'en admirait davantage ; et si le fameux coup double n'avait pas, à ses yeux, autant de mérite qu'à ceux de Brandolaccio et de Colomba, elle trouvait cependant que peu de héros de roman auraient montré autant d'intrépidité, autant de sang-froid dans un aussi grand péril.

La chambre qu'elle occupait était celle de Colomba. Au-dessus d'une espèce de prie-Dieu en chêne, à côté d'une palme bénite, était suspendu à la muraille un portrait en miniature d'Orso en uniforme de sous-lieutenant. Miss Nevil détacha ce portrait, le considéra longtemps et le posa enfin auprès de son lit, au lieu de le remettre à sa place. Elle ne s'endormit qu'à la pointe du jour, et le soleil était déjà fort élevé au-dessus de l'horizon lorsqu'elle s'éveilla. Devant son lit elle aperçut Colomba, qui attendait immobile le moment où elle ouvrirait les yeux.

— Eh bien ! mademoiselle, n'êtes-vous pas bien mal dans notre pauvre maison ? lui dit Colomba. Je crains que vous n'ayez guère dormi.

— Avez-vous de ses nouvelles, ma chère amie ? dit miss Nevil en se levant sur son séant.

Elle aperçut le portrait d'Orso, et se hâta de jeter un mouchoir pour le cacher.

— Oui, j'ai de ses nouvelles, dit Colomba en souriant.

Et, prenant le portrait :

— Le trouvez-vous ressemblant ? Il est mieux que cela.

— Mon Dieu !... dit miss Nevil toute honteuse. J'ai détaché... par distraction... ce portrait... J'ai le défaut de toucher à tout... et de ne ranger rien... Comment est votre frère ?

— Assez bien. Giocanto est venu ici ce matin avant quatre heures. Il m'apportait une lettre pour vous, miss Lydia ; Orso ne m'a pas écrit, à moi. Il y a bien sur l'adresse « À Colomba », mais plus bas : « Pour miss N... » Les sœurs ne sont point jalouses. Giocanto dit qu'il a bien souffert pour écrire. Giocanto, qui a une main superbe, lui avait offert d'écrire sous sa dictée. Il n'a pas voulu. Il écrivait avec un crayon, couché sur le dos. Brandolaccio tenait le papier. À chaque instant mon frère voulait se lever, et alors, au moindre mouvement, c'étaient dans son bras des douleurs atroces. C'était pitié, disait Giocanto. Voici sa lettre.

Miss Nevil lut la lettre, qui était écrite en anglais, sans doute par surcroît de précaution. Voici ce qu'elle contenait :

*Mademoiselle,*

*Une malheureuse fatalité m'a poussé ; j'ignore ce que diront mes ennemis, quelles calomnies ils inventeront. Peu m'importe, si vous, mademoiselle, vous n'y donnez pas créance. Depuis que je vous ai vue, je m'étais bercé de rêves insensés. Il a fallu cette catastrophe pour me montrer ma folie ; je suis raisonnable maintenant. Je sais quel est l'avenir qui m'attend, et il me trouvera résigné. Cette bague que vous m'avez donnée et que je croyais un talisman de bonheur, je n'ose la garder. Je crains, miss Nevil, que vous n'ayez du regret d'avoir si mal placé vos dons ; ou plutôt, je crains qu'elle me rappelle le temps où j'étais fou. Colomba vous la remettra… Adieu, mademoiselle, vous allez quitter la Corse, et je ne vous verrai plus ; mais dites à ma sœur que j'ai encore votre estime, et, je le dis avec assurance, je la mérite toujours.*

*O. D. R.*

Miss Lydia s'était détournée pour lire cette lettre, et Colomba, qui l'observait attentivement, lui remit la bague égyptienne en lui demandant du regard ce que cela signifiait. Mais miss Lydia n'osait lever la tête, et elle considérait tristement la bague, qu'elle mettait à son doigt et qu'elle retirait alternativement.

— Chère miss Nevil, dit Colomba, ne puis-je savoir ce que vous dit mon frère ? Vous parle-t-il de son état ?

— Mais, dit miss Lydia en rougissant, il n'en parle pas… Sa lettre est en anglais… Il me charge de dire à mon père… Il espère que le préfet pourra arranger…

Colomba, souriant avec malice, s'assit sur le lit, prit les deux mains de miss Nevil, et la regardant avec ses yeux pénétrants :

— Serez-vous bonne ? lui dit-elle. N'est-ce pas que vous répondrez à mon frère ? Vous lui ferez tant de bien ! Un moment l'idée m'est venue de vous réveiller lorsque sa lettre est arrivée, et puis je n'ai pas osé.

— Vous avez eu bien tort, dit miss Nevil, si un mot de moi pouvait le…

— Maintenant je ne puis lui envoyer de lettres. Le préfet est arrivé, et Pietranera est pleine de ses estafiers. Plus tard nous verrons. Ah ! si vous connaissiez mon frère, miss Nevil, vous l'aimeriez comme je l'aime… Il est si bon ! si brave ! Songez donc à ce qu'il a fait ! Seul contre deux et blessé !

Le préfet était de retour. Instruit par un exprès de l'adjoint, il était venu accompagné de gendarmes et de voltigeurs, amenant de plus procureur du roi, greffier et le reste, pour instruire sur la nouvelle et terrible catastrophe qui compliquait, ou, si l'on veut, qui terminait les inimitiés des familles de Pietranera. Peu après son arrivée, il vit le colonel Nevil et sa fille, et ne leur cacha pas qu'il craignait que l'affaire ne prît une mauvaise tournure.

— Vous savez, dit-il, que le combat n'a pas eu de témoins ; et la réputation d'adresse et de courage de ces deux malheureux jeunes gens était si bien établie que tout le monde se refuse à croire que monsieur della Rebbia ait pu les tuer sans l'assistance des bandits auprès desquels on le dit réfugié.

— C'est impossible, s'écria le colonel ; Orso della Rebbia est un garçon plein d'honneur ; je réponds de lui.

— Je le crois, dit le préfet ; mais le procureur du roi (ces messieurs soupçonnent toujours) ne me paraît pas très favorablement disposé. Il a entre les mains une pièce fâcheuse pour votre ami. C'est une lettre menaçante adressée à Orlanduccio, dans laquelle il lui donne un rendez-vous... et ce rendez-vous lui paraît une embuscade.

— Cet Orlanduccio, dit le colonel, a refusé de se battre comme un galant homme.

— Ce n'est pas l'usage ici. On s'embusque, on se tue par-derrière, c'est la façon du pays. Il y a bien une déposition favorable ; c'est celle d'une enfant qui affirme avoir entendu quatre détonations, dont les deux dernières, plus fortes que les autres, provenaient d'une arme de gros calibre comme le fusil de M. della Rebbia. Malheureusement cette enfant est la nièce de l'un des bandits que l'on soupçonne de complicité, et elle a sa leçon faite.

— Monsieur, interrompit miss Lydia, rougissant jusqu'au blanc des yeux, nous étions sur la route quand les coups de fusil ont été tirés, et nous avons entendu la même chose.

— En vérité ? Voilà qui est important. Et vous, colonel, vous avez sans doute fait la même remarque ?

— Oui, reprit vivement miss Nevil ; c'est mon père, qui a l'habitude des armes, qui a dit : « Voilà M. della Rebbia qui tire avec mon fusil. »

— Et ces coups de fusil que vous avez reconnus, c'étaient bien les derniers ?

— Les deux derniers, n'est-ce pas, mon père ?

Le colonel n'avait pas très bonne mémoire ; mais en toute occasion il n'avait garde de contredire sa fille.

— Il faut sur-le-champ parler de cela au procureur du roi, colonel. Au reste, nous attendons ce soir un chirurgien qui examinera les cadavres et vérifiera si les blessures ont été faites avec l'arme en question.

— C'est moi qui l'ai donnée à Orso, dit le colonel, et je voudrais la savoir au fond de la mer... C'est-à-dire... le brave garçon ! Je suis bien aise qu'il l'ait eue entre les mains ; car, sans mon Manton, je ne sais trop comment il s'en serait tiré.

# XIX

Le chirurgien arriva un peu tard. Il avait eu son aventure sur la route. Rencontré par Giocanto Castriconi, il avait été sommé avec la plus grande politesse de venir donner ses soins à un homme blessé. On l'avait conduit auprès d'Orso, et il avait mis le premier appareil à sa blessure. Ensuite le bandit l'avait reconduit assez loin, et l'avait fort édifié en lui parlant des plus fameux professeurs de Pise, qui, disait-il, étaient ses intimes amis.

— Docteur, dit le théologien en le quittant, vous m'avez inspiré trop d'estime pour que je croie nécessaire de vous rappeler qu'un médecin doit être aussi discret qu'un confesseur.

Et il faisait jouer la batterie de son fusil.

— Vous avez oublié le lieu où nous avons eu l'honneur de nous voir. Adieu, enchanté d'avoir fait votre connaissance.

Colomba supplia le colonel d'assister à l'autopsie des cadavres.

— Vous connaissez mieux que personne le fusil de mon frère, dit-elle, et votre présence sera fort utile. D'ailleurs il y a tant de méchantes gens ici que nous courrions de grands risques si nous n'avions personne pour défendre nos intérêts.

Restée seule avec miss Lydia, elle se plaignit d'un grand mal de tête, et lui proposa une promenade à quelques pas du village.

— Le grand air me fera du bien, disait-elle. Il y a si longtemps que je ne l'ai respiré !

Tout en marchant elle lui parlait de son frère ; et miss Lydia, que ce sujet intéressait assez vivement, ne s'apercevait pas qu'elle s'éloignait beaucoup de Pietranera. Le soleil se couchait quand elle en fit l'observation et engagea Colomba à rentrer. Colomba connaissait une traverse qui, disait-elle, abrégeait beaucoup le retour ; et, quittant le sentier qu'elle suivait, elle en prit un autre en apparence beaucoup moins fréquenté. Bientôt elle se mit à gravir un coteau tellement escarpé qu'elle était obligée continuellement, pour se soutenir, de s'accrocher d'une main à des branches d'arbres, pendant que de l'autre elle tirait sa compagne après elle. Au bout d'un grand quart d'heure de cette pénible ascension, elles se trouvèrent sur un petit plateau couvert de myrtes et d'arbousiers, au milieu de grandes masses de granit qui perçaient le sol de tous côtés. Miss Lydia était très fatiguée, le village ne paraissait pas, et il faisait presque nuit.

— Savez-vous, ma chère Colomba, dit-elle, que je crains que nous ne soyons égarées ?

— N'ayez pas peur, répondit Colomba. Marchons toujours, suivez-moi.

— Mais je vous assure que vous vous trompez ; le village ne peut pas être de ce côté-là. Je parierais que nous lui tournons le dos. Tenez, ces lumières que nous voyons si loin, certainement c'est là qu'est Pietranera.

— Ma chère amie, dit Colomba d'un air agité, vous avez raison ; mais à deux cents pas d'ici... dans ce maquis...

— Eh bien ?

— Mon frère y est ; je pourrais le voir et l'embrasser si vous vouliez.

Miss Nevil fit un mouvement de surprise.

— Je suis sortie de Pietranera, poursuivit Colomba, sans être remarquée parce que j'étais avec vous... Autrement on m'aurait suivie... Être si près de lui et ne pas le voir !... Pourquoi ne viendriez-vous pas avec moi voir mon pauvre frère ? Vous lui feriez tant de plaisir !

— Mais, Colomba... ce ne serait pas convenable de ma part.

— Je comprends. Vous autres femmes des villes, vous vous inquiétez toujours de ce qui est convenable ; nous autres femmes de village, nous ne pensons qu'à ce qui est bien.

— Mais il est si tard !... Et votre frère, que pensera-t-il de moi ?

— Il pensera qu'il n'est point abandonné par ses amis, et cela lui donnera du courage pour souffrir.

— Et mon père, il sera si inquiet...

— Il vous sait avec moi... Eh bien ! décidez-vous... Vous regardiez son portrait ce matin, ajouta-t-elle avec un sourire de malice.

— Non... vraiment, Colomba, je n'ose... ces bandits qui sont là...

— Eh bien ! ces bandits ne vous connaissent pas, qu'importe ? Vous désiriez en voir !...

— Mon Dieu !

— Voyons, mademoiselle, prenez un parti. Vous laisser seule ici, je ne le puis pas ; on ne sait pas ce qui pourrait arriver. Allons voir Orso, ou bien retournons ensemble au village… Je verrai mon frère… Dieu sait quand… peut-être jamais…

— Que dites-vous, Colomba ?… Eh bien ! allons ! mais pour une minute seulement, et nous reviendrons aussitôt.

Colomba lui serra la main, et sans répondre, elle se mit à marcher avec une telle rapidité que miss Lydia avait peine à la suivre. Heureusement Colomba s'arrêta bientôt en disant à sa compagne :

— N'avançons pas davantage avant de les avoir prévenus ; nous pourrions peut-être attraper un coup de fusil.

Elle se mit alors à siffler entre ses doigts ; bientôt après on entendit un chien aboyer, et la sentinelle avancée des bandits ne tarda pas à paraître. C'était notre vieille connaissance, le chien Brusco, qui reconnut aussitôt Colomba et se chargea de lui servir de guide. Après maints détours dans les sentiers étroits du maquis, deux hommes armés jusqu'aux dents se présentèrent à leur rencontre.

— Est-ce vous, Brandolaccio ? demanda Colomba. Où est mon frère ?

— Là-bas ! répondit le bandit. Mais avancez doucement : il dort, et c'est la première fois que cela lui arrive depuis son accident. Vive Dieu ! on voit bien que par où passe le Diable une femme passe bien aussi.

Les deux femmes s'approchèrent avec précaution, et auprès d'un feu dont on avait prudemment masqué l'éclat en construisant autour un petit mur en pierres sèches, elles aperçurent Orso couché sur un tas de fougère et couvert d'un *pilone*. Il était fort pâle, et l'on entendait sa respiration oppressée. Colomba s'assit auprès de lui, et le contempla en silence les mains jointes, comme si elle priait mentalement. Miss Lydia, se couvrant le visage de son mouchoir, se serra contre elle ; mais de temps en temps elle levait la tête pour voir le blessé par-dessus l'épaule de Colomba. Un quart d'heure se passa sans que personne ouvrît la bouche. Sur un signe du théologien, Brandolaccio s'était enfoncé avec lui dans le maquis, au grand contentement de miss Lydia qui, pour la première fois, trouvait que les grandes barbes et l'équipement des bandits avaient trop de couleur locale.

Enfin Orso fit un mouvement. Aussitôt Colomba se pencha sur lui et l'embrassa à plusieurs reprises, l'accablant de questions sur sa blessure, ses souffrances, ses besoins. Après avoir répondu qu'il était aussi bien que possible, Orso lui demanda à son tour si miss Nevil était encore à Pietranera, et si elle lui avait écrit. Colomba, courbée sur son frère, lui cachait complètement sa compagne, que l'obscurité, d'ailleurs, lui aurait difficilement permis de reconnaître. Elle tenait une main de miss Nevil, et de l'autre elle soulevait légèrement la tête du blessé.

— Non, mon frère, elle ne m'a pas donné de lettre pour vous… mais vous pensez toujours à miss Nevil, vous l'aimez donc bien ?

— Si je l'aime, Colomba !… Mais elle… elle me méprise peut-être à présent !

En ce moment, miss Nevil fit un effort pour retirer sa main ; mais il n'était pas facile de faire lâcher prise à Colomba ; et, quoique petite et bien formée, sa main possédait une force dont on a vu quelques preuves.

— Vous mépriser ! s'écria Colomba, après ce que vous avez fait… Au contraire, elle dit du bien de vous… Ah ! Orso, j'aurais bien des choses d'elle à vous conter.

La main voulait toujours s'échapper, mais Colomba l'attirait toujours plus près d'Orso.

— Mais enfin, dit le blessé, pourquoi ne pas me répondre ?... Une seule ligne, et j'aurais été content.

À force de tirer la main de miss Nevil, Colomba finit par la mettre dans celle de son frère. Alors, s'écartant tout à coup en éclatant de rire :

— Orso, s'écria-t-elle, prenez garde de dire du mal de miss Lydia, car elle entend très bien le corse.

Miss Lydia retira aussitôt sa main et balbutia quelques mots inintelligibles. Orso croyait rêver.

— Vous ici, miss Nevil ! Mon Dieu ! comment avez-vous osé ? Ah ! que vous me rendez heureux !

Et, se soulevant avec peine, il essaya de se rapprocher d'elle.

— J'ai accompagné votre sœur, dit miss Lydia... pour qu'on ne pût soupçonner où elle allait... et puis, je voulais aussi... m'assurer... Hélas ! que vous êtes mal ici !

Colomba s'était assise derrière Orso. Elle le souleva avec précaution et de manière à lui soutenir la tête sur ses genoux. Elle lui passa les bras autour du cou, et fit signe à miss Lydia de s'approcher.

— Plus près ! plus près ! disait-elle. Il ne faut pas qu'un malade élève trop la voix.

Et comme miss Lydia hésitait, elle lui prit la main et la força de s'asseoir tellement près que sa robe touchait Orso, et que sa main, qu'elle tenait toujours, reposait sur l'épaule du blessé.

— Il est très bien comme cela, dit Colomba d'un air gai. N'est-ce pas, Orso, qu'on est bien dans le maquis, au bivouac, par une belle nuit comme celle-ci ?

— Oh oui ! la belle nuit ! dit Orso. Je ne l'oublierai jamais !

— Que vous devez souffrir ! dit miss Nevil.

— Je ne souffre plus, dit Orso, et je voudrais mourir ici.

Et sa main droite se rapprochait de celle de miss Lydia, que Colomba tenait toujours emprisonnée.

— Il faut absolument qu'on vous transporte quelque part où l'on pourra vous donner des soins, monsieur della Rebbia, dit miss Nevil. Je ne pourrai plus dormir, maintenant que je vous ai vu si mal couché… en plein air…

— Si je n'eusse craint de vous rencontrer, miss Nevil, j'aurais essayé de retourner à Pietranera, et je me serais constitué prisonnier.

— Eh ! pourquoi craigniez-vous de la rencontrer, Orso ? demanda Colomba.

— Je vous avais désobéi, miss Nevil… et je n'aurais pas osé vous voir en ce moment.

— Savez-vous, miss Lydia, que vous faites faire à mon frère tout ce que vous voulez ? dit Colomba en riant. Je vous empêcherai de le voir.

— J'espère, dit miss Nevil, que cette malheureuse affaire va s'éclaircir, et que bientôt vous n'aurez plus rien à craindre… Je serai bien contente si, lorsque nous partirons, je sais qu'on vous a rendu justice et qu'on a reconnu votre loyauté comme votre bravoure.

— Vous partez, miss Nevil ! Ne dites pas encore ce mot-là.

— Que voulez-vous… Mon père ne peut pas chasser toujours… Il veut partir.

Orso laissa retomber sa main qui touchait celle de miss Lydia, et il y eut un moment de silence.

— Bah ! reprit Colomba, nous ne vous laisserons pas encore partir. Nous avons encore bien des choses à vous montrer à Pietranera… D'ailleurs, vous m'avez promis de faire mon portrait, et vous n'avez pas encore commencé... Et puis je vous ai promis de vous faire une *serenata* en soixante-quinze couplets... Et puis... Mais qu'a donc Brusco à grogner ?... Voilà Brandolaccio qui court après lui... Voyons ce que c'est.

Aussitôt elle se leva, et posant sans cérémonie la tête d'Orso sur les genoux de miss Nevil, elle courut auprès des bandits.

Un peu étonnée de se trouver ainsi soutenant un beau jeune homme, en tête-à-tête avec lui au milieu d'un maquis, miss Nevil ne savait trop que faire, car en se retirant brusquement, elle craignait de faire mal au blessé. Mais Orso quitta lui-même le doux appui que sa sœur venait de lui donner, et, se soulevant sur son bras droit :

— Ainsi, vous partez bientôt, miss Lydia ? Je n'avais jamais pensé que vous dussiez prolonger votre séjour dans ce malheureux pays, et pourtant... depuis que vous êtes venue ici, je souffre cent fois plus en songeant qu'il faut vous dire adieu... Je suis un pauvre lieutenant... sans avenir... proscrit maintenant... Quel moment, miss Lydia, pour vous dire que je vous aime... mais c'est sans doute la seule fois que je pourrai vous le dire, et il me semble que je suis moins malheureux, maintenant que j'ai soulagé mon cœur.

Miss Lydia détourna la tête, comme si l'obscurité ne suffisait pas pour cacher sa rougeur :

— Monsieur della Rebbia, dit-elle d'une voix tremblante, serais-je venue en ce lieu si...

Et, tout en parlant, elle mettait dans la main d'Orso le talisman égyptien. Puis, faisant un effort violent pour reprendre le ton de plaisanterie qui lui était habituel :

— C'est bien mal à vous, monsieur Orso, de parler ainsi... Au milieu du maquis, entourée de vos bandits, vous savez bien que je n'oserais jamais me fâcher contre vous.

Orso fit un mouvement pour baiser la main qui lui rendait le talisman ; et comme miss Lydia la retirait un peu vite, il perdit l'équilibre et tomba sur son bras blessé. Il ne put retenir un gémissement douloureux.

— Vous vous êtes fait mal, mon ami ? s'écria-t-elle en le soulevant. C'est ma faute ! Pardonnez-moi...

Ils se parlèrent encore quelque temps à voix basse, et fort rapprochés l'un de l'autre. Colomba, qui accourait précipitamment, les trouva précisément dans la position où elle les avait laissés.

— Les voltigeurs ! s'écria-t-elle. Orso, essayez de vous lever et de marcher, je vous aiderai.

— Laissez-moi, dit Orso. Dis aux bandits de se sauver... Qu'on me prenne, peu m'importe ; mais emmène miss Lydia : au nom de Dieu, qu'on ne la voie pas ici !

— Je ne vous laisserai pas, dit Brandolaccio qui suivait Colomba. Le sergent des voltigeurs est un filleul de l'avocat ; au lieu de vous arrêter, il vous tuera, et puis il dira qu'il ne l'a pas fait exprès.

Orso essaya de se lever, il fit même quelques pas ; mais, s'arrêtant bientôt :

— Je ne puis marcher, dit-il. Fuyez, vous autres. Adieu, miss Nevil ; donnez-moi la main, et adieu !

— Nous ne vous quitterons pas ! s'écrièrent les deux femmes.

— Si vous ne pouvez marcher, dit Brandolaccio, il faudra que je vous porte. Allons, mon lieutenant, un peu de courage ; nous aurons le temps de décamper par le ravin, là derrière. M. le curé va leur donner de l'occupation.

— Non, laissez-moi, dit Orso en se couchant à terre. Au nom de Dieu, Colomba, emmène miss Nevil !

— Vous êtes forte, mademoiselle Colomba, dit Brandolaccio ; empoignez-le par les épaules, moi je tiens les pieds ; bon ! en avant, marche !

Ils commencèrent à le porter rapidement, malgré ses protestations ; miss Lydia les suivait, horriblement effrayée, lorsqu'un coup de fusil se fit entendre, auquel cinq ou six autres répondirent aussitôt. Miss Lydia poussa un cri, Brandolaccio une imprécation, mais il redoubla de vitesse, et Colomba, à son exemple, courait au travers du maquis, sans faire attention aux branches qui lui fouettaient la figure ou qui déchiraient sa robe :

— Baissez-vous, baissez-vous, ma chère, disait-elle à sa compagne, une balle peut vous attraper.

On marcha ou plutôt on courut environ cinq cents pas de la sorte, lorsque Brandolaccio déclara qu'il n'en pouvait plus et se laissa tomber à terre, malgré les exhortations et les reproches de Colomba.

— Où est miss Nevil ? demandait Orso.

Miss Nevil, effrayée par les coups de fusil, arrêtée à chaque instant par l'épaisseur du maquis, avait bientôt perdu la trace des fugitifs et était demeurée seule en proie aux plus vives angoisses.

— Elle est restée en arrière, dit Brandolaccio, mais elle n'est pas perdue ; les femmes se retrouvent toujours. Écoutez donc, Ors' Anton', comme le curé fait du tapage avec votre fusil. Malheureusement on n'y voit goutte, et l'on ne se fait pas grand mal à se tirailler de nuit.

— Chut ! s'écria Colomba. J'entends un cheval, nous sommes sauvés.

En effet, un cheval qui passait dans le maquis, effrayé par le bruit de la fusillade, s'approchait de leur côté.

— Chut ! Nous sommes sauvés ! répéta Brandolaccio.

Courir au cheval, le saisir par les crins, lui passer dans la bouche un nœud de corde en guise de bride, fut pour le bandit, aidé de Colomba, l'affaire d'un moment.

— Prévenons maintenant le curé, dit-il.

Il siffla deux fois ; un sifflet éloigné répondit à ce signal, et le fusil de Manton cessa de faire entendre sa grosse voix. Alors Brandolaccio sauta sur le cheval. Colomba plaça son frère devant le bandit, qui d'une main le serra fortement, tandis que de l'autre il dirigeait sa monture. Malgré sa double charge, le cheval, excité par deux bons coups de pied dans le ventre, partit lestement et descendit au galop un coteau escarpé où tout autre qu'un cheval corse se serait tué cent fois.

Colomba revint alors sur ses pas, appelant miss Nevil de toutes ses forces, mais aucune voix ne répondait à la sienne… Après avoir marché quelque temps à l'aventure, cherchant à retrouver le chemin qu'elle avait suivi, elle rencontra dans un sentier deux voltigeurs qui lui crièrent « Qui vive ? »

— Eh bien ! messieurs, dit Colomba d'un ton railleur, voilà bien du tapage. Combien de morts ?

— Vous étiez avec les bandits, dit un des soldats, vous allez venir avec nous.

— Très volontiers, répondit-elle ; mais j'ai une amie ici, et il faut que nous la trouvions d'abord.

— Votre amie est déjà prise, et vous irez avec elle coucher en prison.

— En prison ? c'est ce qu'il faudra voir ; mais en attendant, menez-moi auprès d'elle.

Les voltigeurs la conduisirent alors dans le campement des bandits, où ils rassemblaient les trophées de leur expédition, c'est-à-dire le *pilone* qui couvrait Orso, une vieille marmite et une cruche pleine d'eau. Dans le même lieu se trouvait miss Nevil, qui, rencontrée par les soldats à demi morte de peur, répondait par des larmes à toutes leurs questions sur le nombre des bandits et la direction qu'ils avaient prise.

Colomba se jeta dans ses bras et lui dit à l'oreille :

— Ils sont sauvés.

Puis, s'adressant au sergent des voltigeurs :

— Monsieur, lui dit-elle, vous voyez bien que mademoiselle ne sait rien de ce que vous lui demandez. Laissez-nous revenir au village, où l'on nous attend avec impatience.

— On vous y mènera, et plus tôt que vous ne le désirez, ma mignonne, dit le sergent, et vous aurez à expliquer ce que vous faisiez dans le maquis à cette heure avec les brigands qui viennent de s'enfuir. Je ne sais quel sortilège emploient ces coquins, mais ils fascinent sûrement les filles, car partout où il y a des bandits on est sûr d'en trouver de jolies.

— Vous êtes galant, monsieur le sergent, dit Colomba, mais vous ne ferez pas mal de faire attention à vos paroles. Cette demoiselle est une parente du préfet, et il ne faut pas badiner avec elle.

— Parente du préfet ! murmura un voltigeur à son chef. En effet, elle a un chapeau.

— Le chapeau n'y fait rien, dit le sergent. Elles étaient toutes les deux avec le curé, qui est le plus grand enjôleur du pays, et mon devoir est de les emmener. Aussi bien, n'avons-nous plus rien à faire ici. Sans ce maudit caporal Taupin – l'ivrogne de Français s'est montré avant que je n'eusse cerné le maquis – sans lui, nous les prenions comme dans un filet.

— Vous êtes sept ? demanda Colomba. Savez-vous, messieurs, que si par hasard les trois frères Gambini, Sarocchi et Théodore Poli se trouvaient à la croix de Sainte-Christine avec Brandolaccio et le curé, ils pourraient vous donner bien des affaires ? Si vous devez avoir une conversation avec le *Commandant de la campagne*[26], je ne me soucierais pas de m'y trouver. Les balles ne connaissent personne la nuit.

La possibilité d'une rencontre avec les redoutables bandits que Colomba venait de nommer parut faire impression sur les voltigeurs. Toujours pestant contre le caporal Taupin, le chien de Français, le sergent donna l'ordre de la retraite, et sa petite troupe prit le chemin de Pietranera, emportant le *pilone* et la marmite. Quant à la cruche, un coup de pied en fit justice. Un voltigeur voulut prendre le bras de miss Lydia, mais Colomba le repoussant aussitôt :

— Que personne ne la touche ! dit-elle. Croyez-vous que nous ayons envie de nous enfuir ? Allons, Lydia, ma chère, appuyez-vous sur moi, et ne pleurez pas comme un enfant. Voilà une aventure, mais elle ne finira pas mal ; dans une demi-heure nous serons à souper. Pour ma part, j'en meurs d'envie.

— Que pensera-t-on de moi ? disait tout bas miss Nevil.

— On pensera que vous vous êtes égarée dans le maquis, voilà tout.

---

26 - C'était le titre que prenait Théodore Poli.

— Que dira le préfet ?... Que dira mon père, surtout ?

— Le préfet ? vous lui répondrez qu'il se mêle de sa préfecture. Votre père ?... à la manière dont vous causiez avec Orso, j'aurais cru que vous aviez quelque chose à dire à votre père.

Miss Nevil lui serra le bras sans répondre.

— N'est-ce pas, murmura Colomba dans son oreille, que mon frère mérite qu'on l'aime ? Ne l'aimez-vous pas un peu ?

— Ah ! Colomba, répondit miss Nevil souriant malgré sa confusion, vous m'avez trahie, moi qui avais tant de confiance en vous !

Colomba lui passa un bras autour de la taille, et l'embrassant sur le front :

— Ma petite sœur, dit-elle bien bas, me pardonnez-vous ?

— Il le faut bien, ma terrible sœur, répondit Lydia en lui rendant son baiser.

Le préfet et le procureur du roi logeaient chez l'adjoint de Pietranera, et le colonel, fort inquiet de sa fille, venait pour la vingtième fois leur en demander des nouvelles, lorsqu'un voltigeur, détaché en courrier par le sergent, leur fit le récit du terrible combat livré contre les brigands, combat dans lequel il n'y avait eu, il est vrai, ni morts ni blessés, mais où l'on avait pris une marmite, un *pilone* et deux filles qui étaient, disait-il, les maîtresses ou les espionnes des bandits. Ainsi annoncées comparurent les deux prisonnières au milieu de leur escorte armée. On devine la contenance radieuse de Colomba, la honte de sa compagne, la surprise du préfet, la joie et l'étonnement du colonel. Le procureur du roi se donna le malin plaisir de faire subir à la pauvre Lydia une espèce d'interrogatoire qui ne se termina que lorsqu'il lui eut fait perdre toute contenance.

— Il me semble, dit le préfet, que nous pouvons bien mettre tout le monde en liberté. Ces demoiselles ont été se promener, rien de plus naturel par un beau temps ; elles ont rencontré par hasard un aimable jeune homme blessé, rien de plus naturel encore. (Puis, prenant à part Colomba :) Mademoiselle, dit-il, vous pouvez mander à votre frère que son affaire tourne mieux que je ne l'espérais. L'examen des cadavres, la déposition du colonel, démontrent qu'il n'a fait que riposter, et qu'il était seul au moment du combat. Tout s'arrangera, mais il faut qu'il quitte le maquis au plus vite et qu'il se constitue prisonnier.

Il était près de onze heures lorsque le colonel, sa fille et Colomba se mirent à table devant un souper refroidi. Colomba mangeait de bon appétit, se moquant du préfet, du procureur du roi et des voltigeurs. Le colonel mangeait, mais ne disait mot, regardant toujours sa fille qui ne levait pas les yeux de dessus son assiette. Enfin, d'une voix douce, mais grave :

— Lydia, lui dit-il en anglais, vous êtes donc engagée avec della Rebbia ?

— Oui, mon père, depuis aujourd'hui, répondit-elle en rougissant, mais d'une voix ferme.

Puis elle leva les yeux, et, n'apercevant sur la physionomie de son père aucun signe de courroux, elle se jeta dans ses bras et l'embrassa, comme les demoiselles bien élevées font en pareille occasion.

— À la bonne heure, dit le colonel, c'est un brave garçon ; mais, par Dieu ! nous ne demeurerons pas dans son diable de pays ! ou je refuse mon consentement.

— Je ne sais pas l'anglais, dit Colomba qui les regardait avec une extrême curiosité, mais je parie que j'ai deviné ce que vous dites.

— Nous disons, répondit le colonel, que nous vous mènerons faire un voyage en Irlande.

— Oui, volontiers, et je serai la *surella Colomba*. Est-ce fait, colonel ? Nous frappons-nous dans la main ?

— On s'embrasse, dans ce cas-là, dit le colonel.

# XX

Quelques mois après le coup double qui plongea la commune de Pietranera dans la consternation (style de journaux), un jeune homme, le bras gauche en écharpe, sortit à cheval de Bastia dans l'après-midi et se dirigea vers le village de Cardo, célèbre par sa fontaine qui, en été, fournit aux gens délicats de la ville une eau délicieuse. Une jeune femme, d'une taille élevée et d'une beauté remarquable, l'accompagnait, montée sur un petit cheval noir dont un connaisseur eût admiré la force et l'élégance, mais qui malheureusement avait une oreille déchiquetée par un accident bizarre. Dans le village, la jeune femme sauta lestement à terre, et, après avoir aidé son compagnon à descendre de sa monture, détacha d'assez lourdes sacoches attachées à l'arçon de sa selle. Les chevaux furent remis à la garde d'un paysan, et la femme chargée des sacoches qu'elle cachait sous son *mezzaro*, le jeune homme portant un fusil double, prirent le chemin de la montagne en suivant un sentier fort raide et qui ne semblait conduire à aucune habitation voisine. Arrivés à un des gradins élevés du mont Quercio, ils s'arrêtèrent, et tous les deux s'assirent sur l'herbe. Ils paraissaient attendre quelqu'un, car ils tournaient sans cesse les yeux vers la montagne, et la jeune femme consultait souvent une jolie montre d'or, peut-être autant pour contempler un bijou qu'elle semblait posséder depuis peu de temps que pour savoir si l'heure d'un rendez-vous était arrivée. Leur attente ne fut pas longue. Un chien sortit du maquis, et au nom de Brusco prononcé par la jeune femme, il s'empressa de venir les caresser. Peu après parurent deux hommes barbus, le fusil sous le bras, la cartouchière à la ceinture, le pistolet au côté. Leurs habits déchirés et couverts de pièces contrastaient avec leurs armes brillantes et d'une fabrique renommée du continent. Malgré l'inégalité apparente de leur position, les quatre personnages de cette scène s'abordèrent familièrement et comme de vieux amis.

— Eh bien ! Ors' Anton', dit le plus âgé des bandits au jeune homme, voilà votre affaire finie. Ordonnance de non-lieu. Mes compliments. Je suis fâché que l'avocat ne soit plus dans l'île pour le voir enrager. Et votre bras ?...

— Dans quinze jours, répondit le jeune homme, on me dit que je pourrai quitter mon écharpe. Brando, mon brave, je vais partir demain pour l'Italie, et j'ai voulu te dire adieu, ainsi qu'à M. le curé. C'est pourquoi je vous ai priés de venir.

— Vous êtes bien pressé, dit Brandolaccio ; vous êtes acquitté d'hier et vous partez demain ?

— On a des affaires, dit gaiement la jeune femme. Messieurs, je vous ai apporté à souper ; mangez, et n'oubliez pas mon ami Brusco.

— Vous gâtez Brusco, mademoiselle Colomba, mais il est reconnaissant. Vous allez voir. Allons, Brusco, dit-il, étendant son fusil horizontalement, saute pour les Barricini !

Le chien demeura immobile, se léchant le museau et regardant son maître.

— Saute pour les della Rebbia !

Et il sauta deux pieds plus haut qu'il n'était nécessaire.

— Écoutez, mes amis, dit Orso, vous faites un vilain métier ; et s'il ne vous arrive pas de terminer votre carrière sur cette place que nous voyons là-bas[27], le mieux qui vous puisse advenir, c'est de tomber dans un maquis sous la balle d'un gendarme.

— Eh bien ! dit Castriconi, c'est une mort comme une autre, et qui vaut mieux que la fièvre qui vous tue dans un lit, au milieu des larmoiements plus ou moins sincères de vos héritiers. Quand on a, comme nous, l'habitude du grand air, il n'y a rien de tel que de mourir dans ses souliers, comme disent nos gens de village.

— Je voudrais, poursuivit Orso, vous voir quitter ce pays... et mener une vie plus tranquille. Par exemple, pourquoi n'iriez-vous pas vous établir en Sardaigne, ainsi qu'ont fait plusieurs de vos camarades ? Je pourrais vous en faciliter les moyens.

— En Sardaigne ! s'écria Brandolaccio. *Islos Sardos !* Que le Diable les emporte avec leur patois ! C'est trop mauvaise compagnie pour nous.

— Il n'y a pas de ressource en Sardaigne, ajouta le théologien. Pour moi, je méprise les Sardes. Pour donner la chasse aux bandits, ils ont une milice à cheval ; cela fait la critique à la fois des bandits et du pays[28]. Fi de la Sardaigne ! C'est une chose qui m'étonne, monsieur della Rebbia, que vous, qui êtes un homme de goût et de savoir, vous n'ayez pas

27 - La place où se font les exécutions à Bastia.

28 - Je dois cette observation critique sur la Sardaigne à un ex-bandit de mes amis, et c'est à lui seul qu'en appartient la responsabilité.

adopté notre vie du maquis, en ayant goûté comme vous avez fait.

— Mais, dit Orso en souriant, lorsque j'avais l'avantage d'être votre commensal, je n'étais pas trop en état d'apprécier les charmes de votre position, et les côtes me font mal encore quand je me rappelle la course que je fis une belle nuit, mis en travers comme un paquet sur un cheval sans selle que conduisait mon ami Brandolaccio.

— Et le plaisir d'échapper à la poursuite, reprit Castriconi, le comptez-vous pour rien ? Comment pouvez-vous être insensible au charme d'une liberté absolue sous un beau climat comme le nôtre ? Avec ce porte-respect (il montrait son fusil), on est roi partout, aussi loin qu'il peut porter la balle. On commande, on redresse les torts… C'est un divertissement très moral, monsieur, et très agréable, que nous ne nous refusons point. Quelle plus belle vie que celle de chevalier errant, quand on est mieux armé et plus sensé que don Quichotte ? Tenez, l'autre jour, j'ai su que l'oncle de la petite Lilla Luigi, le vieux ladre qu'il est, ne voulait pas lui donner une dot ; je lui ai écrit, sans menaces, ce n'est pas ma manière ; eh bien ! voilà un homme à l'instant convaincu ; il l'a mariée. J'ai fait le bonheur de deux personnes. Croyez-moi, monsieur Orso, rien n'est comparable à la vie de bandit. Bah ! vous deviendriez peut-être des nôtres sans une certaine Anglaise que je n'ai fait qu'entrevoir, mais dont ils parlent tous, à Bastia, avec admiration.

— Ma belle-sœur future n'aime pas le maquis, dit Colomba en riant, elle y a eu trop peur.

— Enfin, dit Orso, voulez-vous rester ici ? Soit. Dites-moi si je puis faire quelque chose pour vous ?

— Rien, dit Brandolaccio, que de nous conserver un petit souvenir. Vous nous avez comblés. Voilà Chilina qui a une dot, et qui, pour bien s'établir, n'aura pas besoin que mon ami le curé écrive des lettres sans menaces. Nous savons que votre fermier nous donnera du pain et de la poudre en nos nécessités : ainsi, adieu. J'espère vous revoir en Corse un de ces jours.

— Dans un moment pressant, dit Orso, quelques pièces d'or font grand bien. Maintenant que nous sommes de vieilles connaissances, vous ne me refuserez pas cette petite cartouche qui peut vous servir à vous en procurer d'autres.

— Pas d'argent entre nous, lieutenant, dit Brandolaccio d'un ton résolu.

— L'argent fait tout dans le monde, dit Castriconi ; mais dans le maquis on ne fait cas que d'un cœur brave et d'un fusil qui ne rate pas.

— Je ne voudrais pas vous quitter, reprit Orso, sans vous laisser quelque souvenir. Voyons, que puis-je te laisser, Brando ?

Le bandit se gratta la tête, et, jetant sur le fusil d'Orso un regard oblique :

— Dame, mon lieutenant… si j'osais… Mais non, vous y tenez trop.

— Qu'est-ce que tu veux ?

— Rien… la chose n'est rien… il faut encore la manière de s'en servir. Je pense toujours à ce diable de coup double et d'une seule main… Oh ! cela ne se fait pas deux fois.

— C'est ce fusil que tu veux ?… Je te l'apportais ; mais sers-t'en le moins que tu pourras.

— Oh ! je ne vous promets pas de m'en servir comme vous ; mais soyez tranquille, quand un autre l'aura, vous pourrez bien dire que Brando Savelli a passé l'arme à gauche.

— Et vous, Castriconi, que vous donnerai-je ?

— Puisque vous voulez absolument me laisser un souvenir matériel de vous, je vous demanderai sans façon de m'envoyer un Horace du plus petit format possible. Cela me distraira et m'empêchera d'oublier mon latin. Il y a une petite qui vend des cigares, à Bastia, sur le port ; donnez-le-lui, et elle me le remettra.

— Vous aurez un Elzevir, monsieur le savant ; il y en a précisément un parmi les livres que je voulais emporter. Eh bien ! mes amis, il faut nous séparer. Une poignée de main. Si vous pensez un jour à la Sardaigne, écrivez-moi ; l'avocat N. vous donnera mon adresse sur le continent.

— Mon lieutenant, dit Brando, demain, quand vous serez hors du port, regardez sur la montagne, à cette place ; nous y serons, et nous vous ferons signe avec nos mouchoirs.

Ils se séparèrent alors ; Orso et sa sœur prirent le chemin de Cardo, et les bandits celui de la montagne.

# XXI

Par une belle matinée d'avril, le colonel sir Thomas Nevil, sa fille mariée depuis peu de jours, Orso et Colomba sortirent de Pise en calèche pour aller visiter un hypogée étrusque nouvellement découvert que tous les étrangers allaient voir. Descendus dans l'intérieur du monument, Orso et sa femme tirèrent des crayons et se mirent en devoir d'en dessiner les peintures ; mais le colonel et Colomba, l'un et l'autre assez indifférents pour l'archéologie, les laissèrent seuls et se promenèrent aux environs.

— Ma chère Colomba, dit le colonel, nous ne reviendrons jamais à Pise à temps pour notre *luncheon.* Est-ce que vous n'avez pas faim ? Voilà Orso et sa femme dans les antiquités ; quand ils se mettent à dessiner ensemble, ils n'en finissent pas.

— Oui, dit Colomba, et pourtant ils ne rapportent pas un bout de dessin.

— Mon avis serait, continua le colonel, que nous allassions à cette petite ferme là-bas. Nous y trouverons du pain, et peut-être de l'aleatico, qui sait ? même de la crème et des fraises, et nous attendrons patiemment nos dessinateurs.

— Vous avez raison, colonel. Vous et moi, qui sommes les gens raisonnables de la maison, nous aurions bien tort de nous faire les martyrs de ces amoureux, qui ne vivent que de poésie. Donnez-moi le bras. N'est-ce pas que je me forme ? Je prends le bras, je mets des chapeaux, des robes à la mode ; j'ai des bijoux ; j'apprends je ne sais combien de belles choses ; je ne suis plus du tout une sauvagesse. Voyez un peu la grâce que j'ai à porter ce châle... Ce blondin, cet officier de votre régiment qui était au mariage... Mon Dieu ! je ne puis pas retenir son nom ; un grand frisé, que je jetterais par terre d'un coup de poing...

— Chatworth ? dit le colonel.

— À la bonne heure ! mais je ne le prononcerai jamais. Eh bien ! il est amoureux fou de moi.

— Ah ! Colomba, vous devenez bien coquette... Nous aurons dans peu un autre mariage.

— Moi ! me marier ? Et qui donc élèverait mon neveu... quand Orso m'en aura donné un ? Qui donc lui apprendrait à parler corse ?... Oui, il parlera corse, et je lui ferai un bonnet pointu pour vous faire enrager.

— Attendons d'abord que vous ayez un neveu ; et puis vous lui apprendrez à jouer du stylet, si bon vous semble.

— Adieu les stylets, dit gaiement Colomba ; maintenant j'ai un éventail, pour vous en donner sur les doigts quand vous direz du mal de mon pays.

Causant ainsi, ils entrèrent dans la ferme, où ils trouvèrent vin, fraises et crème. Colomba aida la fermière à cueillir des fraises pendant que le colonel buvait de l'aleatico. Au détour d'une allée, Colomba aperçut un vieillard assis au soleil sur une chaise de paille, malade, comme il semblait, car il avait les joues creuses, les yeux enfoncés ; il était d'une maigreur extrême, et son immobilité, sa pâleur, son regard fixe, le faisaient ressembler à un cadavre plutôt qu'à un être vivant. Pendant plusieurs minutes, Colomba le contempla avec tant de curiosité qu'elle attira l'attention de la fermière.

— Ce pauvre vieillard, dit-elle, c'est un de vos compatriotes, car je connais bien à votre parler que vous êtes de la Corse, mademoiselle. Il a eu des malheurs dans son pays ; ses enfants sont morts d'une façon terrible. On dit, je vous demande pardon, mademoiselle, que vos compatriotes ne sont pas tendres dans leurs inimitiés. Pour lors, ce pauvre monsieur, resté seul, s'en est venu à Pise, chez une parente éloignée qui est la propriétaire de cette ferme. Le brave homme est un peu timbré ; c'est le malheur et le chagrin... C'est gênant pour madame, qui reçoit beaucoup de monde ; elle l'a donc envoyé ici. Il est bien doux, pas gênant ; il ne dit pas trois paroles dans un jour. Par exemple, la tête a déménagé. Le médecin vient toutes les semaines, et il dit qu'il n'en a pas pour longtemps.

— Ah ! il est condamné ? dit Colomba. Dans sa position, c'est un bonheur d'en finir.

— Vous devriez, mademoiselle, lui parler un peu corse ; cela le ragaillardirait peut-être d'entendre le langage de son pays.

— Il faut voir, dit Colomba avec un sourire ironique.

Et elle s'approcha du vieillard jusqu'à ce que son ombre vînt lui ôter le soleil. Alors le pauvre idiot leva la tête et regarda fixement Colomba, qui le regardait de même, souriant toujours. Au bout d'un instant, le vieillard passa la main sur son front, et ferma les yeux comme pour échapper au regard de Colomba. Puis il les rouvrit, mais démesurément ; ses lèvres tremblaient ; il voulait étendre les mains ;

mais, fasciné par Colomba, il demeurait cloué sur sa chaise, hors d'état de parler ou de se mouvoir. Enfin de grosses larmes coulèrent de ses yeux, et quelques sanglots s'échappèrent de sa poitrine.

— Voilà la première fois que je le vois ainsi, dit la jardinière. Mademoiselle est une demoiselle de votre pays ; elle est venue pour vous voir, dit-elle au vieillard.

— Grâce ! s'écria celui-ci d'une voix rauque. Grâce ! n'es-tu pas satisfaite ? Cette feuille... que j'avais brûlée... comment as-tu fait pour la lire ?... Mais pourquoi tous les deux ?... Orlanduccio, tu n'as rien pu lire contre lui... Il fallait m'en laisser un... un seul... Orlanduccio... tu n'as pas lu son nom...

— Il me les fallait tous les deux, lui dit Colomba à voix basse et dans le dialecte corse. Les rameaux sont coupés ; et si la souche n'était pas pourrie, je l'eusse arrachée. Va, ne te plains pas ; tu n'as pas longtemps à souffrir. Moi, j'ai souffert deux ans !

Le vieillard poussa un cri, et sa tête tomba sur sa poitrine. Colomba lui tourna le dos et revint à pas lents vers la maison en chantant quelques mots incompréhensibles d'une *ballata* : « Il me faut la main qui a tiré, l'œil qui a visé, le cœur qui a pensé... »

Pendant que la jardinière s'empressait à secourir le vieillard, Colomba, le teint animé, l'œil en feu, se mettait à table devant le colonel.

— Qu'avez-vous donc ? dit-il. Je vous trouve l'air que vous aviez à Pietranera, ce jour où, pendant notre dîner, on nous envoya des balles.

— Ce sont des souvenirs de la Corse qui me sont revenus en tête. Mais voilà qui est fini. Je serai marraine, n'est-ce pas ? Oh ! quels beaux noms je lui donnerai : Ghilfuccio-Tomaso-Orso-Leone !

La jardinière rentrait en ce moment.

— Eh bien ! demanda Colomba du plus grand sang-froid, est-il mort, ou évanoui seulement ?

— Ce n'était rien, mademoiselle ; mais c'est singulier comme votre vue lui a fait de l'effet.

— Et le médecin dit qu'il n'en a pas pour longtemps ?

— Pas pour deux mois, peut-être.

— Ce ne sera pas une grande perte, observa Colomba.

— De qui diable parlez-vous ? demanda le colonel.

— D'un idiot de mon pays, dit Colomba d'un air d'indifférence, qui est en pension ici. J'enverrai savoir de temps en temps de ses nouvelles. Mais, colonel Nevil, laissez donc des fraises pour mon frère et pour Lydia.

Lorsque Colomba sortit de la ferme pour remonter dans la calèche, la fermière la suivit des yeux quelque temps :

— Tu vois bien cette demoiselle si jolie ? dit-elle à sa fille. Eh bien ! je suis sûre qu'elle a le mauvais œil.

FIN de COLOMBA

# Table des matières

## Collection Terroir « Classiques »

*Césette*
Emile Pouvillon

*Provinciales*
Jean Giraudoux

*La vraie Colomba*
Lorenzi di Bradi

*Le retour à la terre*
Maurice Thiéry

*Les Gardiennes*
Ernest Pérochon

*Jean et Louise*
Antonin Dusserre

*La Cina, un roman pied-noir*
Louis Bertrand

*La terre qui meurt*
René Bazin

*La terre qui renaît*
Camille Audigier

*Le Docteur Herbeau*
Jules Sandeau

*Le Roi Cottius*
Louis Dimier

*Une fille de rien*
Jules Leroux

*Celui du bois Jacqueline*
Gaston Chérau

*La terre qui vit*
Pierre Aguétant

*Terres Lorraines*
Émile Moselly

*Le moulin du Frau*
Eugène Le Roy

*Le moulin Blant*
Émile Dodillon

*Le Bouscassié*
Léon Cladel

*Le moulin de Virelune*
Pierre Billaud

*Moulins d'autrefois*
François Fabié

*Folie Mauroy*
Roger Duguet

*Le Matachin*
Max Buchon

*Le village, Mœurs paysannes*
Léon Deschamps

*Le crucifié de Keraliès*
Charles Le Goffic

*Marie Montraudoigt*
Gabriel Nigond

*La Folie-Mauroy*
Roger Duguet

*De la ville au moulin*
Marguerite Audoux

*Chardonnette*
Charles Deulin

*Comme va le ruisseau*
Camille Lemonnier

*La becquée*
René Boylesve

*La bourrasque*
Georges Beaume

*Le blé qui lève*
René Bazin

*L'hortillonne*
Léon Devauchel

*Les jours aux volets clos*
François Barberousse

*L'épervier*
Hugues Lapaire

*Fleuve de sang*
Jean-Baptiste Marcaggi

*Le peuple de la mer*
Marc Elder

*Léon Chatry, instituteur*
Jules Leroux

*Le maître du pain*
Lucy Achalme

*Nêne*
Ernest Pérochon

*Les Oberlé*
René Bazin

*Le Village*
Henri Bachelin

*Le village endormi*
Georges Riat

*Ma tante Giron*
René Bazin

*Le Marquis des Saffras*
Jules de la Madelène

*Pour la terre*
Camille Audigier

*Ramuntcho*
Pierre Loti

*Le roman de Jacques Bonhomme, laboureur*
Émile Bodin

*Voyage avec un âne dans les Cévennes*
Robert Louis Stevenson

*L'Homme sec*
François Barberousse

*La bru*
Georges Nigremont

*Le pain et le blé*
Jules Leroux

*Le roi des archers*
René Bazin

*Terroir*
Jean Gaulmier

# Collection des Terroirs de France

*L'ermite de Loire* Didier Callot
*Quentin Lussan* Franck Chauvereau
*Le cavalier de la Révolution* (Berry) Guillaume Trotignon
*Léocadie Lepic, Marraine de guerre* Chérif Zananiri
*Un été 45* (Bourgogne-Nivernais) Alexis Boucot
*La Gitane* (Berry - Auvergne - Camargue) Didier Callot
*La Braconne* (Beauce) Jean-Claude Ponçon
*Villevarlanges* (Limousin - Loir-et-Cher) Jean-Baptiste Renondin
*Le fils des Lumières* (Berry) Guillaume Trotignon
*Les mariés de Tournai* (Orléanais - Nord) Gérard Boutet
*Tais-toi, Joseph !* (Berry) Serge Camaille
*La Folie-Bâton* (Berry) Monique Chainet
*Un si joli petit village* (Berry) Jean-Yves Fontenaille
*Alt128 et les grandes oreilles* (Sologne) Jean-Claude Ponçon
*Le Guépin* (Orléanais) Olivier & Yolande Delagrange
*Les fruits de l'arrière-saison* (Bourgogne) Aurore Py
*Les galons perdus* (Limousin) Jean-Baptiste Renondin
*Mathilde* (Limousin) Stéphane Bein
*Un taxi de la Marne* (Guerre 14-18) Colette Blanluet
*Pisseur au vent* (Sologne) Chérif Zananiri
*L'enfant du Pont du Diable* (Berry-Creuse) Alain Lebrun
*La cité éphémère* (Auvergne) André Boudon-Delmas
*La Perdrière* (Touraine) Eliane Aubert-Colombani
*Le temps des blés* (Berry) Guillaume Trotignon
*Allons enfants…* (Limousin) Stéphane Bein
*Tragine, bandit de l'Ariège* (Pyrénées) Pierre-Jean Brassac
*Les épis mûrs* (Berry) Jacky Naubron
*Le destin d'Amélie* (Sologne) Gérard Bardon
*Marie Sorcelle* (Berry) Marie du Berry
*Désormais tu sauras* (Auvergne) André Boudon-Delmas
*Les bêtes à pain* (Bourgogne) Alexis Boucot
*Le recenseur* (Berry) Michèle Dassas
*Les vignes de l'Exil Moïse* (Berry) Christian Benz et Marie-Agnès Bavay-Bezançon
*Les vignes de l'Exil Mazurel* (Berry) Christian Benz et Marie-Agnès Bavay-Bezançon
*La claie d'Infamie* (Beauce) Gérard Boutet
*Péri* (Nord) Rudi Meunier
*Journal d'un sorcier de campagne* (Berry - Sologne) Marieke Aucante
*Blé dur, blé tendre* (Beauce) Jean-Claude Ponçon

LA VRAIE COLOMBA
SUIVI DE COLOMBA, NOUVELLE DE PROSPER MERIMEE
Auteur : Michel LORENZI DI BRADI

Directeur de collection : Christophe MATHO
Maquette : Sandrine GUELLIER

Edition, réalisation : MARIVOLE Editions
SAS CPE – RCS B 398-382-416
Rue Aristide Boucicaut
41200 Pruniers-en-Sologne

Téléphone : 02 54 83 41 41
Fax : 02 54 76 77 98
Courriel : marivole@cpe-editions.com
Site Internet : www.marivole.fr

Imprimé en France par Présence Graphique
Avril 2016

ISBN 978-2-36575-316-6
EAN : 9782365753166
Dépôt légal à parution